Tucholsky Wagner Zola Scott Sydow Freud Schlegel
Turgenev Wallace Fonatne
Twain Walther von der Vogelweide Fouqué Friedrich II. von Preußen
Weber Freiligrath Frey
Fechner Fichte Weiße Rose von Fallersleben Kant Ernst Richthofen Frommel
Engels Fielding Hölderlin
Fehrs Faber Flaubert Eichendorff Tacitus Dumas
Maximilian I. von Habsburg Eliasberg Ebner Eschenbach
Feuerbach Ewald Fock Eliot Zweig
Goethe Vergil
Elisabeth von Österreich London
Mendelssohn Balzac Shakespeare
Lichtenberg Rathenau Dostojewski Ganghofer
Trackl Stevenson Doyle Gjellerup
Tolstoi Hambruch
Mommsen Thoma Lenz Hanrieder Droste-Hülshoff
Dach Verne von Arnim Hägele Hauff Humboldt
Reuter
Karrillon Garschin Rousseau Hagen Hauptmann Gautier
Damaschke Defoe Baudelaire
Descartes Hebbel
Hegel Kussmaul Herder
Wolfram von Eschenbach Dickens Schopenhauer
Bronner Darwin Melville Grimm Jerome Rilke George
Campe Horváth Aristoteles Bebel Proust
Bismarck Vigny Barlach Voltaire Federer Herodot
Gengenbach Heine
Storm Casanova Tersteegen Grillparzer Georgy
Chamberlain Lessing Langbein Gilm Gryphius
Brentano Claudius Schiller Lafontaine
Strachwitz Bellamy Schilling Kralik Iffland Sokrates
Katharina II. von Rußland Gerstäcker Raabe Gibbon Tschechow
Löns Hesse Hoffmann Gogol Wilde Gleim Vulpius
Luther Heym Hofmannsthal Klee Hölty Morgenstern
Roth Heyse Klopstock Kleist Goedicke
Luxemburg La Roche Puschkin Homer Mörike
Machiavelli Horaz Musil
Navarra Aurel Musset Kierkegaard Kraft Kraus
Nestroy Marie de France Lamprecht Kind Kirchhoff Hugo Moltke
Nietzsche Nansen Laotse Ipsen Liebknecht
Marx Lassalle Gorki Klett Leibniz Ringelnatz
von Ossietzky May vom Stein Lawrence Irving
Petalozzi Platon Knigge
Sachs Poe Pückler Michelangelo Kock Kafka
de Sade Praetorius Mistral Liebermann Korolenko
Zetkin

Der Verlag tredition aus Hamburg veröffentlicht in der Reihe **TREDITION CLASSICS** Werke aus mehr als zwei Jahrtausenden. Diese waren zu einem Großteil vergriffen oder nur noch antiquarisch erhältlich.

Symbolfigur für **TREDITION CLASSICS** ist Johannes Gutenberg (1400 — 1468), der Erfinder des Buchdrucks mit Metalllettern und der Druckerpresse.

Mit der Buchreihe **TREDITION CLASSICS** verfolgt tredition das Ziel, tausende Klassiker der Weltliteratur verschiedener Sprachen wieder als gedruckte Bücher aufzulegen – und das weltweit!

Die Buchreihe dient zur Bewahrung der Literatur und Förderung der Kultur. Sie trägt so dazu bei, dass viele tausend Werke nicht in Vergessenheit geraten.

Streifzüge durch Celebes

Ferdinand Emmerich

Impressum

Autor: Ferdinand Emmerich
Umschlagkonzept: toepferschumann, Berlin

Verlag: tredition GmbH, Hamburg
ISBN: 978-3-8472-4738-8
Printed in Germany

Rechtlicher Hinweis:
Alle Werke sind nach unserem besten Wissen gemeinfrei und unterliegen damit nicht mehr dem Urheberrecht.

Ziel der TREDITION CLASSICS ist es, tausende deutsch- und fremdsprachige Klassiker wieder in Buchform verfügbar zu machen. Die Werke wurden eingescannt und digitalisiert. Dadurch können etwaige Fehler nicht komplett ausgeschlossen werden. Unsere Kooperationspartner und wir von tredition versuchen, die Werke bestmöglich zu bearbeiten. Sollten Sie trotzdem einen Fehler finden, bitten wir diesen zu entschuldigen. Die Rechtschreibung der Originalausgabe wurde unverändert übernommen. Daher können sich hinsichtlich der Schreibweise Widersprüche zu der heutigen Rechtschreibung ergeben.

Erstes Kapitel.

Eine glühende Junisonne hing wie ein roter Ball am Firmament. Unter ihren senkrechten Feuerstrahlen kochte die See und sandte blendende Reflexe von goldrotem Metallglanz über die menschenleere Marina. Die Perle Siziliens, Messina, schlief. Was nur irgendwie von seiner täglichen Beschäftigung sich freimachen konnte, floh die um diese Stunde unerträglich heißen Straßen und suchte Kühlung in dunklem Schatten.

Seit zwei Stunden, war ich obdachlos. Meine Universitätsstudien hatten vor wenigen Tagen ihren glücklichen Abschluß gefunden, und nun lenkte ich meine Schritte wieder hinaus in das schaffende Leben. Vor der deutschen Bierhalle erwartete ich die Abfahrt des Trajektschiffes, das die Inselbewohner über die Meerenge nach Reggio di Calabria bringt. Dort verschlingt sie der martervolle Eisenbahnzug, um ihnen in achtundzwanzigstündiger Reise die Herrlichkeiten des Golfes von Neapel zugängig zu machen. Mit geheimem Schauder dachte ich an die Tantalusqualen, die meiner in den sonnedurchglühten, engen Waggons harrten.

Da tönte lautes, fröhliches Lachen durch die Stille. Aus einer Seitenstraße bogen vier kräftige Männer auf die Marina und warfen sich ächzend in die Sessel vor der Bierhalle.

»Junge, Junge, dat is man bannig warm hüt!« rief der eine in echtem Hamburger Plattdeutsch.

Ehe noch jemand darauf antworten konnte, stand ich vor ihnen und – wäre vor freudigem Erstaunen beinahe sprachlos geworden.

»Sutor! Lieber alter Freund, sehen wir uns hier wieder!« rief ich, auf den ältesten der vier zueilend und ihm herzlich die Hand schüttelnd.

Der Angeredete war einen Augenblick starr. Dann aber lief frohes Erkennen über seine Züge:

»Ist es möglich? Sie hier? Hier in Messina? Zu dieser Jahreszeit? Wie ist denn das zugegangen?«

Und nun erzählte ich. Daß ich hier meinen »Doktor gemacht« hätte, im Cholerahospital während der Epidemie praktisch tätig gewesen wäre usw., und daß jetzt mein Ziel nordwärts läge, um irgendwo am Lande eine Stellung zu suchen.

Kapitän Sutor lachte hellauf. Er wandte sich zu seinen Begleitern, die er mir als die Kapitäne Truelsen von der »Barcelona«, Dau von der »Lissabon« und Seeth von der »Palermo« vorstellte und sagte:

»Der junge Mann war mit in der Südsee. Dort hat er die tollsten Geschichten mit den Wilden aufgeführt. Nachher haben wir uns zufällig drüben in Acapulco getroffen, als er eben über Land vom Atlantischen Ozean herübergewandert war und nun...«

»Bin ich direkt von Südamerika, mit einem kleinen Umweg über die nordamerikanischen Staaten, halb Europa und die Sundainseln nach Sizilien gekommen« ergänzte ich, um...«

»Um an Land Doktor zu werden! Nee, nee, dat gleuw ik nich!« schrie Sutor, sich herzhaft auf die Knie schlagend. »Nie und nimmer tun Sie das!«

»Ja, das muß ich wohl,« antwortete ich lächelnd, »ich muß jetzt daran denken, irgendwo seßhaft zu werden und Familie zu gründen ...«

»Die arme Frau!« unterbrach Sutor.

»Wieso arme Frau?« fragte ich.

»Na, weil Sie ihr doch bald wieder ausrücken. Sie können nicht an Land festkleben. Wenn Ihnen mal erst Eis und Schnee zusetzen, kommt die Sehnsucht nach der ewigen Sonne. Dann dauert es nicht mehr lange ... ich kenne das!«

»Darin kann ich Sutor nur recht geben,« warf jetzt Kapitän Seeth ein. »Ich habe da ein Beispiel an meinem Bruder. Als der erst einmal Tropenluft geatmet hatte, zog es ihn immer wieder dahin. Seine schöne Stellung in Hamburg hat er aufgegeben, um Abenteuer aufzusuchen. Augenblicklich weilt er beim König Menelik von Abessinien und dressiert dort Löwen.«

Vom Hafen her dröhnte der dumpfe Laut einer Schiffssirene.

»O weh, mein Trajekt fährt ab!« rief ich, unwillig aufspringend. »Wie konnte ich aber auch ahnen, daß ich hier einen so lieben

Freund finden würde? Ich hätte sicher noch einige Tage länger hier verweilt. Es tut mir leid ...«

»Wer zwingt Sie denn, heute schon zu reisen?« fragte Sutor.

»Hm – ja, wer zwingt mich eigentlich?«

»Nun, wenn Sie das selbst nicht wissen, dann bleiben Sie doch hier. Meine ›Genova‹ geht erst übermorgen weiter. Also haben wir noch drei vergnügte Tage, wer weiß, ob wir uns noch einmal treffen!«

»Wenn Sie nach Hamburg wollen, fahren Sie doch mit mir. Ich gehe morgen abend aus,« lockte Rapitän Truelsen.

Während ich noch zauderte, heulte der dritte Ton der Sirene.

»Do geiht he hin!« rief jetzt Sutor vergnügt. »Nun ist die Frage schon erledigt.«

Und wirklich! Eben dampfte das Trajektschiff an der Marina vorüber und nahm Kurs auf die weißen Häuser des von der andern Seite der Meerenge herüberleuchtenden Reggio.

Dieser Augenblick des Zauderns wurde für mein späteres Leben von besonderer Bedeutung.

Mit dem Eintritt der kühlen Nachmittagsbrise brachen wir auf. Das Wiedersehen mit meinem alten Freunde hatte dem Wirte eine mehr als gewöhnliche Einnahme verschafft. Den Kapitänen hatten sich noch zwei Obermaschinisten von den im Hafen liegenden Slomandampfern zugesellt, die Herren Wimmel und Hartmann, und in die sieben deutschen Seebärenkehlen waren ungezählte Tröpflein edlen bayrischen Gerstensaftes hinabgeflossen. Die Essensstunde nahte. Das Essen sollte an Bord der »Genova« eingenommen werden und es wurde beschlossen, den Abend einmal recht gemütlich zu verbringen.

Am Eingange zum Hafengebäude fiel mir ein großes Plakat auf:»Deutsche Dampfschiffreederei– Hamburg. Dampfer China trifft heute abend 8 Uhr ein und wird morgen mittag 1 Uhr nach Ostasien weitergehen.«

Der alte Kapitän Dau zupfte mich am Ärmel:

»Das wäre so etwas für Sie, nicht wahr? Ich sehe es Ihren Augen an, daß Sie eben denselben Gedanken liebkosten.«

»Wahrhaftig, Kapitän, Sie sind Gedankenleser!« rief ich. »Aber leider geht das nicht immer so wie man gern möchte.«

»wie?« sagte Sutor und drängte sich näher an das Plakat, »bleibt der Kasten die Nacht über hier? Dann muß der Kapitän mit uns zusammenkommen. Ich weiß zwar nicht, wer es ist, aber einer von uns kennt ihn sicher.«

»Fahren Sie nur an Bord, Sutor. Ich werde dem Agenten sagen, daß er etwas ausmacht für heute abend,« erwiderte Kapitän Truelsen, indem er sich der Agentur zuwandte.

Wir saßen eben auf dem Deck der »Genova«, als ein mächtiger Dampfer von See her auf die Mole zusteuerte. Der rote Ring mit dem D.D.R ließ ihn als den erwarteten Ostasienfahrer erkennen. Als dieser so viele Schiffe der heimatlichen Sloman-Reederei versammelt sah, grüßte die Sirene in tiefen Tönen herüber und entfesselte dadurch auf den andern deutschen Schiffen ein Antwortgebrüll, das die Lustwandelnden auf der Marina erstaunt ihren Spaziergang unterbrechen und zum Hafen eilen ließ.

»Ich konnte den Kapitän nicht erkennen, die Sonne stand mir zu ungünstig,« sagte Sutor, als der Dampfer vorbeigetrieben war.

»Er schien Sie aber zu kennen,« warf der erste Offizier ein. »Er schwenkte die Mütze und winkte lebhaft herüber.«

Eine Stunde später legte ein Boot längsseit.

»Hallo, Käpt'n an Bord?« fragte eine Stimme, die mir seltsam durch die Nerven zuckte. Und zwei Minuten später trat eine markige Gestalt auf das Hinterdeck, die auf Sutor zueilte und ihm herzlich die Hände schüttelte. Dann wandte er sich grüßend zu uns. Als sich unsere Blicke kreuzten, zuckten wir beide zusammen.

»Ja – wie ist mir denn? Wir kennen uns doch?« erscholl es wie aus einem Munde.

»Gewiß kennt ihr euch, Hinsch! Denk doch an die Südsee!« rief Sutor mit frohem Lachen dazwischen.

»Hinsch!« Wie ein Blitz durchzuckte es mich. In raschem Wandel traten mir alle die Szenen vor Augen, die wir Seite an Seite dort unten in der fernen Südsee erlebt hatten. »Hinsch! Lieber, bester Freund, wie freue ich mich, Sie wiederzusehen!«

Und nun war des Erzählens kein Ende. Kaum konnten die übrigen Herren, die der Einladung folgend nach und nach an Bord der »Genova« kamen, ihre neugierigen Fragen nach den jeden Kapitän interessierenden, heimischen Schiffsverhältnissen anbringen, so sehr nahm uns unsere Unterhaltung in Anspruch.

Während wir zu vorgerückter Stunde zur Marina hinüberfuhren, um noch einen Schoppen »frisch vom Faß« vor dem Schlafengehen zu »verstauen«, schnitt Sutor nochmal die Frage meiner beabsichtigten »Landpraxis« an. Er wiederholte seine Ansicht, daß es doch nicht von Dauer sein könne, wenn ich mich irgendwo ansässig machte.

»Am besten wäre es, Hinsch, Sie nähmen unsern Freund gleich mit nach Ostasien!« schloß er seine Rede, indem er mir listig zublinzelte.

»Donnerwetter, ja, das ist eine gute Idee!« rief dieser. »Kommen Sie mit mir, Mann. Unterwegs besprechen wir dann das Weitere.«

Natürlich wehrte ich mich gegen dieses Ansinnen. Anfangs waren die Worte wohl scherzhaft gemeint. Je länger aber das Projekt besprochen wurde, desto mehr verdichtete es sich zu greifbaren Formen. Auch mir schien die Idee nicht so unausführbar. Die erforderlichen Geldmittel ließen sich auf telegraphischem Wege beschaffen. Bis zum Eintreffen der Zahlungsorder langten meine Mittel noch ...

Um es kurz zu sagen: Als wir lange nach Mitternacht die Sitzung mangels »Stoff« aufheben mußten, bezog ich bereits meine Kabine an Bord des »China«. Zwölf Stunden später durcheilte ich mit dem Ostasienfahrer die Straße von Messina – den Kurs auf den Suezkanal gerichtet.

Zweites Kapitel.

Als ich angesichts der griechischen Küste mit einem gelinden Brummschädel von einer zweiten Wiedersehensfeier an Deck trat, konnte ich mich der Einsicht nicht verschließen, daß ich einen »dummen Streich« gemacht hatte. So ohne jede Vorbereitung durfte eine Forschungsreise, die einigermaßen erfolgreich werden sollte, nicht unternommen werden. Zwar standen mir genügende Geldmittel zur Verfügung, aber einen Stützpunkt an einem wissenschaftlich anerkannten Institut brauchte ich doch. Im andern Falle würden die Ergebnisse meiner Reisen in Museen wandern, ohne daß man sich die Mühe nähme, die Gegenstände auf ihren Wert hin zu prüfen oder an der Hand meiner Berichte eingehend zu würdigen.

»In Port Said verlasse ich Sie wieder, Hinsch,« sagte ich dem Kapitän, als er zu mir ins Rauchzimmer trat. »Ich habe übereilt gehandelt, als ich mich zu der Reise entschloß. Ich will doch erst mal nach Deutschland.«

»Mann,« fragte dieser verwundert, »haben Sie auch einen moralischen Katzenjammer? Sie waren doch sonst immer so rasch entschlossen, wenn es galt, etwas zu unternehmen. Denken Sie nur an die Zeit in den Südsee-Inseln. Da ist uns manches Mal das Gruseln über den Rücken gelaufen, wenn Sie zu einer neuen, unglaublichen Expedition ausrückten – und nun so?«

»Recht haben Sie, Hinsch, aber es geht einfach nicht. Ich muß mich vorher mit meinen früheren Auftraggebern in Verbindung setzen, sonst haben meine Reisen keinen Zweck ....«

»Geht das nicht telegraphisch?«

»Hm – vielleicht! Aber wohin soll ich eine Antwort senden lassen, wenn ich in Port Said wirklich Telegramme aufgeben wollte? Bis zum Eintreffen der Antwort sind Sie längst wieder in See, und nach Ceylon möchte ich aufs Ungewisse nicht mitfahren.«

»In Port Said werden wir nachmittags ankommen. Während der Nacht nehmen wir Kohlen und gehen, wenn wir gleich an die Reihe kommen, nach neun Uhr Vormittags in den Kanal. Sechzehn bis zwanzig Stunden dauert die Kanalfahrt bis Suez immer. Sie haben also sechsunddreißig bis vierzig Stunden Zeit vor sich. Das genügt zu einem Telegrammwechsel. In Suez finden Sie die Antwort. Wollen Sie dann immer noch nach Deutschland zurück, so ist nicht viel verloren, wenn Sie erst in Suez an Land gehen.«

»Nun ja, lieber Hinsch, so werde ich es machen. Ich bin ja so froh, daß ich wieder ordentliche Schiffsplanken unter den Füßen habe und mit Ihnen zusammensein kann. Hoffentlich bekomme ich einen Auftrag für China oder Japan. In dem Falle haben wir noch sechs Wochen vor uns.«

In Port Said harrten viele Dampfer auf die Einfahrt. Drei Postdampfer, die den Vorrang vor andern Frachtschiffen im Kanal genießen, waren erst kürzlich eingetroffen und warteten auf die Kohlenbarken, um ihre Reise ohne Aufenthalt fortsetzen zu können, weitere sechs Dampfer hatten Anker geworfen und schienen sich auf längere Wartezeit eingerichtet zu haben.

Hinsch winkte mir von der Kommandobrücke:

»Fahren Sie nur gleich hinüber zum Telegraphenamt und bestellen Sie die Antwort nach Suez. Vor übermorgen nachmittag werden wir schwerlich dort eintreffen. Es bleibt also Zeit genug.«

Port Said, die alte Holzbarackenstadt, bietet nichts Interessantes. Hier herrscht nur buntes Treiben. Man sieht Angehörige aller Rassen, unter denen natürlich Araber vorherrschen. Die wenigen, aber sehr großen Läden haben sich dem Durchgangsverkehr von der heißen in die gemäßigte Zone angepaßt. Man findet dort alles, was der Europäer in den Tropen nötig hat, und ebenso kann der aus den Tropen Heimkehrende seinen gesamten Bedarf an europäischen Artikeln daselbst decken. In der heimlich erhofften Antwort auf Fortsetzung der Reise kaufte ich erst ein Stück – den Toopie oder Tropenhut – dann einen leichten, rohseidenen Anzug. Als ich das an Bord verpacken wollte, bemerkte ich, daß mein Koffer bereits voll war. Ich fuhr zurück und erstand einen Koffer. Um den noch etwas zu füllen, ließ ich mir noch zwei Kamelhaardecken einpacken. Nachmittags ging ich dann mit Kapitän Hinsch noch einmal in den Laden. Der schlaue Levantiner wußte es nun so einzurichten, daß ich nach dem zweiten »Whiskey mit Soda« noch drei weiße Anzüge und weiße Schuhe erstand. Dann ließ ich den Koffer an Bord schaffen und lehnte weitere Geschäfte ab.

Am nächsten Nachmittag, zwei Stunden vor unserer Einfahrt in den Kanal, traf ein Telegramm aus Galveston ein:

»Wenn Celebes, kleine Sunda, Molukken, dann ja. Näheres Singapore Raffles Hotel.«

Noch hatte ich den Inhalt nicht recht in mich aufgenommen, da stand schon der Levantiner vor mir.

»Mein Herr, ich habe alles im Boote, was Ihnen noch fehlt. Soll ich es an Deck bringen lassen?«

Verwundert blickte ich den Frager an:

»Wieso? Was soll mir fehlen?«

Mit einem verschmitzten Lächeln zog mich der schlaue Fuchs beiseite und raunte mir zu:

»Auf Celebes und den Sunda-Inseln brauchen Sie Waffen. Sie können sie nirgends mehr anschaffen, weil die Regierungen es nicht erlauben. Ich habe etwas hervorragend Gutes....«

»Aber Herr Artz, woher wissen Sie denn, daß ich nach den Sunda-Inseln reisen will?« fragte ich erstaunt den Händler.

Er kniff das linke Auge zu und erwiderte:

»Nu – ein guter Geschäftsmann muß alles wissen! Darf ich die Sachen in Ihre Kabine bringen?«

Die Geschäftstüchtigkeit des Mannes gefiel mir. Ich wurde bald mit ihm einig und besaß bei der Abfahrt unseres Dampfers von Port Said eine vollständige Ausrüstung für eine lange Reise in wenig bewohnten Ländern. Der gewiegte Herr hatte einfach an alles gedacht. Und zu diesen Vorbereitungen stand ihm nur die kurze Zeit zwischen der Ankunft und der Übergabe des Telegrammes an mich zur Verfügung. Die Telegraphenboten werden eine hübsche Provision für ihren Vertrauensbruch eingesteckt haben.

Meine frohe Laune war wiedergekehrt. Vor mir lag ein Arbeitsfeld, das mir besonders zusagte. Nun konnte ich mich wieder über die schöne Welt freuen. Mit doppelter Wonne sog ich die Wunder des herrlichen Sonnenunterganges im Roten Meere ein. Die in tiefes Gold getauchten Berge Aethiopiens enthüllten dem Reisenden einen Farbenreiz, der einzig in der Welt dastand. Wie sich das feurige

Gold des Abendrots über einen unbeschreiblich schönen Orangeton in magisches Grün verwandelt, kann weder Feder noch Pinsel festhalten – es ist eines der Wunder des Ägypterlandes.

Vierzehn Tage später tauchte der Adams Pik, das Wahrzeichen der Insel Ceylon, aus dem Meere auf. Mittags warfen wir vor Colombo den Anker in die Tiefe. Im Hafen lagen ungewöhnlich viele Dampfer, aber keiner, der einen für mich günstigen Punkt anlief. So mußte ich denn auf der »China« den Umweg über Kalkutta mitmachen, wodurch meine Ankunft in Singapore um etwa vierzehn Tage hinausgeschoben wurde.

Mit der Abendkühle fuhren Hinsch und ich an Land, um dem Leben und Treiben im Oriental House, Colombos größtem Gasthofe, zuzuschauen. Das Hotel ist der Treffpunkt der eleganten Herrenwelt und hier findet man die meisten Europäer, die zu einem Whiskey hereinkommen, bevor sie sich in ihre Villen zurückziehen. Originell ist die Kleidung der Kellner in dem Hause. Es sind ausschließlich Singhalesen, die auf dem Kopfe einen Zopf und darauf einen runden Kamm aus Schildpatt tragen. Zum eleganten weißen Smoking mit goldenen Knöpfen, tragen sie den kurzen, unterrockartigen Sarong und von den Knien abwärts laufen sie barfuß. Auf den daran nicht gewöhnten Europäer macht die Tracht einen merkwürdigen Eindruck.

Zu einem Ausfluge nach Kandy, der eigentlichen Hauptstadt Ceylons, blieb mir keine Zeit, wir gingen bereits am nächsten Mittag nach Kalkutta in See. Die Fahrt dorthin wurde zu einer etwas aufregenden. Einer, der um diese Jahreszeit im Golf von Bengalen heftig auftretenden Stürme überfiel uns.

Nach dem Abendessen war ich mit Kapitän Hinsch auf das Oberdeck hinaufgestiegen, wo wir neben dem Kartenhause einen traulichen Plauderwinkel eingerichtet hatten. Es war ein außergewöhnlich ruhiger Abend. Der Monsun schien eingeschlafen zu sein, denn nur leise kräuselten sich die Kämme der Wellen. Über der unendlichen Wasserfläche wölbte sich in magischer Pracht der südliche Sternenhimmel. Die mir aus meinem einsamen Lagerleben in tropischen Ländern so vertraut gewordene, herrliche Figur des südlichen Kreuzes im Sternbilde des »Kentaur« stand in dem hellstrahlenden Glanze ihrer vier Ecksterne in der Mitte des Horizontes.

Prachtvoll funkelte das Meer, das in Millionen Phosphorlichtern einen bezaubernden Glanz entfaltete.

Wir lagen in unsern Deckstühlen und blickten wortlos auf die stets wechselnden Funkenspiele, als der erste Offizier herantrat: »Herr Kapitän, das Barometer fällt seit einer Stunde andauernd.«

»Dacht' ich es doch!« rief Hinsch aufspringend. »Die Luft ist auch gar zu durchsichtig heute abend und der Monsun hat sich verkrochen. Lassen Sie gleich alles festzurren und benachrichtigen Sie die Kajütdiener, daß sie auf dem Posten sind. – Wann glauben Sie, Herr Heinzen, daß es losgeht?«

»Vor der Morgenwache wohl kaum, Herr Kapitän.«

»Das ist auch meine Ansicht. Ich schlage vor, wir legen uns jetzt schon in die Klappe, denn wer weiß, wann wir wieder zur Ruhe kommen. So ein bengalischer Orkan meint es recht gut.«

»Wie lange pflegt er denn zu wehen?« fragte ich.

»Je nachdem. Oft rast er in zwei Stunden vorüber. Ich habe ihn aber auch schon drei Tage auf dem Nacken gehabt. Kommen Sie mit hinunter?«

»Danke, Hinsch. Ich genieße die schöne Nacht noch eine Weile. Wenn es erst weht, kann ich noch genug schlafen.«

Ich lehnte mich an die Reeling und suchte den Horizont nach Anzeichen des Sturmes ab. Außer dem starken Funkeln der Sterne deutete nichts auf eine bevorstehende Änderung des schönen Wetters. Auf dem Deck des Schiffes entfaltete sich dagegen eine emsige Tätigkeit. Lautlos hantierten die Matrosen an den Deckgegenständen. Die großen Sonnensegel wurden weggenommen. Deckstühle und sonstiges loses Gut verschwanden im Innern des Schiffes. In den Kabinen wurden unter lautem Protest der Fahrgäste die Fenster mit dem Schraubenschlüssel zugeschraubt. »Nur aus Vorsicht!« hieß es, um die Menschen nicht zu ängstigen.

Das Meer wurde in seinem phosphoreszierenden Glanze immer schöner. Es bannte das staunende Auge an die unabsehbare Fläche und ließ es mit wachsender Spannung den steten Wechsel der fesselnden Erscheinung betrachten. An der Seite des Dampfers tauchten in den sprühenden Bugwellen wunderbar grünschillernde Quallen auf, um gleich darauf wie glühende Blasen wieder in der Tiefe zu verschwinden. In goldgrünen Bändern verliefen die zitternden Schaumstreifen in der Ferne. Weit hinten, wo Horizont und Meer zusammenzustoßen scheinen, loderten lichte Feuerbüschel empor. Dort trieb eine Schar Delphine ihr lustiges Spiel...

Die Schiffsglocke schlug acht Schläge. Mitternacht. Der zweite Offizier löste seinen Kameraden ab. Auch ich suchte meine Kabine auf. Ich ging mit dem ersten Offizier hinunter und fragte ihn:

»Wann wird's losgehen, Herr Heinzen? Was sagt das Barometer?«

»Ich denke bis Tagesanbruch noch schlafen zu können. Das Barometer ist unruhig. Auch die Luft gefällt mir nicht – zu viel Elektrizität! Aber einstweilen darf ich Ihnen noch eine »gute Nacht« wünschen.«

Kurz vor Tagesanbruch stand ich, wie gewohnt, an Deck. Das schöne Meer ähnelte einem grauen Teppich. Bleiern lagerte der Dunst über dem Horizont, und die Sonne tastete mit feuerroten Strahlen über die Wasserwüste, gleichsam als fürchte sie sich dem Kommenden ins Auge zu schauen.

Im Süden flog ein handgroßes Wölkchen über die Kimmung. Es stand minutenlang anscheinend unbeweglich. Dann ging ein scharfer Pfiff durch die Luft und nun begann das Wölkchen an Ausdehnung zu gewinnen. Es formte sich zu einem dunklen Ballen und prägte dem ganzen Horizonte eine graue Färbung auf, aus der die Sonne wie eine matte Kupferscheibe hervorlugte.

Hinsch trat zu mir. Er trug Ölzeug und Seestiefel:

»Wenn mich nicht alles täuscht, werden wir uns in den nächsten zwei Tagen kaum begrüßen können. Es braut dort unten ein böser Orkan. Tun Sie mir den Gefallen und beruhigen Sie die Passagiere, wenn es zu bunt werden sollte. Unser Schiff wird's hoffentlich aushalten, es macht erst die dritte Reise. Ich werde alle unten einschließen, damit keiner während des Wetters auf Deck gehen kann. – Na, Sie kennen ja den Rummel aus Erfahrung. Geben Sie den Passagieren ein gutes Beispiel! Auf Wiedersehen!«

Wieder pfiff es in den Lüften. Diesmal in so gellendem Tone, daß man es ordentlich in den Knochen spürte. Die Aufwärter kamen mit der Glocke auf Deck und riefen die Fahrgäste zum Frühstück in den Speisesaal. Die Essenszeit benutzten sie, um in den Kajüten eiserne Platten vor die Fenster zu schrauben.

Während des Frühstücks setzte unter prasselndem Geräusch ein wolkenbruchartiger Regen ein. Das Schiff begann zu schwanken und ein Blick aus den Fenstern zeigte uns, daß die See einem wild durcheinandergeworfenen Chaos von Berg und Tal glich. – Ein Tosen und Heulen begleitete das donnerähnliche Krachen der an der Schiffswand zerschellenden Wogen und die immer mehr zunehmenden Bewegungen des Dampfers ließen erkennen, daß der Orkan herangebraust kam.

Die angeregte Unterhaltung der Passagiere war einem stummen Hinbrüten gewichen. Hie und da erhob sich einer und suchte Zuflucht vor der ausbrechenden Seekrankheit in seiner Kabine. Die Seefesteren sahen mit bangendem Blick in den Aufruhr der Elemente und gar manchem drängte sich die Frage auf die Lippen: »Ist es gefährlich?«

Ich nahm das Wort und suchte den Verzagten Mut einzusprechen. Noch gelang mir das, denn der Sturm schien nicht über eine mittelmäßige Stärke hinauszugehen. Als dann aber ein Gewitter in seiner ganzen Schwere den Himmel zu verfinstern begann, bemächtigte sich die grausige Angst der Ärmsten. – Jetzt brach draußen ein tosendes Geheul los. Wie von Riesenhänden gepackt, legte sich der große Dampfer auf die Seite. Das ratternde Geräusch der aus dem Wasser gehobenen Schiffsschraube ließ den ehernen Bau in seinen Grundfesten erbeben. Im Speisesaal polterte klirrend das Geschirr über die Sturmleisten zu Boden. Wer sich erhob, wurde zur Erde geschleudert. Die ganze Wucht des in seinen Tiefen aufgewühlten Meeres hämmerte auf das schwer arbeitende Schiff und das Tosen der in Aufruhr geratenen Elemente übertönte jedes Wort.

Es war einer jener Augenblicke, die von niemanden, der sie erlebt, vergessen werden. Es gibt auch in keiner Sprache Worte, die diesen betäubenden Lärm, diese alles zerschmetternde Wucht beschreiben könnten.

Die haushohen Wogen donnerten unausgesetzt auf das Deck und überfluteten das Schiff mit wahren Gießbächen. Tosend brachen sich die aufgepeitschten wogen an der Schiffswand. An dem Rauschen über unsern Köpfen konnte man die Wassermenge ermessen, die sich bei jeder Bewegung flutend über den schwer arbeitenden Dampfer ergoß.

Die Aufwärter deckten den Tisch für das Mittagsmahl. Fragend blickten die geängstigten Menschen umher ....

»Essen Sie nur ruhig, meine Damen und Herren,« rief ich, den Lärm übertönend. »Sie sind auf einem *deutschen Schiff* und auf *deutsche* Arbeit können Sie sich verlassen!«

»Aber wo ist der Kapitän, wo sind die Offiziere?« fragte man zurück.

»Die sind natürlich auf ihren Posten. Sie stehen oben auf der Kommandobrücke. Sie haben sich mit starken Tauen festgebunden, damit die See sie nicht über Bord spülen kann!«

»Aber die müssen doch auch essen und schlafen!« hieß es angstvoll.

»Wenn der Orkan vorüber ist, ja. Solange es aber noch so stark weht, verläßt kein deutscher Seemann seinen Posten. Wenn es sein muß, bleibt er auch Tage und Nächte oben!« erwiderte ich mit Stolz.

Kurz vor dem Nachtisch schlug eine besonders schwere See ein Fenster im Speisesaal ein. Das drei Zentimeter dicke Glas flog in Splittern in den Saal und eine salzige Flut ergoß sich über Tische und Teppiche. Nur mit großer Mühe gelang es den Aufwärtern, die eisernen Schutzklappen vor die Fenster zu bringen und die Öffnung damit zu verschließen. Dadurch waren wir nun auch des Ausblicks nach außen beraubt und nur auf das Licht der Petroleumlampen angewiesen. (Elektrische Beleuchtung war damals noch wenig eingeführt.) Das matte Halbdunkel ließ das Toben der Elemente und das Ächzen und Krachen im Schiff doppelt schaurig erscheinen.

Das Abendessen rührten nur wenige Fahrgäste an. Es gelang mir durch mein Beispiel einige besonders schwach aussehende Damen zu einer Tasse Suppe zu überreden, aber zu weiterer Speiseneinnahme fehlte ihnen der Mut. Die Herren waren womöglich noch furchtsamer.

Um zehn Uhr lud der Oberkellner die Passagiere ein, die Kabine aufzusuchen. Nur zögernd erhoben sie sich, um an der Hand der Aufwärter den kurzen Weg zu den Kammern zurückzulegen.

Da! – Ein furchtbarer Donnerschlag, gefolgt von einem ohrenbetäubenden Prasseln, jagte uns das Blut zum Herzen. Eine Sekunde lähmender Erwartung folgte. Laute Rufe, Schreien, dann Kommandoworte drangen aus dem Innern des Schiffes. Zischen und Pfeifen entfesselten Dampfes ließen auf ein Unglück in der Maschine schließen. Dann wieder ein furchtbarer Donnerschlag....

Schon bei dem ersten Toben waren die meisten Fahrgäste mit gellendem Aufschrei in den Saal zurückgeflüchtet. Der zweite Schlag brachte sie vollends um die Besinnung. – Im Verein mit den Kellnern machte ich alle erdenklichen Anstrengungen, um die kopflos gewordenen Menschen wieder zur Vernunft zu bringen. – Umsonst! Sie schrien, rauften sich das Haar und ließen sich zum Teil von dem Rollen des Schiffes willenlos über den Boden hin und her wälzen. Einige beteten laut um Rettung, andere lagen apathisch, in die Kissen gekrallt, auf den Bänken und stierten ergeben ins Leere ....

Ein dünner Wasserstrahl züngelte aus dem Kabinengang in den Saal. Fragend deutete ich ihn dem Oberkellner an. Als dieser aber die Achsel zuckte, entschloß ich mich, der Ursache nachzuforschen. Am Ende des Ganges fand ich die Türe zum Zwischendeck. Sie war nicht verschlossen. Als ich mich aber mit aller Gewalt dagegen stemmte, um sie gegen die Wucht des Windes zu öffnen, wurde sie mir aus der Hand gerissen und die Spritzer einer überkommenden See warfen mich in einem flutenden Salzregen in den Gang zurück. Schwer schlug ich mit dem Kopf auf die Treppenstufe, wie betäubt blieb ich einen Augenblick liegen. Dann ließ mich aber ein neuer Brecher die Gefahr für das Schiff erkennen, wenn die Tür offen blieb. – Ich erhob mich und starrte in die Finsternis hinaus. Zu meinen Füßen schäumte das über das Deck flutende Wasser. Schwere Seen liefen von hinten über und zerteilten ihre gewaltigen Massen über die ganzen Decksbauten, von der Mannschaft war niemand zu sehen ...

Ich rannte zurück in den Saal. Bei meinem Eintritt erscholl ein vielstimmiger Schrei – ich muß bös ausgesehen haben –! doch ich nahm mir nicht die Zeit nach der Ursache zu fragen.

»Schnell, zwei – drei Mann – einen Strick!« ächzte ich und ohne auf die entsetzten Ausrufe der Passagiere zu achten, stieß ich die Aufwärter vor mir her. Im Vorbeigehen riß ich eine fingerdicke starke Vorhangschnur ab.

Nur Minuten hatte das alles gedauert und doch schäumte bereits eine handbreit Wasser den Gang hinan, als wir unten an der Treppe ankamen.

»Schnell, Leute, bindet mir die Schnur fest um den Leib – so – und nun schlagt sie um die Eisenstange dort. Hier, den Block setzt zwischen die Tür, damit mir der Rückweg offen bleibt. Und nun – haltet fest!«

Mit einem Satz war ich draußen auf Deck. In demselben Augenblick packte mich die Windsbraut und preßte mich hart gegen die Wand des Oberdecks. Gellend brausten die Fanfarenstöße des Orkans um meine Ohren, und zu dieser zerstörenden Allgewalt gesellten sich die heulenden Sturzseen. Es gelang mir nach unsäglicher Mühe, die Türe zu ergreifen. Leider war der aus einem Ring bestehende Drücker so klein, daß ich keine Gewalt anwenden konnte, um der Wucht des Winddruckes entgegenzuarbeiten. So sehr ich meine Kräfte anspannte, die gegen die Wand gepreßte Tür wich keinen Millimeter aus ihrer Lage. Sie saß fest wie angenagelt.

Wieder donnerte eine schwere See von hinten her über das Heck, wie der Rachen eines Höllentieres wälzte sie sich brüllend heran. Die gewaltigen Wassermassen packten mich, hoben mich vom Deck auf und eine Sekunde später lag ich mit blutendem Kopfe, halb ertrunken, in dem ablaufenden Gischt.

»So geht es nicht!« rief ich den Aufwärtern zu, die mich in den Gang herein gerettet hatten. »Holt ein Tau, schnell – eilt euch.«

Während mir der Oberkellner das Blut aus dem Gesichte wusch, prüfte ich die Haltbarkeit der Schnur. Riß sie, so war ich rettungslos verloren.

Das Tau kam. Die nächste ablaufende Sturzsee nahm mich wieder mit auf das Deck hinunter. Wie zur höchsten Wut aufgepeitscht, rüttelte der Orkan an meinem Körper. Er setzte meinem Vordringen den heftigsten Widerstand entgegen, wie Messer schnitten Regen und Seewasser in meine Wunden. Schritt um Schritt mußte ich meinen Weg erkämpfen. – Endlich fand ich tastend den Ring. Die Schlinge saß. Nun galt es, eine der Stützen zu erreichen, um das Tau darum schlagen und die Zugkraft verstärken zu können. Auch das gelang mir. – Beim ersten Versuche, die Tür an mich zu ziehen oder sie nur zu lockern, mußte ich aber einsehen, daß das über die Kräfte eines Menschen ging.

Einer der Aufwärter hatte die Schwierigkeit meines Unternehmens erkannt und die Hilfe des Maschinenpersonals herbeigerufen. Bald standen, an langen Leinen gesichert, drei Mann neben mir. So sehr wir jedoch unsere Kräfte anspannten – der Orkan trotzte dem Menschen. Noch weiterer zwei Mann bedurfte es, um endlich die gefährliche Öffnung verschließen zu können.

Ich war am Ende meiner Kraft. Ermattet wankte ich in meine Kabine und schlief trotz des mit unverminderter Kraft tobenden Orkanes die ganze Nacht hindurch.

Eine wässerige Sonne beleuchtete am anderen Morgen die hochaufgewühlte, sturmgepeitschte See. Der Orkan hatte etwas nachgelassen und es wurde den Fahrgästen gestattet, in den überdachten Gängen unter dem Oberdeck spazieren zu gehen. Ich gesellte mich zu einer Gruppe, die einen in Ölzeug gehüllten Seemann umstanden. Dieser schlug bei meinem Erscheinen die Hände über dem Kopf zusammen:

»Um des Himmels willen, Herr, wie sehen Sie aus! Wo in aller Welt haben Sie sich denn die Schrammen geholt?«

»Ja, ein wenig bunt ist mein Fell wohl angelaufen, auch habe ich eine Anzahl großer und kleiner Risse und Beulen davongetragen – aber sonst bin ich gesund!« gab ich lächelnd zur Antwort.

»Wie ist denn das nur möglich gewesen? Wo haben sie sich denn verletzt?« fragten nun verschiedene Stimmen.

Ich gab ihnen eine kurze Schilderung der nächtlichen Vorgänge.

»Wie? Sie waren das?« rief der Offizier. »Man hat dem Kapitän gemeldet, der französische Passagier habe das Wagestück vollbracht!«

»Der Franzose? Und das haben Sie auch nur eine Sekunde lang geglaubt?« erwiderte ich lachend. »Nein, der würde niemals den

Mut zu einer gefahrvollen Arbeit, die ihm nicht auf den Nägeln brennt, aufbringen. Die glorreiche Nation hat nur den Mut in ihren Worten, 1n der Wirklichkeit aber sieht das anders aus. Sie haben das beste Beispiel dafür in der Eroberungspolitik der Franzosen. Dort, wo wirkliche Anforderungen an den Mannesmut des einzelnen gestellt werden, läßt sich der Franzmann nicht sehen. Dorthin sendet er die Fremdenlegionäre oder die Schwarzen. Er selbst hält sich »mutig« zurück. Sie haben den Beweis für meine Ansicht in der Geschichte. Überall da, wo der Franzose mit seinen weißen Soldaten auf dem Kampfplatz trat, erlitt er Schlappen – sofern der Gegner mit ebenbürtigen Waffen stritt. Wehrlose Neger allerdings konnte er durch die Übermacht der Kriegswaffen besiegen. Aber selbst dort wurde er sein Angstgefühl vor blutiger Vergeltung nicht eher los, bis er das Haupt seiner Gegner in Sicherheit wußte. Beispiel: König Behanzin von Dahome, der auf der Insel Martinique eingesperrt wurde.«

Ein Aufwärter rief mich zum Kapitän.

»Das haben Sie gut gemacht, daß Sie eingesprungen sind. Ich danke Ihnen im Namen meiner Reederei und in meinem eigenen Namen herzlichst,« sagte er, mir die Hand schüttelnd. »Wäre die Luke offen geblieben, säßen wir jetzt bei den Fischen...«

»Keinen Dank, Kapitän!« rief ich. »Eher verdiene ich Vorwürfe, denn ich öffnete ja die Tür, und da war es meine Pflicht...«

»Nein, nein, nein!« wehrte er ab. »Die Türe war nicht vorschriftsmäßig verschalt und auch ohne Ihr Zutun hätte der Orkan sie aufgerissen. – Übrigens sehen Sie nett aus!«

»Zum Verlieben – nicht wahr?« lachte ich. »Doch was ist's mit dem Wetter, Kapitän? Er kommt wohl zurück, der Orkan?«

»Ich fürchte, wir werden in zwei Stunden von neuem den Tanz beginnen. So Gott will, geht es auch dann wieder glimpflich ab. Bis jetzt haben wir nur ein Boot verloren und einige Oberlichte zu beklagen.«

Die Befürchtungen des Kapitäns trafen ein. Wir saßen beim Mittagessen. Das frohe Gesicht unseres wackeren Schiffsführers hatte eben den Tischgästen wieder neuen Mut eingeflößt, als ein Matrose erschien, der dem Kapitän einen Zettel reichte. Sofort warf dieser sein Besteck hin und eilte auf Deck. In seinem kurzen Blicke las ich die Botschaft.

Der erste Offizier bemühte sich, die Bedenken der aufmerksam gewordenen Passagiere zu zerstreuen:

»Beruhigen Sie sich, meine Herrschaften. Der Kapitän ist nur wegen der Festsetzung des Schiffsortes nach oben gerufen. Gefahr ist nicht vorhanden. Der Wind wird bald einschlafen.«

Aber als wollten die Elemente dem Sprecher Lügen strafen, so erhob sich in diesem Augenblick ein johlendes Geräusch in den Lüften. Durch die wieder geöffneten Fenster konnte man in die wildauflaufende See blicken und den schaurig-schönen Anblick des sturmgepeitschten Ozeans bestaunen. Wie eine Lawine anschwellend, polterten die bergehohen Wogen heran. Einen Moment schienen sie aufrecht festzustehen, dann, wie zum Sprunge ansetzend, bogen sich die Massen zurück, und sich mit ihren schäumenden Kämmen überschlagend, hämmerten sie dröhnend auf das jetzt wieder in allen Fugen ächzende Schiff.

Doch der eisenfeste Dampfer bot in der Hand seines erprobten Kapitäns dem Orkane Widerstand. Mochte die fürchterliche See ihn auch mit ihrem kochenden Gischt überschwemmen, mochte der heulende Sturm seine äußerste Kraft zusammenballen, um das zerbrechliche Menschenwerk hinabzuschleudern in die grausige Tiefe, an der gewandten Führung der sturmerprobten Offiziere scheiterte die wilde Gewalt der entfesselten Windsbraut.

Auf seinem Posten, an starken Tauen festgebunden, stand Kapitän Hinsch inmitten seiner Offiziere auf der Kommandobrücke. Mit fachkundigem Befehle lenkte er das Schiff durch die zischende, schäumende Wasserwüste. Die gewaltigen Wogen überfluteten selbst den zehn Meter über dem Wasserspiegel liegenden hohen Stand und warfen ihren Gischt in dicken Strähnen über die kaltblütigen Seeleute. Steil hinauf hob die See oft das mächtige Schiff, um es gleich darauf in einem tiefen Wellentale verschwinden zu lassen.

So vergingen bange Stunden. Endlich erschien ein Offizier und brachte den geängstigten Passagieren die frohe Botschaft, daß das Barometer steige. Die Türen wurden wieder geöffnet und zaghaft schritten die aufatmenden Menschen auf das Deck. Noch jagten regenschwere Wolken pfeilschnell über den Himmelsdom und die auflaufenden Seen versuchten noch ein letztes Mal ihre schaumgekrönten Spitzen über das Schiff zu werfen. Bald aber hörte auch dieses Spiel auf. Der Orkan war vorübergebraust und eine grünlich-goldene Abendsonne übergoß mit freundlichem Glanze das triefende Schiff.

Zwei Tage später ankerten wir in der Mündung des Hugliflusses – jenes Armes des heiligen Ganges, an dem hundert Kilometer landeinwärts *Kalkutta* liegt. Hier trafen wir mit einigen englischen Dampfern zusammen, die gleich uns den Orkan bestanden hatten. Aber wie sahen die aus! Einer davon hatte seine beiden Kamine eingebüßt, einem zweiten war das Vorderdeck zerstört. Nach uns lief ein großer Japaner ein, die Flagge auf halbmast. Dieser hatte die ganzen Decksbauten verloren und acht Mann der Besatzung waren einer schweren Sturzsee zum Opfer gefallen.

Auch am Lande sahen wir manchen Trümmerhaufen. Als wir mit der Flut zur Stadt hinauffuhren, trieben noch zahlreiche Tierkadaver dem Meere zu, die nun, ein Spiel des Stauwassers, bald hoch an der Oberfläche, bald im gurgelnden Wirbel der zahlreichen, seitlich einmündenden Wasserläufe umhergeworfen würden. In der Stadt selbst, auf dem Meidan, lagen die vom Hagel getöteten Raben zu Dutzenden unter den Riesenbäumen.

Dem Bahnhofe Howrah gegenüber, dicht vor der breiten Schiffbrücke gingen wir zu Anker. Eines kranken Passagieres wegen durften wir noch nicht an Land gehen. Die hohe Sanitätspolizei mußte erst über den Krankheitsfall nachdenken, ehe sie uns eine freie Verbindung mit der übrigen Welt erlaubte. Ich benutzte die Muße, um mir von unserem »Krähennest« (so nennt man den ersten Absatz am Fockmast) aus, das Menschengetümmel auf der Brücke anzusehen, wo Inder aller Schattierungen in phantastisch aufgeputzten Gewändern und in dürftigster Kleidung im bunten Wechsel durcheinanderwogten. Auf der Brücke, die Kalkutta mit dem gegenüberliegenden Howrah verbindet, herrscht ein Verkehr, wie ihn selbst die belebteste Großstadtstraße nicht aufzuweisen hat. Und trotzdem vollzieht sich der Betrieb in einer Ruhe und Ordnung, an der wir in Europa uns ein Beispiel nehmen könnten.

Dicht bei der Brücke, an beiden Flußufern, befinden sich tempelartige Gebäude, aus denen breite, steinerne Freitreppen zum Flusse führen. Diese sogenannten Ghats dienen dem Kultus der Inder. In der Halle findet die Verbrennung der Toten statt. Der nackte Leichnam wird auf einen Holzstoß gebettet. Die Angehörigen des Verlebten kauern sich im Kreise um den Scheiterhaufen und sehen der langsamen Verbrennung des Leibes zu. Hat die Flamme ihr Werk vollendet, dann sammelt der nächste Anverwandte die Asche. Ein Teil derselben wird den Fluten des heiligen Ganges übergeben. Der Rest wird unter die Leidtragenden verteilt. Diese betupfen sich damit Stirn und Wangen und tragen diese Trauerzeichen, die mehrere Male täglich erneuert werden, bis zu einem im Ritus festgesetzten Tage.

Am Fuße der Treppe herrscht ebenfalls lebhaftes Treiben. Nur sieht man es hier den Bewegungen der Menschen an, daß sie eine religiöse Handlung vollziehen. Gläubige beiderlei Geschlechtes waten bis zur Brust in den sich träge dahinwälzenden, lehmfarbenen Fluß. 5ie benetzen sich den Körper mit dem für heilig und gnadenbringend gehaltenen Wasser und trinken es sogar. Diese Zeremonie ist übrigens ziemlich gefährlich, denn der Fluß birgt Krokodile – den spitzköpfigen Gavial –, die sich schon manchen Andächtigen aus der Mitte der Badenden geholt haben. Der Tod im Rachen eines solchen Reptils, das ebenfalls im Rufe der Heiligkeit steht, ist für den Inder eine besondere Auszeichnung...

Drei Tage später dampften wir wieder den Fluß hinunter. In Sicht der, als Handelshafen der malaischen Staaten bekannten Insel Penang, liefen wir in die Malakkastraße ein. Dann rasselte nach sechstägiger Fahrt von Land zu Land in Singapore der Anker in die Tiefe. Hier hieß es Abschied nehmen von einem lieben Gefährten, von meinem treuen Freunde Hinsch. Sein Weg lag östlich. Mich rief die Pflicht in die Bandasee.

In Raffles Hotel fand ich Vriefe aus Galveston. Meine Auftraggeber ließen mir freie Hand innerhalb der gezogenen Grenzen, und so stellte ich es dem Zufall anheim, wohin mich meine nächste Reise führen würde. In Singapore finden sich oft kleine malaiische Küstenfahrzeuge, die, mit Trepang beladen, von den kleinen und kleinsten Inseln der Vandasee hierherkommen, um den Fang an den

Mann zu bringen. »Trepang« ist der Name für die zu den wurmartigen Stachelhäutern gehörige Holothurie, auch Seegurke oder Meerwurm genannt, die von den Chinesen als Leckerbissen hochgeschätzt wird. Sie kommt nur getrocknet in den Handel. Das eigenartige Tier werde ich bei der Schilderung des Fanges genauer beschreiben.

Am Tage nach der Abfahrt der »China« liefen gleich drei Barken ein, die für meine Zwecke paßten. Eine derselben, die bei weitem größere, war in Lombok beheimatet. Die zweite, klein aber sehr sauber, vermittelte den Frachtverkehr zwischen der Halbinsel Minahassa auf Celebes, und eine dritte, deren Kapitän ein Holländer war, besuchte die kleinen Molukkenhäfen. Alle diese Inseln hatte ich zu durchforschen.

Um mir die Wahl zu erleichtern, ließ ich mich an Bord jedes der drei Fahrzeuge rudern. Für die Aufnahme europäischer Passagiere war keine der Barken eingerichtet. Auf zweien bestand die Mannschaft aus Malaien. Kerle mit wahren Galgengesichtern grinsten mich vielsagend an, als sie sich mit Freuden bereit erklärten, den weißen Tuwan mitzunehmen, was dabei in ihrem Gehirn vorging, konnte ich mir leicht denken. Diese malaiischen Seeleute nehmen es mit einem Menschenleben nicht sehr genau, und wenn so ein Europäer draußen auf See über Bord fällt - du lieber Himmel, es war eben ein Unglücksfall. - Als dritten und letzten Besuch hatte ich mir die Molukkenbarke mit dem weißen Kapitän ausersehen. Dort hoffte ich einen besseren Eindruck von der Besatzung zu gewinnen, denn, »wie der Herr, so der Knecht«, lautet ein Sprichwort. - Hier war es aber umgekehrt, wie die Besatzung, so war auch der Herr, nur noch viel, viel vertierter als das Gemisch von Malaien, Chinesen, Alfuren, Dajaks und Papuanegern, das in je einem Exemplar auf dem Boote vertreten war. Es lief mir ordentlich ein Schauer über den Rücken, wenn ich das Gesindel nur anschaute. Ich war noch keine fünf Minuten an Bord, da fand ich schon heraus, daß sich diese sechs Rassen wie grimmige Tiere anfeindeten und bekämpften. - Und gerade diese Barke wählte ich aus. An deren Bord hatte ich wenigstens immer nur einen Kerl zu bekämpfen, wenn sie mir an den Kragen wollten. Keiner würde mit dem andern gemeinsame Sache machen. Mich mit allen auf guten Fuß stellen, mußte meine vornehmste Aufgabe sein.

Drittes Kapitel.

Die Barke »Dewata«, Kapitän Tenbrink, verließ gegen Mitte September den Hafen von Singapore. Als Ladung war Reis angegeben. Bestimmungshafen Taliabu - eine der Sula-Inseln in der Molukkensee. Die Besatzung bestand aus den erwähnten fünf Matrosen, dem Kapitän und mir als Passagier. Die Geschäfte eines Steuermannes besorgte der Chinese. Die Küche betrieb der Malaie im Nebenberufe. Das Fahrzeug war als Dschunke getakelt, führte große Mattensegel und entsprach auch in seinem Bau den chinesischen Dschunken, von der Mannschaft konnten sich nur der Chinese und der Dajak mit dem Kapitän direkt verständigen. Die anderen mußten einen dieser beiden als Dolmetscher benutzen, wenn sie mit ihrem Schiffsführer etwas zu reden hatten. Der Papua verstand etwas englisch; der Alfure ein wenig malaiisch. Man kann sich vorstellen, wie sich das Leben untereinander in einem derartigen Babel abspielen mußte.

Der Hafenkapitän in Singapore wollte mir anfangs nicht erlauben, mit der Barke unter Segel zu gehen. Es gäbe Dampfer, die mich in die Nähe der Inseln brächten. Da ich aber später doch noch auf diese Barken angewiesen sein würde, blieb es sich schließlich gleich, ob ich jetzt oder später mitfuhr. Billiger stellte sich diese Art des Reifens jedenfalls. Das antwortete ich dem Manne. Ein deutscher Kaufmann in Singapore vermutete in dem Holländer einen Seeräuber. An die Reisladung glaubte er nicht. Kurz, man sparte nicht mit Warnungen und guten Ratschlägen. -

Man hatte mir mittschiffs in einem Decksaufbau eine Kammer' angewiesen, deren Eingang mit einer sehr solide gearbeiteten Türe verschlossen werden konnte. Es war dies der einzige derartige Raum. Alle anderen Unterkunftsgelegenheiten waren nur durch Mattenvorhänge gegen neugierige Blicke gesichert. Anfangs schien mir diese Kammer so recht für meine Zwecke geeignet. Gar bald merkte ich jedoch, daß eine geheime Absicht mit der Zuweisung dieses Raumes an mich verbunden sein mußte. Und das kam so. Zwei Tage nach unserer Abreise, gegen Abend, sichteten wir einen Dampfer, der unfern Kurs zu schneiden beabsichtigte. Mit meinem Fernglas erkannte ich ihn als einen holländischen Küstenschutzdampfer, den ich von früher her noch in Erinnerung hatte. Unser Kapitän nahm anfangs keine Notiz von dem Schiffe, wußte er doch, daß der andere ausweichen mußte. Erst als drüben ein Flaggensignal hoch ging, das unsere Dschunke aufforderte, beizudrehen, kam Leben unter die Mannschaft. Es entstand ein wütendes Geschimpfe unter den Leuten. Die Luken wurden geöffnet und unter Deck entstand ein Rumoren, über dessen Ursprung ich mir nicht klar wurde. Die Aufforderung zum Beidrehen ließ der Holländer unbeachtet. Er setzte ruhig seinen Kurs fort und warf mir nur ein paar wütende Blicke zu, als ich ihn auf das Flaggensignal aufmerksam machte.

Der Dampfer kam näher. Bald rauschte er längsseit. Ich war gerade in meine Kammer getreten, um den Beamten, falls sie an Bord kämen, eine Karte nach Deutschland mitzugeben, die sie im nächsten Hafen der Post überantworten sollten. Da schlug plötzlich die Türe meiner Kabine mit einem lauten Krach ins Schloß. Finsternis umgab mich. Ein Fenster besaß der Raum nicht, wie ich erst jetzt bemerkte. Visher hatte ein handbreiter Spalt an dem obersten Teile der Außenwand Luft und Licht vermittelt. Dieser Spalt war nicht mehr sichtbar. Als ich mich umwandte, um die Türe wieder zu öffnen, gab sie meinem Drucke nicht nach. In demselben Augenblick vernahm ich eine Stimme von außen, die nach dem Woher und Wohin fragte. Die Antwort unseres Kapitäns lautete:

»Von Singapore nach Labuan, Ladung Reis und Mehl für Rechnung der englischen Regierung. Heimatshafen Labuan.«

Damit gab sich der Küstendampfer zufrieden. Englische Regierungsladung auf englischem Schiffe nach englischem Hafen ging ihn nichts an.

Ich aber war nicht wenig erstaunt über diese Antwort. Die verschiedenen Warnungen gingen mir durch den Ropf. Ich versuchte nochmals die Türe zu öffnen, aber vergebens. Sie wich und wankte nicht. Nun wurde mir die Sache zu bunt. In meinem Gepäck steckte ein Buschbeil, das konnte mir jetzt gute Dienste leisten. Als ich mich danach bückte, vernahm ich ein leises Knirschen an der Tür. Ganz schwach nur drang der Laut an mein Ohr, aber ich fühlte doch, daß sich draußen jemand am Schloß zu schaffen machte. Mit festem Griff stieß ich die Tür nach außen – und lag im nächsten Augenblick auf dem Deck. Die Tür hatte sich spielend leicht geöffnet und meine gewaltige Kraftanstrengung, die ich glaubte anwenden zu müssen, war mir zum Verhängnis geworden.

Das Gelächter der Matrosen, die am Maste standen, und meinen Sturz beobachtet, vielleicht sogar erwartet hatten, ignorierte ich. Ein Blick sagte mir, daß der Schlüssel nicht mehr im Schlosse stak. – Jetzt wußte ich genug. Auf diesem Fahrzeug wurde irgend ein faules Spiel gespielt, und nun verwendete ich meinen ganzen Scharfsinn darauf, herauszubringen, was man hier trieb. Daß man mich nicht noch einmal einsperrte, dafür wollte ich schon sorgen.

Nach einem kurzen Spaziergang an Deck, kehrte ich zur Kammer zurück. Siehe da – der Spalt war wieder offen. Auch hierüber wunderte ich mich nicht. Wußte ich doch nun, daß diese Kammer dazu bestimmt war, unbequeme Zuschauer zu beseitigen oder gefangen zu halten.

Der Chinese erschien in der Türöffnung. Mit einem Blick überzeugte er sich, daß kein Lauscher in der Nähe war, dann fragte er: Ob ich sein Freund sei. Natürlich bejahte ich. Zur Bekräftigung reichte ich ihm einen Straitsdollar.

»Es ist gut!« antwortete er und setzte seinen Gang über das Deck fort. Während ich noch über den Sinn der Frage nachdachte, erschien der Kapitän:

»Man sagt mir, daß die Türe in Ihrer Kammer zugefallen war und nicht wieder geöffnet werden konnte. Es tut mir leid. Ich werde das reparieren lassen.«

»Nicht nötig, Kapitän,« gab ich zurück. »Ich werde das selbst in Ordnung bringen.«

Mit diesen Worten hob ich die Tür aus den Charnieren und warf sie oben auf das Deckshaus.

Erstaunt hatte der Mann meinem raschen Handeln zugesehen. Nun er sah, daß ich ihn durchschaute, wurde er wütend:

»Herr, das verbitte ich mir. Sie haben an meinem Schiff ohne meine Erlaubnis nichts zu ändern. Die Kammer muß verschließbar bleiben.«

»Nicht solange ich darin bin, Käpt'n! Ich habe sie gemietet!«

»Und ich sage, daß die Türe wieder eingesetzt werden soll,« brüllte er. Mit diesen Worten rief er den Malaien heran und befahl ihm, den Schaden wieder gut zu machen. Dann wandte er sich um und ging auf das Achterdeck, wo er mit dem Chinesen lange verhandelte.

Der Malaie schleppte die Türe in den Decksgang und lehnte sie dort an die Wand. Um ihn auf meine Seite zu bringen, winkte ich ihm verstohlen in die Kammer und drückte ihm dort ebenfalls einen Silberdollar in die Hand, indem ich ihn zugleich ersuchte, die Kammer nicht mehr mit einer Türe, sondern mit der Matte zu verschließen. – Er nickte zustimmend und begab sich nach vorn, von wo er mit Hammer und Nägeln zurückkehrte. Seine Blicke glaubte ich dahin deuten zu sollen, daß er allein zu sein wünsche. Ich ließ noch einen Dollar in seine Hand gleiten und begab mich aufs Achterdeck, um gewohnheitsmäßig nach dem gesteuerten Kurse zu sehen. – Er zeigte N.N.O., während wir bis zum Erscheinen des Dampfers fast entgegengesetzt gesteuert hatten.

»Sie wollen Borneo nördlich umfahren, Käp'tn?« fragte ich, an die Gruppe herantretend.

»Denke nicht daran!« gab er knurrend zurück. »Was sollte ich dort zu suchen haben?«

»Meine nur. Der Kurs steht auf Kap Datu. Wir kommen schneller an unser Ziel, wenn wir Borneo und Celebes südlich umsteuern. Aber mir kann es recht sein. Ich sehe gern den englischen Manövern zu.«

Blitzschnell fuhr der Kapitän herum, während sein Steuermann schadenfroh lächelte.

»Was für Manöver? Was meinen Sie damit?«

»Nun, das wissen Sie doch, daß in diesen Tagen englische Kriegsschiffe in der Datu-Bucht zusammentreffen. Ganz Singapore sprach ja davon. Auch ein paar Holländer werden zur Begrüßung dorthin gehen.«

»Davon ist mir nichts bekannt. Mein Agent hat mir nichts davon gesagt!« schrie der Holländer in heller Aufregung. »Heh! Mate, Steuermann, weißt du etwas von Manövern in der Datu-Bucht?«

Langsam drehte sich der Chinese dem Sprecher zu. In seinen listigen Schlitzaugen blitzte offener Hohn.

»Hab davon gehört, Kap'tain!«

»Und das sagst du mir nicht, schlitzäugiger Hund!« Mit einem lästerlichen Fluche stürzte er sich auf seinen Untergebenen. Doch der war flinker als sein Vorgesetzter. Geschickt wich er dem drohenden Schlage aus, sprang etwas vor und stellte seinem Gegner ein Bein, so daß dieser auf das Deck stürzte und um ein Haar über Bord geflogen wäre. Dann warf er sich mit einem Jubelgeheul auf den am Boden Liegenden und bearbeitete ihn aus Leibeskräften mit den Fäusten.

Ich hatte der Szene interessiert zugeschaut. Ebenso der Alfure, der am Steuer stand. Auch über dessen Antlitz lief ein freudiger Schauer, als er sah, daß sein Herr so jämmerlich verhauen wurde. In seinem Entzücken ahmte er jeden Hieb, den der Steuermann austeilte, in der Luft nach. Die Folge davon war, daß das Steuer seinen Händen entglitt und die Dschunke aus dem Ruder lief. Die Segel klatschten schwer gegen die Spieren und drückten das Fahrzeug hart auf die Seite. Durch diesen Umstand wurden die drei andern Matrosen aufmerksam und kamen auf das Achterdeck. Sofort bildeten sich die Parteien. Der Papua sprang dem Kapitän zu Hilfe, indem er dem Chinesen den Kopf stark nach hinten riß und den Versuch machte, ihm den Kehlknorpel zu zerschlagen. Das litt der Alfure nicht, der den Papua mit ungestümer Wut angriff. Neben mir stand der Malaie, der den Anlaß zu der Rauferei wissen wollte und gleichzeitig dem gänzlich unbeteiligten Dajak heftige Vorwürfe über etwas zu machen schien, das dieser mit einer drohenden Bewegung nach dem Messer zurückwies.

Der Malaie hatte kaum gehört, daß Kriegsschiffe unterwegs sein sollten, als er auf die am Boden raufende Gesellschaft zusprang und sie durch Tritte und Püffe, die er durch hastig hervorgestoßene Worte unterstützte, auseinandertrieb. Die Worte mußten eine magische Kraft besessen haben, denn sie wirkten Wunder. Im Nu waren alle auf den Beinen und spähten angestrengt über das Meer. Dann wurden die Segel wieder in den Wind gebraßt und – der Kurs geändert. Man steuerte jetzt rein östlich. Dem Lande zu.

Selbstredend hatte ich mich während der ganzen Balgerei neutral verhalten. Sie hatte mir aber wertvolle Fingerzeige über die Gesinnung der Fahrtgenossen zu einander gegeben. Ich wußte jetzt, daß der Papua zu dem Kapitän hielt. Der Chinese erfreute sich der Gunst des Alfuren und des Dajaks, welch' letzterer ein Feind des Malaien war. Nur wie der Malaie zu den übrigen stand, wußte ich noch nicht. Es liegt aber in der Art dieses Volkes jeden zu betrügen, gleichviel ob er Freund oder Feind ist. So würde auch dieser keine Ausnahme machen, dachte ich.

Der Kapitän war sofort nach seiner Befreiung unter Deck gegangen. Ich ahnte, daß er dort irgend eine Waffe zu sich stecken würde, um gegen erneute Angriffe geschützt zu sein. Das raunte ich dem Chinesen zu, als er an mir vorüberglitt.

»Nehmen Sie sich selbst in Acht!« flüsterte er zurück. Dann verschwand er ebenfalls unter Deck.

Ich hätte gar zu gern gewußt, wo wir uns eigentlich befänden. In den mir zugänglichen Räumen war weder Seekarte noch irgend ein nautisches Instrument zu entdecken. Ich wandte mich deshalb an den Malaien mit der Frage, ob er mir nicht Höhe und Breite unseres Standortes Zu Mittag angeben möchte. Er verneinte und gab der Ansicht Ausdruck, daß wir bald in Sicht der Bintang-Inseln kommen müßten. Kein Mensch an Bord, außer dem Kapitän, verstehe etwas von der Nautik und die Instrumente halte der »Alte« stets unter Verschluß.

»Aber der Steuermann muß doch auch Kenntnisse in der Seefahrtskunde besitzen,« warf ich ein. »Es geht doch nicht an, daß Schiff und Ladung nur zwei Augen anvertraut sind.«

»Schiff und Ladung gehören dem Kapitän,« erwiderte der Malaie. »Und der will niemanden an Bord haben, der etwas von der Schiffsführung versteht, weil er weiß, daß er von dem Augenblick an seines Lebens nicht mehr sicher ist.«

»Na, so schlimm wird das wohl nicht sein,« antwortete ich. »Er hätte mich doch sonst nicht an Bord kommen lassen. Ich bin ja auch Seemann gewesen und kenne die Nautik genau.«

»Wie?« fuhr der Malaie auf. »Sie sind Seemann? Sie wissen ein Schiff über die See zu führen? Sie können Borneo und Flores und Buru und Billiton finden?«

»Wenn ich die Instrumente und die Karten habe, ja!«

»Oh, Tuwán, warum haben Sie das nicht früher gesagt? Und der Kapitän weiß das?

»Ich vermute es. Ich glaube es ihm in Singapore mitgeteilt zu haben.«

»Dann hat er das überhört oder vergessen. Sagen Sie ihm nichts davon, denn – ich traue ihm nicht.«

Wenn ich bisher noch geringe Zweifel gehabt, so waren sie jetzt verflogen. Ich befand mich auf einer jener Barken, die in den Sunda-Inseln zahlreiche Verstecke haben und von diesen aus, wie der Fuchs aus seinem Bau auf Raub, Schmuggel oder noch Schlimmeres ausgehen. Gleichzeitig drängte sich mir auch die Überzeugung auf, daß mich dieses Schiff niemals nach Taliabu bringen würde. – Mit dieser Erkenntnis reifte auch in mir der Entschluß auf irgend einer der Inseln, die wir in Sicht bekommen würden, die Dschunke zu verlassen. Ging es nicht im Guten – nun, so mußte es auf andere weise möglich gemacht werden. Der Malaie hatte Recht. Der Kapitän durfte nicht erfahren, daß ich ein Schiff zu führen verstand.

Die Prügelszene hatte anscheinend wie ein reinigendes Gewitter unter der Schiffsbesatzung gewirkt. Die Leute begegneten sich manierlicher und der Kapitän ließ sogar ab und zu ein kurzes Lachen erschallen, wenn der Chinese mit ihm in traulichem Geplauder auf dem Achterdeck spazieren ging. Nur der Alfure saß immer in sich gekehrt und verfolgte sowohl den Papua als den Dajak mit Blicken voller Haß.

Der Kompaß deutete immer noch den Ostkurs an. Ich hätte das ohnehin aus dem Sonnenauf- und Untergang entnehmen können, denn hier auf dem Äquator oder doch in allernächster Nähe desselben ist das unschwer festzustellen, wenn der Kapitän aber die Bintang-Inseln anlaufen wollte, so mußte das Land nicht mehr fern sein.

Ich vermied es, mit dem Holländer zusammenzutreffen. Mein bevorzugter Platz war der vordere Teil des Schiffes. Hier konnte ich in aller Ruhe das Meer und seine Bewohner beobachten und hier hatte ich freies Sehfeld für mein Fernglas. Es war dies eines der feinsten, bis dahin bekannten Gläser und gab nicht nur scharfe, stark vergrößerte Bilder, sondern erfüllte auch seinen Zweck in nicht zu übertreffendem Maße.

Eines Morgens zeigte sich vor der emporsteigenden Sonnenscheibe ein dunkler, unregelmäßiger Strich. Der neben mir stehende Dajak machte mich darauf aufmerksam und rief seine Entdeckung auch dem Malaien zu. Dieser schüttelte ungläubig den Kopf, kam aber nach vorn und spähte angestrengt auf die jetzt starke blendende Sonnenscheibe.

»Haben Sie auch das Land gesehen, Tuwán?« fragte er nach einer Weile.

»Ich halte das, was ich gesehen habe, allerdings für eine Insel.«

»Unmöglich, Tuwán. was sollten das wohl für Inseln sein?« erwiderte er nach einer Weile.

»Ich denke die Bintang-Inseln. Sie sagten selbst, der Kapitän wolle dort landen,« gab ich zurück.

»Der wird sich hüten, den Inseln zu nahe zu kommen,« rief er lachend. »Ich aber wäre es schon zufrieden, wenn er es trotzdem versuchte ....«

Er brach mit einer Miene ab, die mich erkennen ließ, daß er schon zuviel gesagt hatte. Er biß sich auf die Unterlippe und seine falschen Augen bohrten sich förmlich in den Horizont, plötzlich fragte er ganz unvermittelt:

»Wann können wir den dunklen Punkt dort erreicht haben?«

»Hm. wenn wir die Fahrt wie jetzt beibehalten, können wir kurz vor Sonnenuntergang dort sein,« erwiderte ich.

»Zu früh – zu früh,« murmelte er. Dann wandte er sich kurz ab und ging unter Deck.

Gegen zehn Uhr früh kam der Chinese in meine Kammer. «Er musterte prüfend die Matte vor dem Eingang und sagte so nebenbei:

»Sie täten doch besser, die Türe wieder einsetzen zu lassen. Es ist nachts sehr feucht....«

»Hier trinke mal, Freund,« unterbrach ich ihn. »Das ist besser als alle Türen der Welt.«

Über das gelbe Gesicht lief ein Ausdruck gieriger Freude. Hastig setzte er die Geneverflasche an und nahm einen herzhaften Schluck. Noch schnalzend über den Hochgenuß sagte er:

»Der Kap'tain will, daß die Türe heute noch eingehängt wird. Ich muß das tun, was er sagt...«

»Und wenn sie über Bord fällt? «Eine Flasche Gin und zwei Straitsdollar ist mir die Sache wert.«

»Hm – hm,« brummte er leuchtenden Auges. Das wäre schon möglich, aber... »hm – wir brauchen ihn, wir brauchen ihn!«

»Weißt du, daß ich auch Seemann bin und Schiffe allein über das Meer bringen kann?«

Ungläubig sah mich der Chinese an. Dann hielt er sich den Bauch und lachte, daß ihm die Tränen über die Backen liefen. Dieser Heiterkeitsausbruch lockte den Malaien an. Auch ihm bot ich die Flasche. Aber mit allen Zeichen des Abscheues wies er sie von sich und bat nur um etwas Tabak. In demselben Moment ging der Kapitän vorüber. Erstaunt blieb er vor der Kammer stehen und sah mißbilligend auf seinen Steuermann, dem das ungewohnte Getränk immer neue Lachsalven entlockte.

»Kapitän, ein Schluck Genever gefällig?« fragte ich, indem ich ihm die Flasche reichte. »Es ist echter Stoff. Stammt wirklich aus Schiedam.«

Mißtrauisch blickte er mich an. Um ihn zu beruhigen, nahm ich erst einen Schluck des scharfen Getränkes. Nun setzte auch er die Flasche an den Mund. Ein »Ah« des Kenners entfuhr seinen Lippen. Dann trank er und trank in langen durstigen Zügen den heimischen Schnaps.

»Na, das kann gut werden. Bleibe so dabei, Freund, dann bist du mich heute abend los!« dachte ich, während ich mit heimlicher Freude bemerkte, wie sich der Arm des Kapitäns immer höher hob.

Endlich setzte er ab. Die Flasche war leer. Mit einem herzlich seinsollenden Dankeswort stapfte er zurück zum Achterdeck und verschwand dort in seiner Kammer.

Der Malaie hatte dem Trinken des Kapitäns mit schlecht verhehlter Mißbilligung zugeschaut. Anfangs wollte er Einspruch erheben. Er besann sich aber und ließ nur beobachtende Blicke über unsere Gesichter schweifen. Als der Kapitän gegangen war, fragte er mich mit lauerndem Blick in den stechenden Augen:

»Haben Sie nicht noch ein wenig Gin für meinen chinesischen Freund?«

»Wenn der Steuermann noch einen Schluck haben will, gern,« antwortete ich. Ich wußte nicht recht, was ich aus der Frage machen sollte. Darum wartete ich noch mit der Öffnung der zweiten Flasche. Der Malaie mußte so gut wie ich begriffen haben, daß der nächste Trunk den Chinesen um seine Besinnung bringen mußte.

»Oh, Herr, ja – noch – einen – Trunk!« stieß der Steuermann, dessen Augen bereits einen glasigen Schein annahmen, lallend hervor.

»Soll ich?« fragte mein Blick den Malaien.

Dieser trat hinter mich und raunte mir zu:

»Wenn Sie navigieren können – ja!«

Der Chinese mochte wohl die Worte, kaum aber deren Sinn verstanden haben, denn er lachte wieder hell auf und deutete spottend auf mich.

»Seemann! Hahaha....« Dann setzte er die Flasche zu einem langen Schluck an. Wenige Minuten später lag er röchelnd am Boden.

»Jetzt zeige, Tuwán, was du kannst. Ich hole dir die Instrumente und die Karten oder was du sonst brauchst. Dann sage mir, was das für Inseln sind, auf die wir zusteuern.«

Auf meine Frage, wo der Kapitän sei, antwortete der Malaie mit verächtlichem Ausdruck:

»Der liegt in seinem Bett und schnarcht.«

»Dann lasse mich in die Kajüte. Dort muß ein Chronometer sein. Ich brauche auch sonst noch Tabellen und Angaben über Strömungen und dergleichen.«

Leider fand ich das Gesuchte nicht. Außer dem Sextanten fand sich nur eine alte Seekarte, auf der bereits andere Kurse abgesteckt waren. Sie schien jedoch auch für die gegenwärtige Reise zu gelten, denn ich glaubte, die plötzliche Kursänderung nach S.S.O. herauszulesen.

Der Malaie folgte jeder meiner Bewegungen mit unverhohlenem Mißtrauen. Nur als er mich um Mittag mit dem Sextanten so hantieren sah, wie er es von seinem Kapitän abgeguckt hatte, wuchs seine Zuversicht.

Als ich die Breite gefunden hatte, verglich ich meine Observation mit der vom Tage vorher und ließ die eingezeichnete Länge gelten. Den danach ermittelten Schiffsort teilte ich dem Malaien mit.

»Die Insel vor uns hat nach der Karte keinen Namen,« sagte ich. »Es ist ein einsames unbewohntes «Eiland, das in der Mitte zwischen Lingga und dem Riouv-Archipel liegt. In drei Tagen erreichen wir auf diesem Rurse den Hafen von Lingga.«

Diese Erklärung machte auf den Malaien einen unbeschreiblichen Eindruck. Sein Gesicht wurde ganz grün und mit wutverzerrter Stimme schrie er:

»Oh – der Hund! wenn das wahr ist, muß der Schuft sterben! Er will mich verderben....«

Das Wort erstarb ihm auf der Zunge. Mit einem Wutschrei, der nichts Menschliches an sich hatte, stürzte der Kavitän auf das Deck. Bebend vor Zorn warf er sich mir entgegen, um mir den Sextanten zu entreißen – da traf ihn ein so wuchtiger Schlag von der Hand des Malaien, daß er zwei Schritte vorwärts taumelte und mit einem dumpfen Aufschrei besinnungslos zusammenbrach.

Der Malaie, dem der Schaum vor dem Munde stand, wollte sich auf den besiegten Gegner werfen, aber ich hielt ihn zurück.

»Halt – Mann! Du hast mich zum Kapitän gemacht, nun gehorche mir. Was hast du auf der Insel zu fürchten?«

»Alles, Tuwán! Ändert schnell den Kurs, daß man uns von dort nicht bemerkt. Jene Insel ist ein Schlupfwinkel der Seeräuber, wenn ich denen in die Hände falle, töten sie mich.«

»Aber warum denn – was hast du denn verbrochen?«

»Ich habe ihre Kumpane einmal angezeigt, um – mich zu retten.«

»Dann allerdings wirst du keine besondere Sehnsucht nach der Insel haben. Aber nun gib mir ehrliche Auskunft. Was für ein Fahrzeug ist dieses?«

»Muß der Tuwán das wissen?«

»Selbstverständlich, sonst kann ich doch nicht in deinem Interesse handeln.«

Der Malaie sann lange nach. Dann sagte er:

»Ich muß erst den Chinesen und den Dajak fragen, Tuwán. Unterdessen will ich den Kapitän über Bord werfen.«

»Mensch, bist du verrückt? Das ist ja Mord. Das erlaube ich auf keinen Fall!«

»Bah,« lachte er wild auf. »Der hat schon mehr Menschenleben vernichtet, als – nun, als mancher andere. Auf Sie hatte er es auch abgesehen. Es ist Zeit, daß er verschwindet.«

»Nein, nein, solange ich an Bord bin, tötest du den Kapitän nicht! Binde ihn meinetwegen und setze ihn irgendwo an Land, aber begehe keinen Mord.«

Wir begaben uns zu dem regungslosen Körper und ich beugte mich nieder, um ihn zu untersuchen. Am Hinterkopfe klaffte ein Riß, der dick mit Blut verklebt, anscheinend schon ein wenig älter war, als der Hieb des Malaien. In den Mundwinkeln des fahlen Gesichtes saß ebenfalls geronnenes Blut. Die Herztätigkeit war kaum wahrnehmbar.

»Hast du den Mann schon in der Kajüte geschlagen?« fragte ich den Malaien, der gefühllos meinen Hantierungen zusah. »Diese Wunde am Hinterkopfe ist etwas älter....«

»Rein, Tuwán, ich nicht. Aber der Alfure war in der Kajüte. Den hat der Hund da gepeitscht und das vergißt ein Alfure nicht.«

»So –! Also jetzt sorge dafür, daß der Mann irgendwo untergebracht wird, wo er keinem Menschen mehr schaden kann und dann sage mir wohin ich das Schiff bringen soll.«

»Kennt der Tuwán die Tambelon-Inseln?«

»Nein, aber sie sind auf der Karte verzeichnet, folglich kann ich dorthin steuern.«

»Dann lassen Sie das Schiff dorthin segeln, Tuwán.«

»Gut!« Ich brachte die Dschunke auf den Nordkurs und begab mich dann in meine Kammer, um den Chinesen mittels Ammoniak ins Leben zurückzurufen. Der Dajak mußte an das Steuer gehen.

In meiner Kammer fand ich den Chinesen nicht. An Backbord vor dem Lukeneingang lag der Papuaneger auf dem Bauche und verfolgte meine Handlungen mit gespannter Aufmerksamkeit. Sein Benehmen war so auffällig, daß ich unwillkürlich meine Effekten überflog. Es war aber alles noch fest verschlossen und von den offen herumliegenden Gegenständen fehlte nichts.

Ich näherte mich dem Neger und fragte ihn in englischer Sprache, wo der Chinese sei. Ohne sich aus seiner Lage zu rühren, gab er mit breitem Grinsen zur Antwort, daß er das nicht wisse. Dabei fletschte er die weißen Raubtierzähne.

Auch der Malaie, der jetzt wieder auf Deck erschien, hatte den Chinesen nicht gesehen. Sein Blick glitt über die kleine Kammer, umfaßte das Vorderdeck und blieb auf dem höhnisch lachenden Gesichte des Papua haften. Ein furchtbarer Verdacht stieg in ihm auf.

»Tuwán, der Papua hat den Steuermann über Bord geworfen,« rief er mir zu. »Soll ich ihn seinem Opfer nachsenden?«

»Erst wollen wir das Schiff durchsuchen. Dein Verdacht ist vielleicht doch nicht begründet. Und dann – brauchen wir ja den Papua notwendig für die Schiffsarbeit. Hat er wirklich den Mord begangen, dann entgeht er seiner Strafe nicht. Dafür sorge ich schon.«

Der Chinese war und blieb verschwunden. Der Kapitän lag am Abend, als ich mit dem Revolver in der Hand einige Stunden Schlaf suchte, im Schiffsräume auf einer Matte. Er hatte das Bewußtsein noch nicht wieder erlangt.

Am nächsten Mittag konnte ich feststellen, daß wir 72 Seemeilen zurückgelegt hatten, wir konnten die Inselgruppe noch in der Nacht erreichen. Ich rief den Malaien und fragte ihn, welches der zahlreichen Eilande er anzulaufen wünsche. Er nannte eine Insel, deren Name mir entfallen ist, die auf der Karte auch nicht näher angegeben war. Sehr unangenehm war es ihm, daß wir die Gruppe in der Nacht anlaufen würden.

Ich schlug ihm vor, gegen Abend den Kurs zu ändern und am Tage auf die Inseln aufzukreuzen, wenn es nötig würde. Auch könnten wir an der ersten Insel ankern, letzteres war ihm besonders unangenehm. Nur das nicht.

Jetzt hielt ich es für geboten, mir genaue Auskunft über die Art unsers Schiffes geben zu lassen. Ich wollte wissen, wie ich mich zu verhalten hatte, wenn nun irgend jemand an Bord kam.

Der Malaie erzählte nun:

»Der Kapitän ist Eigentümer dieser Dschunke. Er war bis vor kurzer Zeit im Dienste der Seeräuber als Lotse tätig. Die Schiffe, die sich ihm anvertrauten, gingen sämtlich auf den Inseln zugrunde. Heute befaßt er sich mit dem Schmuggel von Waffen, die er den Eingeborenen auf den Inseln gegen Waren vertauscht. Auf dem Waffenschmuggel steht Todesstrafe. Dieses Mal haben wir in Singapore eine Ladung Pulver, Revolver und Kugeln geholt, die in Reissäcken verpackt ist, damit sie etwa untersuchenden Zollbeamten nicht auffällig erscheinen. Der Kapitän führt auch falsche Schiffspapiere, die er vorzeigt, wenn ein Kriegsschiff uns anhält. Bei den Engländern sind es holländische und bei den Holländern englische Papiere.

»Wolltet Ihr denn nicht nach den Sula-Inseln? Der Kapitän hat mir doch gesagt, er wolle nach Ceram und mich in Taliabu an Land setzen.«

»Er hielt Sie für einen reichen Engländer und hatte die Absicht, Sie auf einer der Inseln bei den Seeräubern abzusetzen. Sie sollten eine große Summe als Lösegeld zahlen und dann – wären Sie auf der Barke, die Sie nach einem Hafen bringen mußte, verunglückt.«

»Wo wohnt denn der Kapitän eigentlich?«

»Eben auf der kleinen Insel, die wir vorgestern sichteten. Dort wohnen auch die Seeräuber, die mich suchen. Ich ahnte schon längst, daß er den Dajak und mich an diese ausliefern wollte.«

Kurz vor Sonnenuntergang tauchten die Umrisse mehrerer Inseln aus dem Meere auf. Hohe, zerrissene Kegel, die bis weit hinauf bewaldet waren, überragten flache, tellerförmige Eilande. Zwischen diesen letzteren sah ich durch das Fernglas dichte schwarze Rauchwolken aufsteigen.

Der Malaie war unter Deck gegangen, um einige Stunden zu ruhen. Als die Nacht hereinbrach, die unter dem Äquator ohne Dämmerung der sinkenden Sonne folgt, ließ ich ihn rufen.

»Wir können heute abend noch eine der Inseln ansteuern. Ich sehe auf dreien Feuerschein. Sie sind also bewohnt.«

»Bewohnt? Nein, nur auf einer Insel stehen ein paar Hütten. Die Feuer werden von den Trepangfischern herrühren, die den Fang mit Fackeln betreiben. Es ist besser, Tuwán, den Inseln bis zum Morgen aus dem Wege zu gehen. Kannst du das?«

Obgleich ich den Grund für dieses Ansinnen nicht kannte, wollte ich dem Malaien doch zu Willen sein. Morgen hatte ja meine Reise ohnehin ein Ende. Dann konnte der Kapitän das Kommando wieder übernehmen. Übrigens – wie ging es ihm denn? Seit gestern hatte ich nichts mehr von ihm gehört.

Ich rief den Malaien, der angestrengt auf den hellen Schein blickte, zu mir und fragte ihn, wie es dem Kapitän ginge.

»Oh – gut. Der ist vergangene Nacht schon gestorben.«

»Was – gestorben? Und das erfahre ich jetzt erst? Mann, Mann, ist das auch kein Mord gewesen?« fragte ich mit leisem Schauder, denn das falsche Auge konnte meinen Blick nicht aushalten.

»Mord? Nein, er atmete nicht mehr und da hat ihn der Alfure über Bord geworfen. Es waren gerade Haifische beim Schiff...«

»Schweig, Mensch! Ihr seid ja fürchterlich. So geht man doch nicht mit einem Menschen um!«

»Aber Tuwán, er mußte doch wohl tot sein, weil er nicht mehr atmete, der Alfure sagte es auch...«

»Genug, genug. Mir graust vor Euch!«

Der langgezogene Ton einer Dampfsirene rollte plötzlich über das Meer, wäre der Blitz eingeschlagen, so hätte er nicht mehr Verwirrung unter die vier Schiffsleute bringen können, wie dieses Signal. Alles stürzte auf das Vorderdeck und suchte in dem Dunkel der Nacht nach den Laternen des Dampfers.

Der Alfure hatte das Steuer fahren lassen und die Dschunke legte sich, der Dünung folgend, langsam vor den Wind. Das große Mattensegel klapperte hart in den Blöcken...

Da stürzte der Malaie aufs Achterdeck.

»Tuwán, ein Dampfer – ein Dampfer...,« keuchte er, zitternd vor Aufregung.

»Ja, was sollte es denn sonst sein? Natürlich ist ein Dampfer in der Nähe,« erwiderte ich lachend, »warum fürchtest du dich denn so vor einem Dampfer?«

»Er wird uns anhalten, untersuchen ...«

»Bah! Jetzt bei Nacht? Es fahren doch Barken genug hier umher, wenn der Dampfer die alle untersuchen wollte, hätte er viel zu tun.«

»Nein Tuwán. Unsere Dschunke kennt jeder Zolldampfer. Seht, jetzt tauchen auch die Lichter auf. Da – rot!«

»Also steuert er südwärts, von dem haben wir, nichts zu fürchten. Doch, was ist das? Er stoppt?«

Das Geräusch der Schraube wurde jäh unterbrochen. Der Dampfer stoppte und würde, wenn er es auf uns abgesehen hatte, sicher ein Boot aussetzen. Diese Meinung behielt ich jedoch für mich. Die Mannschaft unserer Dschunke schien aber auch nicht im Unklaren über das zu sein, was nun kommen mußte, denn schlotternd vor Angst kamen alle vier zu mir um zu hören, was jetzt zu tun sei. Ich riet ihnen, unser Boot flott zu machen und damit auf die Eilande zu entfliehen, wenn die Gefahr vorüber sei, würde ich ihnen ein Zeichen geben. Nach langem Hin- und Herreden, wobei es an Drohungen und Zornesausbrüchen gegen mich nicht fehlte, brachten die vier endlich das Boot zu Wasser. Sie stießen in demselben Augenblick von der Bordwand ab, als der Ruf: »Ship ahoi« dicht in unserer Nähe ertönte.

Ich rief die Antwort zurück, hörte aber gleichzeitig wie man schrie: »Stop that boat there!« und wie hastige Ruderschläge den Flüchtigen folgten, wilde Flüche und erregtes Stimmengewirr sagte mir, daß man sie eingeholt und gefangen hatte.

Ich sah mit einiger Spannung den Dingen entgegen, die nun folgen mußten. Aber Stunde auf Stunde verrann, ohne daß man sich um die Dschunke bekümmerte. Da ich allein nicht imstande war, das große Segel zu regieren, ließ ich es an Deck fallen und band das Steuer fest. Hierauf stillte ich meinen Hunger und zündete mir eine Zigarre an. Der Dampfer war verschwunden. Das leise Schaukeln des treibenden Fahrzeuges mußte mich bald in den Schlaf gewiegt haben. Ich fühlte plötzlich eine Hand auf meiner Schulter und eine rauhe Stimme rief:

»Morning Sir – Get up please!«

Vor mir stand ein englischer Offizier und acht Bewaffnete. Im ersten Augenblick wußte ich nicht recht, woran ich war. Dann aber begriff ich die Lage.

»Sie kommen spät, Herr Leutnant,« sagte ich, mich erhebend. »Ich habe Sie schon gestern abend erwartet. Rufen Sie jetzt nur Ihr Schiff heran und nehmt die Barke ins Schlepptau. Ich bin froh, wenn ich erst wieder unter anständigen Menschen mich bewegen kann.«

An Bord des Kriegsschiffes begegnete meine Erzählung nur ungläubigen Mienen. Dennoch schloß man mich nicht ein. Die unter meinem Gepäck vorgefundenen Papiere, Instrumente usw. ließen doch Zweifel an meiner Seeräubertätigkeit zu. Insbesondere die Empfehlungen an die amerikanischen Konsuln zerstreuten jeden Zweifel.

Vierundzwanzig Stunden später war ich wieder in Singapore – um eine Erfahrung reicher! Die vier Schiffsleute von der Dschunke waren bereits in den Listen der Kriegsschiffe bekannt als Seeräuber und Mörder. Sie wurden nach kurzem Verhör an den Rahen des Kriegsschiffes aufgeknüpft.

Viertes Kapitel.

Ein kleiner holländischer Dampfer versieht den Küstendienst auf Borneo, Celebes und Neuguinea. Einmal monatlich läuft er Singapore an. Ich hatte das unerwartete Glück, schon am dritten Tage meines Aufenthaltes in dem glutheißen, englischen Knotenpunkt den Dampfer einfahren Zu sehen. Der Anker hatte kaum Grund gefaßt, da war ich schon an Bord. Ein Gewimmel, wie in einem Ameisenhaufen, herrschte dort und ehe ich noch die Frage ausgesprochen hatte, gab mir der malaische Aufwärter bereits die Antwort, daß kein Bett mehr frei wäre. – Damit ließ ich mich natürlich nicht abspeisen. Ich spielte den großen Herrn und verlangte nach dem Kapitän. Da dieser noch mit den behördlichen Formalitäten zu tun hätte, konnte ich mir in aller Ruhe die Fahrgäste betrachten. Sie bestanden zum weitaus größten Teile aus jungen Soldaten, die für die Kolonialarmee der Holländer angeworben waren und allen möglichen Nationen, nur nicht Holland, entstammten. Leider fand ich auch über ein Dutzend Deutsche darunter. Sie waren aus der Heimat entflohen, um hier in Holländisch-Indien für fremde Interessen ihr Leben zu lassen, während daheim das Vaterland schwere Strafe für ihre Desertion über sie verhängte und ihnen die Rückkehr in die Heimat für lange Zeit untersagte. Die holländische Kolonialarmee hat viel Ähnlichkeit mit der französischen Fremdenlegion, allerdings mit dem großen Unterschied, daß die Behandlung in der ersteren bei weitem menschenwürdiger ist, als bei den Franzosen. Die Holländer sieben das sich ihnen anbietende Menschenmaterial auch. Sie vermeiden es tunlichst, Leute mit falschen Papieren oder gar Verbrecher in die Kolonialarmee einzureihen, während den Franzosen gerade die letzteren ganz willkommen sind. Sie sind sicher, daß diese nicht desertieren. Aber auch der holländische Kolonialsoldat muß es sich gefallen lassen, in der Höllenhitze der großen Sunda-Inseln gegen wilde, unbarmherzige Eingeborene geführt zu werden und dort für das Wohl eines ihm fremden Staates zu sterben. Denn selten nur kehrt einer gesund aus der Wildnis zurück. Fieber, Hitze und die vergifteten Waffen der um ihre Freiheit kämpfenden, sogenannten wilden, fordern zahlreiche Opfer. Dazu kommt, daß – wenigstens damals – der holländische Kolonialsoldat von den ansässigen Europäern gemieden und als Mensch zweiter Klasse fast verächtlich behandelt wird.

Der Kapitän des »Billiton« ließ sich nach längerem verhandeln dazu bereit finden, mich als Passagier »ohne Kabine« nach Menado auf Celebes mitzunehmen. «Er stellte es ganz in mein «Ermessen, wie und wo ich an Bord schlafen wollte. Die Mahlzeiten durfte ich in der ersten Kajüte einnehmen. Im übrigen war ich freier Mann.

Ich war für dieses Entgegenkommen dankbar. Die Sorge um mein Nachtlager hat mich noch nie besonders in Anspruch genommen und in zu mannigfachen Jagen hatte ich das Problem schon zu lösen vermocht. Auch hier an Vord würde sich schon etwas Passendes finden. Es kam nur darauf an, die Sache am richtigen Ende anzupacken.

Als der »Villiton« einige stunden später auslief, saß ich vergnügt auf meinen Habseligkeiten und wartete auf den Augenblick, wo sich die Aufregung unter den Fahrgästen gelegt und alles seinen früheren Platz wieder eingenommen haben würde. Ein Eckchen für mich würde sich dann schon finden.

Meine Rechnung war richtig. Der malaische Gberaufwärter, den seine vorgesetzten von dem neuen Fahrgast und dessen Überfahrtsbedingungen in Renntnis setzen mutzten, begriff mit der diesen beuten eigenen üombinationsgabe, daß hier ein paar Dollar nebenbei zu verdienen waren. – In dienstlicher Haltung näherte er sich mir und verlangte nach meinem Villet. Ich zeigte ihm mit lächelnder Miene einige Silberdollar und sagte ihm, daß ich nur Zum Essen, nicht aber zum Schlafen an Vord gekommen sei.

Wo ich denn aber schlafen wollte?

Nun, einer der Soldaten würde mir gegen ein gutes Trinkgeld sein Vett für eine Nacht abtreten. Ein zweiter für die nächste Nacht usw.

»Wie? Der Tuwän will im Vett eines Soldaten schlafen?« Entsetzen spiegelte sich auf den Mienen des »Herrn« Oberaufwärters.

»wenn ich kein anderes bekommen kann, muß ich auch damit fürlieb nehmen. Ich kann doch nicht acht Nächte lang wachen.«

»Oh, das darf ich nicht dulden. Ein weißer Tuwán, der mit dem Tuwán Kapitän an einem Tische ißt, darf nicht unter den Soldaten schlafen!« erwiderte der Mann mit wichtiger Miene.

»Und wo denn, wenn's beliebt?«

»Der Tuwán übergebe mir sein Gepäck, während der Tuwán beim Tiffin ist, werde ich eine Schlafgelegenheit für den Tuwán finden.«

Und er fand sie. Als ich vom Frühstück auf Deck trat, winkte mir der Malaie mit den Augen:

»Ich habe ein Bett für den Tuwán,« flüsterte er mir zu. »Der Tuwán wird gut schlafen können.«

»Brav, guter Freund! Was kostet es und wo ist es?«

»Der Tuwán wird sich am Tage, wenn er will, in meiner Kabine aufhalten und nachts im Salon schlafen. Dort ist ein Abteil für Damen reserviert und da keine Damen an Bord sind ...«

»Kann ich da schlafen! Recht so, mein Freund!«

Ich drückte ihm ein amerikanisches Zehndollargoldstück in die Hand und erwarb mir damit einen getreuen Sklaven für die ganze Reise.

Der »Billiton« zeigte einen mir neuen Schiffstyp. Die Kommandobrücke befand sich nicht, wie sonst üblich, mittschiffs, sondern vorn im Bug des Schiffes. Diese Anordnung erwies sich, besonders auf der Fahrt in den großen Strömen, als sehr praktisch und sollte, wie mir der Kapitän erzählte, schon manchen Zusammenstoß mit den oft unter Wasser treibenden Riesenstämmen vermieden haben. Auch die Angriffe der räuberischen Chinesen, die sich oft bis in die Celebes-See hineinwagen sollen, lassen sich von diesem ungehinderten Auslug aus frühzeitig bemerken.

Neun Tage später verließ ich in Menado den »Billiton«. In dem einzigen europäischen Gasthofe des Städtchens fand ich eine ganze Anzahl Europäer, die zum Teil von der Regierung gesandt, zum Teil auf eigene Rechnung auf der sehr fruchtbaren Halbinsel Minahassa Kaffee bauten. Auch aus dem entfernteren Buol waren Kaufleute in das Städtchen gekommen.

Eine bessere Gelegenheit, um Auskünfte über das Innere der Insel Celebes zu erhalten, konnte ich kaum finden. Ich befand mich auch bald mitten unter den Herren, die den Fremdling mit großer Herzlichkeit willkommen hießen. Als sie den Zweck meiner Reise erfuhren, mußte ich auch hier, wie in allen Teilen der Welt, das alte Lied hören. Schauergeschichten, mehr oder wenig grausig gefärbt, wechselten mit Warnungen vor den Alfuren, vor den Hassa und vor »unbekannten« Gefahren. Dieser kannte einen Fall, in dem harmlose Weiße ohne weiteres von den Alfuren am Strande erschlagen und verzehrt worden waren. Jener hatte von der Leiche eines Holländers gehört, die man ohne Kopf in nächster Nähe einer Kaffeepflanzung gefunden hatte. Trepangfischer ermordeten kürzlich in der Tominibucht eine ganze Bootsbesatzung...

So ging es eine ganze Weile weiter. Ich konnte kaum ein Lächeln verbergen. »Herzlichen Dank für die wohlgemeinten Warnungen, meine Herren,« sagte ich, indem ich mein Gesicht zu dem entsprechenden Ernste zwang, »ich bin leider nicht in der Lage, Ihre guten Ratschläge, soweit sie sich auf das Unterlassen meiner Reise beziehen, zu berücksichtigen. Man hat mich hierher gesandt, um die Eingeborenen und ihre Ethnographie zu erforschen, und diese Aufgabe muß ich erfüllen. Hindernisse müssen eben überwunden werden, wenn Sie mir meine Mission durch Ihren guten Rat erleichtern können, bin ich Ihnen besonders dankbar.«

Nachdem man noch eine Weile über die beste Art, den »Wilden« beizukommen, beraten hatte, einigten sich die Stimmen auf die Tomini-Bucht. Dort lebten die Alfuren noch im Naturzustande, waren aber schon mehrfach mit Weißen in Berührung gekommen und trieben sogar Handel, indem sie ihre »Trepang« den von Zeit zu Zeit in die Bucht kommenden Malaien und Chinesen im Tausche gegen Schmuck und Stoffe überließen.

Der nächste Tag fand mich auf der Suche nach einer Schiffsgelegenheit in die Tomini-Bucht. Zahlreiche Dschunken und Barken lagen im Hafen, keine aber, die nach dem von mir gewünschten Orte abging. Ich stand schon im Begriffe, mir eine kleine Barke für eigenen Gebrauch zu mieten, als sich der holländische Resident meiner erbarmte. Er bot mir an, mich von dem Staatsdampfer an einem Punkte in der Bucht an Land setzen zu lassen, wenn ich mich noch acht Tage gedulden wolle. Dann bringe der Regierungsdampfer Soldaten auf die verschiedenen Stationen. Auf der Rückfahrt könne er mich dann wieder abholen. Natürlich dürfe ich nicht allein reisen. Dazu könne er seine Erlaubnis nicht geben.

Ich glaube, es gab nicht mehr viel Leute in Menado, denen ich in den acht Tagen nicht die Stelle als Diener bei mir angeboten hatte. Anfangs war jeder dazu bereit, denn bei einem fremden weißen Tuwán gibt es immer etwas nebenbei zu verdienen. Als man aber hörte, um was es sich eigentlich handele, sprangen alle ab. Zu einer Fahrt in die Wildnis der Tomini-Bucht war keiner zu haben.

Als ich dem Residenten das Resultat meiner Bemühungen mitteilte, rührte ihn mein verzweifeltes Gesicht. Die empfehlenden Briefe des amerikanischen wissenschaftlichen Institutes mochten ihn wohl auch bestimmen, einmal seine Befugnisse zu überschreiten. Er versprach mir, seinerseits für die Begleitung Sorge zu tragen. Ich solle mich nur für den nächsten Morgen bereit halten.

Zwei holländische Kolonialsoldaten meldeten sich mit Tagesanbruch bei mir. »Zur Begleitung und Dienstleistung in der Tomini-Bucht befohlen,« lautete die in deutscher Sprache vorgebrachte Meldung. Der Resident hatte seine liebenswürdige Rücksichtnahme so weit getrieben, daß er mir Deutsche mitgab. Die Soldaten dienten bereits im dritten Jahre auf Celebes. Einer derselben, ein Bremer mit Namen Düwell, sprach fließend Malaiisch. Der andere, Liebert aus Pommern, ein Mann von seltener Körperstärke, verstand die Sprache einiger Eingeborenenstämme. Mit Alfuren war er allerdings noch nicht in Berührung gekommen.

Unter einem langgestreckten Höhenzuge, der bis hoch hinauf mit rauschendem Walde bedeckt war, suchte der kleine Dampfer einen passenden Landungsplatz in dem nördlichen Teile der Tomini-Bucht. Hoch und steil ragte das Ufer bis weit in das Meer hinaus, und schäumende kurze Spritzer warnten vor verräterischen Felsen unter der Oberfläche. Endlich zeigte sich eine lange, schmale Bucht, deren weißglänzender Strand uns zu einer Landung geeignet schien. Wir dampften vorsichtig an dem östlichen, steil abfallenden Ufer entlang bis zu einem Punkte, an dem undurchdringlicher Mangrovewald dem Fahrzeuge weiteres Vordringen unmöglich machte. Hier drehte der Dampfer und setzte uns an dem gegenüberliegenden, sandigen Strande mit allem Gepäck ab. Den Ort unserer Landung sollte eine an sichtbarer Stelle angebrachte Flagge dem mit anderer Mannschaft zurückkehrenden Boote kenntlich machen. Für den Fall, daß uns ein unfreundlicher Empfang seitens der Eingeborenen zuteil werden würde, hatten wir ein kleines Kanoe zur Verfügung.

Unsere erste Sorge galt der Erkundung unserer weiteren Umgebung. Bis jetzt hatten wir längs der ganzen Küste keine Spur irgendeiner Ansiedlung wahrgenommen. Allerdings ließ auch die felsige Küste wenig Raum für menschliche Wohnungen. Von hier aus westlich trat aber das Gebirge zurück, und wenn überhaupt, so konnten Eingeborenendörfer nur auf diesem Landstriche zu finden sein.

Nachdem wir unser Zelt aufgerichtet und das Gepäck darin verstaut hatten, machte ich mit dem Pommern einen Streifzug in den inneren Teil der Bucht. Anfangs hinderte noch das Mangrovedickicht den Durchgang. Als dieses aber nach kurzer Wanderung durchquert war, traten wir in einen herrlichen Urwald ein. Tiefe, heilige Stille lag auf dem gewaltigen Dome, dessen hohes Blätterdach keinem Sonnenstrahl den Zugang zum Boden gestattete. Deshalb gedieh auch kein Unterholz und unserm ungehinderten Vordringen stellte sich kein Hindernis entgegen. Die wenigen Vögel, die sich auf dem Boden aufhielten, zeigten bei unserem Herannahen keinerlei Scheu. Sie wurden anscheinend nie gejagt oder sie kannten menschliche Wesen überhaupt nicht. Von Vierfüßlern fanden wir keine Spur.

Nach halbstündiger Wanderung gelangten wir an das Ende der Bucht. Hier ergoß sich ein etwa zehn Meter breiter, kristallklarer Fluß in das Meer. Sein nicht sehr tiefes Bett wimmelte von großen schöngezeichneten Süßwasserfischen, die natürlich eine Menge gewaltiger Raubfische aus dem Salzwasser hierher gelockt hatten. Auch die Flußfische blieben ganz ruhig an ihren Plätzen, als wir uns dem Ufer näherten. Einige davon schienen ein mutwilliges Spiel mit ihren Artgenossen in der Salzflut zu treiben. Wir konnten beobachten, daß sie sich mit dem Strome bis dicht an die Einmündung treiben ließen, um mit einer geschickten Wendung stromauf zu flüchten, wenn einer der »Seeräuber« auf sie zuschoß. Interessant war mir dabei die Wirkung, die das Flußwasser auf die Meeresbewohner hervorbrachte, wenn einer derselben in seiner gefräßigen Gier zu weit in das Süßwasser geriet – und das geschah recht oft –, so legte er sich plätzlich auf die Seite. Die Flossenbewegung war gehemmt und wie leblos wälzte der Fluß den Fisch wieder in sein Element zurück, wo er sofort unterging Wir hielten einen derartigen großen Fisch, mit dem Stock gegen das Ufer gepreßt, einige Minuten zurück. Als wir ihn dann freigaben, trieb er mit dem Bauche nach oben davon und – war gleich darauf von einem größeren Meeresbewohner verschlungen. Die Seefische konnten also keine drei Minuten im Süßwasser leben.

In einem weiten Bogen kehrten wir zu unserem Zelte zurück. Der Bremer hatte unsere Abwesenheit benutzt, um seinerseits den Strand bis zum Meere zu erkunden. Auch er fand nichts, was auf die Anwesenheit von Menschen hindeutete. Da die Nacht nicht mehr fern war, ließ sich vorderhand nichts unternehmen. Wir beratschlagten, welche Schritte wir am nächsten Tage unternehmen könnten, um ein Eingeborenendorf zu finden, dessen Bewohner noch möglichst wenig von europäischer Zivilisation angenommen hatten.

Die Antwort vermittelte uns die Nacht. Kaum hatte die Sonne ihre letzten Lichtstrahlen hinter den Bergen zusammengezogen, als im Innern der Buchten plötzlich heller Feuerschein aufblitzte. Überall, soweit das Auge die Küste verfolgen konnte, schwammen große Feuerbrände auf dem Wasser. Die weit am Horizont auftauchenden hüpften wie Irrlichter auf und ab. Je mehr sie sich unserer Bucht näherten, desto größer traten sie hervor. Das uns am nächsten liegende Feuerwerk schätzten wir auf zwei Seemeilen, etwa vier Kilometer entfernt.

»Dort sind die Alfuren beim Trepangfischen,« rief Düwell, der diese Feuerzeichen zuerst bemerkte,»Wenn wir jetzt dorthin aufbrechen, sehen wir sie mitten in der Arbeit.«

Dazu hatte ich indes keine Lust. Ich wollte die Leute nicht bei Nacht aufsuchen. Kamen wir mit Tagesanbruch, so konnten beide Teile die Absichten des andern schon in deren Mienenspiel lesen. Man wußte dann gleich, wie man sich zu benehmen hatte. Wir sahen dem anregenden Schauspiel noch eine Weile zu und krochen bald ins Zelt, um uns für den Marsch durch vielleicht dichten Wald durch einen gesunden Schlaf zu kräftigen.

Vor Sonnenaufgang brachen wir schon das Zelt ab, beluden den Einbaum mit dem Gepäck und verlegten unser Lager an die Mündung des gestern entdeckten Flusses. Vorher befestigte Liebert noch das verabredete Flaggenzeichen an einer vom Meere gut sichtbaren Palme. Er tat dabei den Ausspruch:

»Damit die Regierung weiß, wo die Knochen ihrer Söldlinge bleichen.«

Auf meine Frage, wie er dazu käme, eine solche Äußerung zu tun, gab er zur Antwort:

»Das ist so Sitte, wenn man Kolonialsoldaten auf gefährliche Posten schickt. Man befiehlt ihnen, den Ort, an dem sie jeweils zu finden sind, mit einer kleinen Flagge zu bezeichnen. In den meisten Fällen findet man dann später nur noch die mehr oder weniger gut erhaltenen Überreste der Armen.«

»Nun, diesmal hoffe ich Sie glücklich wieder in Menado abzuliefern, denn ich bin kein Freund von Gewalttätigkeiten gegenüber Eingeborenen. Und wenn wir ihnen nicht feindselig entgegentreten, werden sie uns auch nicht als Feinde behandeln. Ich habe allerdings auch schon das Gegenteil erfahren, aber in dem Falle ....«

»Schießen Sie auch!« unterbrach er mich lachend. »Doch warten wir es ab! Das Prophezeien ist bei den hier herum hausenden Braunfellen immer eine mißliche Geschichte.«

Am Flußufer, hinter dem hier noch üppig wachsenden Buschwerk, bauten wir unsere Hütte auf. Wir nahmen ein tüchtiges Frühstück, zu dem die Flußfische einen ausgiebigen Beitrag liefern mußten und setzten uns dann in der Richtung auf die gestern abend gesichtete Ansiedelung in Marsch.

Der prächtige Hochwald nahm, je mehr wir uns wieder der Küste näherten, an Dichtigkeit ab. Die Sonnenstrahlen fanden schon kleine Öffnungen im Blätterdach und belebten durch dieselben die niedern Pflanzen, die sich mehr und mehr zu einem störenden Hindernis entwickelten. Gar bald befanden wir uns mitten in einem wahren Irrgarten von Vegetation. Scharen von Vögeln mit leuchtendem

Gefieder flogen mit schrillem Geschrei vor uns auf. Hin und wieder krachte es im Unterholz. Wir blieben dann wohl lauschend stehen, bis wir fanden, daß irgendein größeres Tier vor uns die Flucht ergriffen hatte.

Bald wurde der Wald sumpfig. Schwärzliche, stehende Gewässer, von meterhohem Schilf umstanden, lagen in unserer Marschrichtung. Krokodile erhoben sich träge und blinzelten die Störenfriede mit ihren tückischen Augen herausfordernd an. Große Schlangen glitten langsam ins Gebüsch. Dann standen wir vor einem dicht mit Dornen bewachsenen Hügel, der sich wie eine Mauer in unsern Weg stellte.

»Hier können wir nicht durch, Leute,« sagte ich, nachdem ich den jeder Beschreibung spottenden Stachelwall genau untersucht hatte, »wir müssen uns südlich zur Küste wenden, die nicht mehr fern sein kann, denn man hört die Brandung herüber.«

»Diese Dornenbüsche kennen wir genau. Sie sind auf Celebes keine Seltenheit, wir haben sie auf unsern Märschen oft getroffen und eine Kompagnie Soldaten mußte oft stundenlang an einem kaum meterbreiten Gang arbeiten. Die Eingeborenen an der Nordküste benutzen sie gern als Schutzwall ihrer Dörfer, und es sollte mich gar nicht wundern, wenn auf der andern Seite des Hügels das gesuchte Dorf liegt.«

»Das mag sein, Düwell, aber diese Kenntnis nützt uns jetzt wenig. Ändern wir den Kurs und suchen wir die Küste zu erreichen!«

Ein Anflug von Mißmut hatte sich über unsere Gemüter gelegt. Die Sonne sandte ihre sengenden Strahlen mit aller Kraft auf unsere ungeschützten Körper. Auf der Umgebung lag ein dumpfer, faulender Brodem, der das Atmen erschwerte und einen wilden Drang nach frischer Luft in uns auslöste. Je weiter wir gegen das Meer vordrangen, um so mehr trat der Hochwald zurück. Wir kamen in ein Gebiet, das in seiner großartigen Vegetation alles übertraf, was wir bisher gesehen hatten. Die Schlinggewächse in den niedern Baumbeständen wucherten so üppig, daß die Füße nur selten den Boden erreichten. Oft fingen wir uns in dem Dickicht wie in einem Netz und es bedurfte der ganzen Geschicklichkeit des Nachfolgenden, um den Vordermann ohne allzu schmerzhafte Hautrisse aus dem Gewirr wieder herauszuhauen. So reihte sich Dickicht an Dickicht. Nirgendwo zeigte sich auch nur eine Handbreit Raum, um durchzukommen. Zu all diesen Widerwärtigkeiten gesellten sich auch noch die Millionen Insekten, die mit einer wahren Wut über uns herfielen und uns fast zur Raserei brachten.

Mit stiller Wut arbeiteten wir uns fast drei Stunden lang durch derartige Pflanzenwirrnisse, bis wir endlich vor einem breiten Sumpf standen, in dem ein halbes Dutzend Hirscheber ihr Schlammbad nahmen. Hier stießen wir endlich auf Spuren menschlicher Nachbarschaft. Zahlreiche Fußtritte waren dem zähen Uferschlamm eingeprägt, von denen einige noch frisch zu sein schienen.

Ein Seufzer der Erleichterung entrang sich unserer Brust, als wir endlich das ersehnte Dorf in der Nähe wußten. Höher schlugen meine Pulse und voll Freude klopfte ich dem pommerschen Landsmann auf die Achsel:

»Also doch geschafft, Liebert, he?« fragte ich ihn gutgelaunt. »Freuen Sie sich nicht auch, daß wir nun bald in dem Dorfe sind?«

»Hm, das kann ich nicht gerade behaupten. Ich würde mehr Freude empfinden, wenn wir erst wieder in unserm Zelte lägen. Düwell scheint es ebenso zu gehen, nicht wahr, Kamerad?«

»Offen gestanden, ja! Ich habe so manches über die Alfuren gehört.... aber das zu erzählen hat jetzt keinen Zweck mehr. Gehen wir!«

Wir folgten der deutlich sichtbaren Fährte etwa einen Kilometer weit, plötzlich standen wir vor einer großen Lichtung, auf der sich ein kleines Dorf von dem dornenbewehrten Hügel abhob. Es bestand aus fünf primitiven Hütten mit einer Einwohnerschaft von neunundzwanzig wilden Männern und Weibern. Die »Volkszählung« bot keine Schwierigkeit, denn alle kamen aus ihren Hütten, ehe wir fünf Schritte über den Platz zurückgelegt hatten. Sie waren vollkommen nackt, bis auf einen schmalen zerfaserten Grasgürtel. Einigen fehlte auch dieser.

Bei unserm Näherkommen verschwanden die vor Schmutz starrenden Weiber, während die Männer ihre Wurfspieße aufgriffen und erwartungsvoll vor den Hütten stehen blieben.

Ich hob die Hände zum Gruße und fragte, ob jemand Holländisch oder Englisch verstehe. Da keine Antwort erfolgte, wiederholte Düwell dieselbe Frage auf Malaiisch.

Nun erhob sich ein junger Bursche, der sich faul auf den Boden einer Hütte niedergestreckt hatte und antwortete in derselben Sprache. Düwell führte nun die Unterhaltung. Zunächst teilte er den Alfuren den Zweck unseres Kommens mit. Wir wollten ihre Sitten und Gebräuche kennenlernen, wollten ihre Waldtiere und die Insektenwelt studieren und Gegenstände, die von der Kunstfertigkeit der Alfuren zeugten, eintauschen.

Diese Gründe erregten eine gewisse Heiterkeit unter den Dorfbewohnern, und ich beeilte mich, diese frohe Stimmung durch kleine Geschenke an die Bewohner zu fördern. Der erwähnte junge Bursche, der sich malaiisch Tebba nannte, und der, wie sich später herausstellte, auf einer Dschunke Matrose gewesen war, schien übrigens von diesen sonderbaren Liebhabereien der Weißen Kenntnis zu haben, denn er gab seinen Angehörigen anscheinend eine ausführliche Beschreibung, die die Lachmuskeln der Alfuren in ununterbrochene Tätigkeit versetzten. Die nachgesuchte Erlaubnis, die Nacht im Dorfe verbringen zu dürfen, wurde uns gern gewährt, wir hätten sogar in einer der Hütten unser Nachtlager aufschlagen dürfen, aber der Schmutz in denselben spottete jeder Beschreibung. Außerdem wollten wir uns auch nicht gleich von vornherein in die Gewalt der Alfuren begeben. – Eine Mahlzeit mußten wir jedoch mit den Leuten gemeinsam einnehmen. Das erforderte hier – wie bei allen Völkern der Welt – die Sitte. Natürlich bildete das Hauptgericht der Trepang. Mit Widerwillen mußte ich einige der langen, dicken, braungebratenen Würmer herunterwürgen, und dabei zwang mich die Höflichkeit gegen meine Gastgeber noch, eine freundliche Miene aufzusetzen. Die Alfuren vertilgten eine ungeheure Menge dieser Meertiere und konnten sich nicht genug wundern, daß der weiße Mann so wenig davon aß. Auf das Trepanggericht folgte das Vorderteil eines Hirschebers. Die nicht ausgenommenen und natürlich ungewaschenen Eingeweide wurden in rohem Zustande den Weibern und Kindern vorgeworfen, die sich mit einem Wonnegeheul darum balgten. Mir wurde der halbgare Rüssel mit den die Oberlippe durchbohrenden Eckzähnen zuteil, letztere waren das für mich wertvollste an dem ganzen Essen.

Das Mahl zog sich sehr in die Länge. Die Menschen haben ja außer dem Trepangfang gar nichts zu tun. Was sie brauchen, liefert ihnen mühelos der Wald und das nahe Meer. Sie säen nicht und sie ernten nicht und sammeln auch keine Vorräte. Sorgen schien das Völkchen nicht zu kennen. Es könnte in dieser paradiesisch schönen Natur ein Leben wie – nun, wie im Paradiese führen. Es könnte im tiefsten äußern und innern Frieden leben, wenn – es den Nachbarn gefiele. Aber eben diese Nachbarn von nah und fern säen Haß und Zwietracht in die Herzen der Völker. Die Holländer nehmen die Insel als ihr Eigentum in Besitz. Ließen sie die Eingeborenen in Ruhe, so würden diese kaum etwas davon merken, da sie keinen Begriff von der Ausdehnung der Insel haben. Nein! Die glücklichen Wilden müssen »zivilisiert« werden. Tun sie dem Weißen nicht den Willen, dann kommt Militär und knallt sie nieder, wehe dann aber dem Weißen, der den Wilden nachher in die Hände fällt!....

Gegen Abend brach die kleine Gesellschaft auf, um dem Trepangfang obzuliegen. Auf dem Wege zum Meere begegneten wir noch einem Dorfe, dessen Bewohner uns weniger freundlich entgegenkamen. Die Männer schauten uns mit einem haßerfüllten Blicke an und vermieden, wo sie konnten, unsere Nähe. Sie unterhielten sich besonders eifrig mit Tebba, und aus den Mienen des letzteren glaubte ich lesen zu sollen, daß man ihn zu irgendeinem Streiche überreden wollte.

Düwell und Liebert teilten meine Ansicht. Wir kamen überein, uns nicht zu trennen und die Revolver stets schußfertig in den Taschen zu halten. Bis jetzt hatten wir die Waffen noch nicht gezeigt. Nur unsere Büchsen trugen wir zur Schau, und diese zogen die Blicke der Alfuren besonders an.

Auf dem Meere glänzte eine große Anzahl von Fackeln. Der Fang war bereits in vollem Gange, und wir erbaten und erhielten die Erlaubnis, uns mit einem Kanoe unter die Fischer zu mischen, um dem Treiben aus nächster Nähe zuzuschauen.

Unser Erscheinen rief unter den bereits anwesenden Fischern lebhaftes Erstaunen hervor. Sie unterbrachen ihren Fang und trieben ihre Boote, so weit es die Ausleger nur irgendwie gestatteten, an unser Kanoe heran. Jeder leuchtete uns mit seinem Kienspan ins Gesicht. Besonders diejenigen, die als Gelegenheitsarbeiter mit einer

Trepangdschunke in die Häfen der Weißen gekommen waren suchten aufmerksam in unsern Zügen nach bekannten Gesichtern. Diese sprachen auch gebrochen Malaiisch. Die erste Frage war immer: »Seid ihr Soldaten? Kommt ihr von den Wolanda?« Tebba gab auf derartige Fragen stets eine Antwort, die ein ungläubiges Staunen auf den Gesichtern der Wilden hervorrief, warum er das mit einer gewissen Voreiligkeit tat, konnten wir im Augenblick nicht ergründen.

Nach der ersten Überraschung kehrten die Alfuren zum Fange zurück. Ich konnte dabei feststellen, daß stets zwei oder drei Männer zu einem Kanoe gehörten und nur für sich fischten. Einer blieb im Boote und leuchtete mit der Fackel, während die andern tauchten. Die Taucher waren mit langen, spitzen Eisenstäbchen, viele auch mit Bambussplittern versehen, mit denen sie die auf dem Meeresgrunde auf Algen lebenden Holothurien aufspießen. Das Tier muß in ungeheurer Anzahl vorkommen, denn fast in jeder Sekunde tauchte irgendwo ein Kopf auf, der ein gefangenes Stück in sein Boot warf. Wenn man nun bedenkt, daß der Fang allabendlich stundenlang von vierzig Männern betrieben wurde und daß die ganze weite Bucht mit unzähligen Fackeln besäet war, so kann man sich ungefähr einen Begriff von der gewaltigen Masse dieser Seewalzen machen.

Die Holothurien besitzen die Form und Dicke einer großen, bis zu zwanzig Zentimeter langen Wurst. Ihre Haut ist lederartig von grauer, brauner oder schwarzer Farbe, mit braunen Punkten überstreut. Am Maule hängt ein Kranz von Fühlern. Nimmt man ein lebendes Tier in die Hand, so stellt sich nach kurzer Zeit ein Brennen oder Prickeln auf der Handfläche ein, das auf die Ausscheidungen des Tieres zurückzuführen ist. Die Haut der Holothurien enthält nämlich eine ölige Substanz, die sie vor dem Austrocknen schützt, wenn sie beim Sturm auf den Strand geworfen werden. Sie können dann selbst in der heißen Tropensonne eine kurze Zeit leben. Die Holothurie kommt getrocknet unter dem Namen Trepang in den Handel und wird namentlich nach China in großen Mengen ausgeführt. Malaiische Händler holen die Fänge von Zeit zu Zeit bei den Fischern ab und bringen ihnen im Tausch dafür Tabak, Messer und ähnliche Dinge.

Als nach Verlauf einiger Stunden die meisten Kanoes gefüllt waren, beschäftigten sich die Wilden wieder mit uns. Ein Alfure verlangte zu wissen, wo unser Boot versteckt sei. Man wollte es uns einfach nicht glauben, daß wir von einem Dampfer an der Ostspitze der Küste ans Land gesetzt worden seien und den Weg zu dem Alfurendorfe quer durch den Wald gemacht hätten.

Vorsichtshalber nannte Düwell unsern Ankerplatz nicht. Er blieb fest bei der Behauptung, daß unser Besuch nur ein Ausflug sei und daß uns der Dampfer vor Tagesanbruch wieder abholen würde.

»Ob der Dampfer Feuerwaffen führe?«

»Selbstverständlich. Kein Europäerschiff wird die Celebessee ohne Waffen befahren.«

Letzteres konnten die früheren Schiffsknechte bestätigen. Die Nachricht machte sichtlich Eindruck auf die Alfuren des Stranddorfes. Die Kunde von den Rachezügen der Weißen gegen mörderische Stämme war auch bis zu ihnen gedrungen. Sie mußten also gewärtigen, zuerst zur Rechenschaft gezogen zu werden, wenn den Weißen etwas zustieße.

Alle diese Erwägungen ließen sich aus dem Mienen- und Gebärdenspiel der Alfuren, mehr noch aus den gelegentlichen Fragen, leicht entnehmen. Während dieser Debatten schlossen die Wilden den Kreis immer enger um unser Fahrzeug. Ich versuchte zwar durch gelegentliche Ruderschläge der Umzingelung zu entgehen, doch gelang es mir nicht, den Rückweg nach dem Lande offen zu halten. Immer lagen wieder Kanoes vor uns.

Längst schon war ich mit meinen Begleitern übereingekommen, uns der Umklammerung, wenn sie einen bösartigen Charakter anzunehmen drohte, durch Anwendung von Gewalt zu entziehen. Wir befanden uns zwar der großen Zahl der Alfuren gegenüber im Nachteil, hofften aber, sie durch plötzliches Schnellfeuer aus unsern Revolvern solange fernzuhalten, bis wir auf festes Land gelangten. Einmal in den Büschen, waren wir vor Verfolgung ziemlich geschützt. Der Alfure geht nachts nur sehr ungern in den Wald. Er fürchtet Geister, die in einer großen Affenart, die nur nachts auf die Nahrungssuche gehen sollen, verkörpert sind.

Um eine Entscheidung herbeizuführen, ließ ich durch Tebba seine Stammesbrüder fragen, wann sie nach ihrem Dorfe aufzubrechen gedächten, wir wären müde und wollten unser Nachtlager aufsuchen.

Diese unerwartete Frage rief eine Bewegung unter den Wilden hervor. Offenbar mußte der Dolmetscher erst den Rat der Strandbewohner einholen, denn diese riefen und schrien durcheinander, als ob sie den ärgsten Streit auszufechten hätten. Man beruhigte sich auch noch nicht, als Tebba uns die Antwort gab, es sei noch zu früh zur Heimkehr. Man erwarte noch Nachbarn, um mit denen den Fang fortzusetzen.

Düwell gab nun der Bitte Ausdruck, man möge uns allein in das Dorf zurückkehren lassen. In wenigen Stunden müsse der Dampfer hier vor dem Stranddorfe ankommen, und wenn man dann fände, daß die drei weißen Männer nicht geschlafen und gegessen hätten, dann würde der weiße Herr des Dampfers keine Geschenke für die Alfuren zurücklassen.

Wiederum erhob sich ein lebhafter Streit zwischen den Dörflern. Offenbar schwankten sie zwischen der Beraubung unserer Person und der Aussicht auf die Geschenke des weißen Herrn. Letztere schienen besonders der von Tebba vertretenen Partei begehrenswerter. Wahrscheinlich weil sie dabei keine Strafe zu befürchten hatten. Als wir dann aus den Reden und dem Gebärdenspiel schlossen, daß Tebba einen Augenblick lang die Oberhand hatte, riefen wir ihm zu, er möge uns den Weg zum Lande frei machen. Gleichzeitig versprachen wir ihm ein besonders reiches Geschenk.

Diesmal galt sein Ruf den Insassen der beiden Kanoes, die zwischen uns und dem Ufer lagen. Jedes derselben war mit drei Mann besetzt, die ihre Harpunen nicht aus der Hand legten. Eines der Fahrzeuge leistete dem Befehl Folge. Die Insassen des uns am nächsten liegenden Kanoes erhoben aber mit lautem Geschrei Einspruch und suchten das abtreibende Fahrzeug an seinem Ausleger festzuhalten. Diesen günstigen Augenblick ließen wir nicht unbenutzt. Wir drängten unser Boot gegen den Ausleger des andern und schoben dadurch beide Einbäume bis dicht an den Strand. Leider war die Entfernung von unserem Bord über den Ausleger hinweg in das gegnerische für einen Sprung zu groß. Wir hatten nun aber

Raum bekommen und uns eine Öffnung in der Kette geschaffen, die es uns ermöglichte, an dem hinderlichen Kanoe entlang in die Dunkelheit abzustoßen.

Dieses Manöver nahm nicht viel Zeit in Anspruch. Jedenfalls stritt Tebba noch lebhaft mit den andern herum, als wir schon aus dem Bereiche der Fackeln auf den Strand fuhren. Mit wenigen Sätzen hatten wir den Saum der Küste erreicht und nun liefen wir, so schnell uns die Füße trugen, ostwärts.

Wir kamen nicht sehr weit. Eine zerrissene Felsenzunge setzte unserem Marsche ein Ziel und wir waren nun gezwungen, in dem nächtlichen Dunkel einen Schlupfwinkel zu suchen, der uns bis Tagesanbruch Schutz vor den Verfolgern bieten konnte. Diese waren natürlich auch nicht untätig gewesen. Die regellos über die Wasserfläche schwankenden Lichter zeigten uns, daß man uns auf dem Meere suchte. Andere Feuerbrände erleuchteten den Wald landeinwärts, in der Richtung auf das Dorf unserer Gastgeber, während einige wenige dem Küstensaum folgten.

Liebert war es gelungen, auf dem Rücken des in das Meer hineinragenden Grates festen Fuß zu fassen. Er bot mir die Hand und zog mich mit der Unterstützung Düwells zu sich empor. Düwell selbst mußte jedoch Schutz in der Brandung suchen, denn in diesem Augenblick näherten sich die Alfuren unserm Versteck. Wir konnten im Scheine der Fackeln deutlich die zornigen Gesichter unterscheiden und waren uns nicht mehr darüber im Zweifel, daß wir es mit Feinden zu tun hatten.

Den Finger am Drücker, lagen wir, fest an den Stein geschmiegt, in atemloser Spannung. Das Licht der Fackeln irrte suchend über Buschwerk und Stein. Traf es uns, dann mußten uns unsere hellen Kleider den Gegnern verraten. Dann kam es wohl darauf an, wer schneller war, die Harpune oder die Kugel.

Die Alfuren schienen uns indessen im Busche zu vermuten. Sie sammelten sich vor einer bestimmten Stelle und ließen das Licht vor dem Dickicht hin und her laufen. Dabei entfuhren ihnen kurz abgehackte gellende Schreie, die von fern erwidert wurden. Einer der Wilden hob seinen Speer, zielte eine Sekunde und schleuderte ihn, unter dem erwartungsvollen Schweigen der Umstehenden, mit gewaltiger Kraft in die Dornen. Die Wirkung war für alle verblüffend. Ein Krachen und Brechen folgte dem Wurf und wie aus einer Kanone geschossen, flog ein gewaltiges Krokodil mitten zwischen die nun laut aufschreienden Wilden. Wie vom Sturme weggefegt, flohen sie in langen Sätzen ihrem Dorfe zu, und noch lange hörte man die gellenden Schreie.

Das Reptil hatte die Lanze, dicht über dem linken Vorderfuß, tief im Körper stecken und lag, wütend mit den gewaltigen Kiefern schnappend, den hellbrennenden Fackeln gegenüber. Auf der Flucht hatten die entsetzten Alfuren diese dem Krokodil entgegengeschleudert, um es von der Verfolgung abzuhalten.

So willkommen uns das Dazwischentreten des Reptils auch war, so setzte es uns doch in bange Sorge um unsern Kameraden. Weit konnte er nicht sein. Kam er, durch den Abzug der Wilden ermutigt, jedoch in nächster Nähe des Krokodils aus seinem Versteck, so lief er ernste Gefahr, die Beute des gereizten Tieres zu werden.

Wir entschlossen uns zu rufen. Erst mit gedämpfter Stimme. Dann, die Brandung übertönend, lauter. Wir erhielten Antwort. Über die Richtung konnten wir uns jedoch nicht einigen, und da nun immer dringender unverständliche deutsche Worte von der frischen Morgenbrise auf unsere hohe Warte getragen wurden, entschloß sich Liebert, den Kameraden zu suchen. Daß er dabei in die Nähe des Krokodils geriet, hielt ihn nicht ab. Er verließ sich auf seine Gewandheit und noch mehr auf seine gute Büchse.

Mit drei Sätzen stand er unten. Beim Geräusch des Aufspringens auf den Sand hatte sich das Reptil mit einem schnellen Ruck bis zum halben Leibe in die Brandung vorgeschnellt. Dort blieb es liegen und schnappte mit den scharf bewehrten Kinnladen wütend um sich, während der Schweif den Sand hoch aufpeitschte.

Düwell hatte sich, in einer Höhlung des Felsens bis zu den Knien in der Brandung stehend, vor den Alfuren in Sicherheit gebracht. Der enge Raum hatte jedoch nur den einen Zugang, und als er diesen nun plötzlich durch den Körper des Ungeheuers gesperrt fand, rief er um Hilfe. Die Rufe trafen rein zufällig mit den unsern zusammen.

Es wäre jedem von uns nur ein leichtes gewesen, dem Krokodil mit einer Kugel den Garaus zu machen. Der Schuß verriet den Alfuren dann aber unsern Schlupfwinkel. Das mußten wir schon deshalb vermeiden, weil wir bei dem ungewissen Lichte der klaren Tropennacht keinen unbedingt sichern Schutz in unsern Feuerwaffen sahen. Ein genaues Zielen war nicht möglich und unsere Sicherheit gegenüber der großen Anzahl der Alfuren bestand nur in guten Treffern.

Liebert glaubte, daß das ernstlich verwundete Reptil dem Krepieren nahe sei und versuchte, es durch Steinwürfe zur Flucht in das Meer zu veranlassen. Er täuschte sich jedoch in der Zählebigkeit desselben. Ehe er es sich versah, hatte es kehrt gemacht und rannte mit einer Schnelligkeit über den Sand, die auf die Dauer jedenfalls dem Gefährten verderblich geworden wäre. Dieser kannte aber aus seiner langen Dienstzeit in der Wildnis die Schwächen der Krokodile. Nach einem kürzeren Laufe in gerader Richtung, sprang er die etwas erhöhte Uferbank hinauf und kehrte auf demselben Wege zum Ausgangspunkt zurück. Den Augenblick hatte Düwell benutzt, um sich aus seiner höchst ungemütlichen Lage zu befreien. Mit einem lauten Rufe der Erleichterung reckte er seine »eingeschlafenen« Glieder und stampfte mit den Füßen den Sand, um den Blutumlauf wieder herzustellen.

Liebert kam unterdessen zurück und drängte nun in uns, den Felsen zu überklettern und uns der Küste entlang zu unserm Boote durchzuarbeiten. Der Tag war nicht mehr fern, und wenn die Alfuren mit den ersten Sonnenstrahlen den vorgeschwindelten Dampfer nirgendwo auf der weiten Wasserfläche entdeckten, würden sie ernstlich zum Angriff übergehen. Diese Gründe leuchteten uns ein. Die Überkletterung des Felsengrates erwies sich indessen viel schwieriger, als es in der Dunkelheit den Anschein hatte. Der Rücken setzte sich aus einer ununterbrochenen Reihe scharfer Zacken zusammen, die oft mehrere Meter steil abfielen und uns gefährlich werden konnten. Wir sahen bald ein, daß ein Abstieg nach der andern Seite nur bei vollem Tageslicht möglich war.

Die Stunde bis zum Anbruch des Tages kam uns wie eine Ewigkeit vor. Das untätige Warten, die schon durch den anstrengenden Tagesmarsch ermüdeten Glieder und das ewige Einerlei der Brandung riefen eine derartige Sehnsucht nach einem kurzen Schlaf hervor, daß wir förmlich Gewalt anwenden mußten, um uns wach zu halten.

Da – mit einem Schlage wich die Nacht dem Tageslicht! Mit dem ersten Strahl des aus dem Ozean steigenden Sonnenballes erwachte das Tierleben des Waldes. Die gefiederten Sänger schmetterten ihr Liedchen zu Gottes Lob und Preis in den klaren Morgen und muntere Delphine trieben ihr keckes Spiel in der goldüberhauchten weiten Bucht.

Wir erhoben uns, um den Abstieg zu beginnen. Gewohnheitsmäßig ließ ich den Blick über die nächste Umgebung schweifen und entdeckte nun in dem hohen Schilfe eines entfernteren Sumpfes eine ungewöhnliche Bewegung. Das Schilf neigte sich nicht, wie es beim Durchgang eines Tieres der Fall zu sein pflegt, nach einer bestimmten Richtung, sondern an mehreren Stellen zugleich und unregelmäßig.

Düwell, der meinem Blicke gefolgt war, rief plötzlich: »Ha – eine Lanzenspitze. Achtung! Jetzt geht's los!«

Liebert, der etwas höher stand, erkletterte vollends den höchsten Zacken und zählte nun mit lauter Stimme die Speere, die sich von dem glänzenden Bronzeton des Schilfes abhoben.

»Düwell!« rief er herunter, »wie weit schätzest du die Entfernung, tragen die groben Schrote bis dahin?«

»Gewiß, Liebert, versuche es nur einmal. Den Effekt werden wir dann rasch wahrnehmen!«

»Nein, nein, Leute! Schießt noch nicht, wir wissen noch nicht, ob die Alfuren uns angreifen werden!« wehrte ich ab.

»Da kennen Sie diese Wilden schlecht!« rief Düwell. »Wir Soldaten haben da mehr Erfahrung. Entschuldigen Sie den Widerspruch, aber es geht jetzt auch um unsern Kopf! Gib es ihnen, Liebert!«

Vier Schrotschüsse gossen ihre Ladung in den Schilfbruch und entfesselten dort ein wahrhaft höllisches Wutgeheul. Überall tauchten die schwarzbraunen Leiber der Alfuren auf und suchten in wilden Sprüngen das Dornengestrüpp zu durchdringen, um ihre Speere und Pfeile auf uns schleudern zu können.

Ich beteiligte mich nun auch an dem Feuer auf die regellos durcheinanderlaufenden Wilden, die sich der vielen kleinen Kugeln nicht zu erwehren vermochten. Um freieren Überblick zu haben, hatten wir uns aufrecht auf die Zacken gestellt und sandten ruhig, wie nach der Scheibe, eine Schrotladung nach der andern in das Schilf. Das Echo der Schüsse verhundertfachte sich in den Urwäldern und rief den Eindruck einer rollenden Salve hervor.

Da plötzlich gellte ein einziger, furchtbarer Schrei durch den Busch. Wir sahen die Alfuren mit allen Zeichen der Angst davonlaufen, und ehe wir uns noch von unserm Staunen erholt hatten – hallte der dumpfe Ton einer Dampfsirene über die Bucht.

Ein Dampfer!

Verwundert schauten wir uns an. Äffte uns ein Spuk? –

»Das ist ja unser Truppenschiff! Richtig, heute wird der 1. Oktober sein. Der kommt mit der Ablösung von Gorontalo. Hurra, jetzt geben wirs den Wilden!« schrien Liebert und Düwell, indem sie lebhaft mit den Hüten winkten.

Wieder rollte der Sirenenton über den Wasserspiegel und grollte dröhnend unter den Waldbäumen weiter. Dann sahen wir, wie das Schiff die Fahrt hemmte und langsam gegen die Küste trieb.

»Nun, wenn das kein Zufall ist...« rief Liebert aus. »Gestern redeten wir uns auf einen Dampfer aus, der uns abholen würde und nun ist er auch wirklich da.«

»Allerdings ist das ein Zufall, mehr noch, eine Fügung des Himmels,« erwiderte ich, »denn wer weiß, wie das Abenteuer abgelaufen wäre, wenn diese unerwartete Hilfe nicht so recht zur gewünschten Zeit eingetroffen wäre.«

Der Dampfer erwies sich tatsächlich als ein Truppentransportschiff, das alle sechs Monate die verschiedenen Truppendetachements in gefährlichen Bezirken ablöst. Das Deck wimmelte von Soldaten, die alle nach den drei Europäern herüberschauten, die ein so anhaltendes Salvenfeuer – wie sich einer der Fahrgäste später ausdrückte – abgaben.

Eine Verständigung durch Rufen war nicht möglich. Man setzte daher ein Boot aus, das mit einem Offizier und sechs Matrosen bemannt, sich vorsichtig dem Felsen näherte. Als es in Rufweite herangekommen war, zeigten wir dem Steurer die Landungsstelle und kletterten an den Strand, um die Retter zu empfangen. Bei dieser Gelegenheit hätte Liebert um ein Haar doch noch mit dem Krokodil nähere Bekanntschaft gemacht. Es lag immer noch in dem Buschwerk und schnappte wütend um sich. Zum Angriff fehlte ihm indeß die Kraft.

Ich mußte nun vor allen Dingen dafür sorgen, daß der Offizier über die Anwesenheit meiner beiden Begleiter, die ihm bekannt waren, aufgeklärt wurde. Sie konnten sich zwar selbst über ihre Abkommandierung ausweisen, aber es lag mir daran, auch meine Berechtigung zu dieser Expedition nachzuweisen. Zu dem Zwecke mußten wir aber zu unserm Zelte zurückkehren. Ich stellte auch eine dahinlautende Bitte, aber der Offizier durfte das nicht ohne bestimmten Befehl zugeben. Ihm lag zunächst an der Bestrafung der Alfuren, die sich tätlich an Weißen vergriffen hatten. Das läßt die Regierung nicht ungeahndet hingehen. Auf seine Einladung, im Befehlston gegeben, fuhren wir nach dem Dampfer hinüber. Dort nahm uns ein Oberst in Empfang, der meinen Bericht mit regem Interesse anhörte. Es tat ihm sichtlich wohl, als ich die Tapferkeit seiner beiden Soldaten besonders unterstrich und ausdrücklich betonte, daß das Gelingen unserer Flucht nur der Kaltblütigkeit der beiden Begleiter zuzuschreiben sei.

Nach einem kurzen Kriegsrat hieß es, man wolle landen und die Dörfer der Alfuren niederbrennen. Wenn möglich, solle auch der eine oder der andere gefangen genommen werden, damit er in Menado vor ein Kriegsgericht gestellt würde. Als ich von diesem Beschluß Kenntnis erhielt, verwendete ich mich für das Dorf unserer Gastgeber, dessen Einwohner meiner Überzeugung nach nicht an dem Überfall beteiligt waren. Der Oberst gab nur widerstrebend meiner Bitte Gehör. Nach seiner Ansicht könne man gar nicht genug von dem räuberischen Gesindel ausrotten.

Gern hätte ich dem Manne eine Antwort auf diese menschenfreundlichen Ausführungen gegeben, allein es wäre ebenso nutzlos wie unklug von mir gewesen. So zog ich vor, meine Gedanken für mich zu behalten.

Der Dampfer lief langsam vor das Stranddorf. Bevor er die Feindseligkeiten eröffnete, ließ er die Dampfsirene ertönen, um die Alfuren womöglich aus ihren Verstecken herauszulocken. Diese hielten sich jedoch sämtlich versteckt. Das Dorf, in dem es vor wenigen Stunden noch wie in einem Ameisenhaufen wimmelte, schien ausgestorben. Selbst die Frauen und Kinder waren geflohen.

Ein Offizier wurde mit zehn Bewaffneten an das Land gerudert. Ihm war das Heldenstück zugemutet worden, ein Dorf wehrloser Wilder vom Boden zu vertilgen. An der Art, wie er dieses Kommando aufnahm, sah ich, daß er seiner Aufgabe gründlich gerecht werden würde. Er war ein Belgier!

Beim Betreten des Strandes schickte er seine Leute rechts und links in die Dornenumwallung. Mit vier Mann begab er sich selbst, Revolver in der Faust, in die erste Hütte. Als er dort nichts Lebendes vorfand, wurde er kühner und dehnte seine Untersuchung auf noch vier oder fünf weitere Hütten aus. Damit hatte er der Vorschrift, Frauen und Kinder vor dem Niederbrennen aus dem Dorfe zu entfernen, Genüge geleistet. Er setzte seine Signalflöte an die Lippen und gab das Zeichen zum Anzünden der Hütten und ihrer undurchdringlichen Umwallung.

Hui, wie das aufflammte! In wenigen Sekunden fraß die gierige Flamme das ausgedörrte Buschwerk, von der leichten Morgenbrise angefacht, raste der Brand über die Ansiedlung. In das Knattern der Schilfstangen mischte sich das Angstgeheul der von ihren Brutplätzen vertriebenen Tiere. Dichter Qualm lagerte sich auf dem Strand und hüllte bald die Stätte des Strafgerichtes in eine dicke, undurchsichtige Wolkenwand. Die Hitze steigerte sich derart, daß der Dampfer seinen Standort um einige hundert Meter weiter in die See verlegen mußte.

»Zum Henker, wo bleiben denn die Soldaten?« wetterte der Oberst, als er bemerkte, daß die Feuersbrunst gewaltige Dimensionen anzunehmen begann. »Der Leutnant wird doch nicht die Unklugheit begangen haben, die landeinwärts gelegenen Dörfer auch niederzubrennen!«

Der Dampfer ließ die Sirene ertönen. Ein Hornist blies das Signal zum Rückzug. Vom Lande her kam jedoch kein Lebenszeichen. – Plötzlich löste sich ein heller Schein aus dem weißblauen Qualm.

Drei aneinandergebundene Kanoes trieben brennend auf den Dampfer zu.

»Gebt acht, Leute, daß uns die Brander nicht längsseit kommen. Sie können uns gefährlich werden. Herr Oberst, ich muß noch weiter nach See zu dampfen. Hier laufen wir Gefahr zu verbrennen!« rief der Kapitän dem Kommandeur der Truppen zu.

Dieser lief aufgeregt auf Deck hin und her. Von Zeit zu Zeit streifte mich ein böser Blick, gleichsam als wolle er mich für seine Anordnungen verantwortlich machen.

Das Feuer war inzwischen den Strand entlang gelaufen und hatte fast den Felsen erreicht, auf dem wir die Nacht verbrachten. Der Schilfbruch, in dem ich die Alfuren vermutete, war noch unversehrt. Jeden Augenblick mußten die Flammen ihn erreichen und ich bedauerte die zahlreichen Vierfüßer, die in dem schützenden Sumpfe ihre Lagerstätte zu suchen pflegten.

Da erscholl ein Knattern, wie wenn eine Truppe Schnellfeuer gibt. Der Oberst flog förmlich auf die Brücke. Er bebte an allen Gliedern. Mit heiserer Stimme rief er nach seinem Major.

»Wer zum Henker hat dem Leutnant Befehl gegeben, mit der Waffe anzugreifen? Wie kann er sich auf ein Feuergefecht einlassen? Nieder mit den Booten. Sofort landen noch zwanzig Mann...«

Das Knattern dauerte an. Der Major rannte an mir vorüber, um den Befehl seines Vorgesetzten auszuführen. Bevor aber noch die Boote aus ihren Lagern gehoben waren, trat ich an ihn heran, und sagte ihm, daß das Knattern nicht vom Gewehrfeuer, sondern von der Explosion der einzelnen Schilfrohrstangen herrühre. – Er starrte mich an, als ob ich verrückt geworden sei:

»Mein Herr, lehren Sie uns nicht das Knattern der Gewehre kennen, wir haben Erfahrung darin.«

Damit ließ er mich stehen. Achselzuckend trat ich zu Liebert, der sich von einem Deckstuhl aus die Feuersbrunst in aller Ruhe ansah.

»Was halten Sie von der Abteilung, die dort drüben so barbarisch gehaust hat?« fragte ich ihn.

»Nicht viel,« erwiderte er. »Die müssen besonderes Glück haben, wenn die dieses Schiff nochmal betreten.«

»Wieso?«

»Nun, das ist doch klar, daß die den Alfuren in die Fänge geraten sind. Ich glaube kaum, daß man sie dort allzu zärtlich behandeln wird. Übrigens...«

Ein langer, entsetzlicher Schrei, dem ein wildes Geheul folgte, unterbrach die Rede meines Begleiters, vom Sumpfe her ertönte unaufhörlich das Knattern der Schilfstangen. Je weiter das Feuer um sich fraß, desto dicker wurde die Wolke, die sich wie eine Nebelbank vor den Strand legte...

Wir waren alle erschrocken aufgesprungen und lehnten an der Reling, um möglichst einen Blick nach dem Orte zu gewinnen, an dem sich soeben ein Drama – wie es bei der Kolonialarmee oft genug vorkommt – abspielte. Die Wolke verhinderte jedoch jede Fernsicht. Im Gegenteil, in dem feuchten Buschwerk, das den Sumpf umgab, nahm der Qualm eher zu. In dicken Türmen stand er vor dem Walde und drohte auch die Wipfel der Riesenbäume in seinen Bann zu ziehen.

Die Soldaten waren unterdessen in ihre Boote gegangen. Der dort als Befehlshaber fungierende Leutnant sah sich ratlos um und wußte nicht, wohin er sein Fahrzeug lenken sollte, um den Strand an geeigneter Stelle zu erreichen.

»Düwell, Liebert!« donnerte da die Stimme des Obersten. »Könnt ihr mit einem Boote umgehen, könnt ihr steuern?«

»Nein, Herr Oberst!« antworteten beide wie aus einem Munde.

»Aber ich kann es, Herr Oberst!« rief ich. »Wenn Sie mir die Führung des Bootes anvertrauen wollen, so bringe ich Ihre Leute in den Rücken des Feuers und damit vielleicht auch zu den andern Soldaten, wir haben ohnehin unser Zeltlager noch drüben im Walde. Das müssen wir auf alle Fälle holen.«

Der Oberst sah mich mit einem Blicke an, als wollte er mich erwürgen. Er besprach sich aber doch mit den Offizieren und knurrte dann:

»Nun denn, wenn Sie helfen wollen, sei es Ihnen unbenommen. Das Kommando führt natürlich der Herr Leutnant. Um Ihre Privatsachen können wir uns jedoch nicht kümmern.«

»Das ist auch nicht nötig, Herr Oberst. Ich bitte nur, uns an Bord zu nehmen, wenn ich mit meinen Begleitern und unserm Gepäck in einem Kanoe an das Schiff komme. Etwa zwei bis drei Meilen an der Küste aufwärts wird der Kapitän eine kleine holländische Flagge sehen. Dort werden wir zu finden sein.«

In dem Boote angekommen, setzten wir sogleich das Segel und steuerten jenem Einschnitt zu, den wir vorgestern für unsere Landung gewählt hatten. Bis dorthin hatten die Flammen ihren Weg noch nicht gefunden. – Da ein tieferes Eindringen in die kleine Bucht wegen der Mangroven nicht möglich war, überließ ich es dem Ermessen des Offiziers, ob er uns bis zu unserm Zelte folgen, oder hier an Ort und Stelle den Marsch zu dem vermuteten Aufenthaltsorte seiner Kameraden beginnen wollte.

Er wählte das letztere. Mit dem guten Rate, sein Boot von ein paar Mann bewachen zu lassen, trennten wir uns von ihm.

Wir beeilten uns, den Weg bis zu der Einmündung des Flusses so rasch als möglich zurückzulegen. Je früher wir unsere Habe an die Küste schafften, um so weniger liefen wir Gefahr, mit den Alfuren zusammenzutreffen. Die jüngst in das Dickicht geschlagene Lücke tat uns dabei vortreffliche Dienste. Der, wenn auch wieder verwachsene Pfad bot nur wenig Hindernisse und, was besonders ins Gewicht fiel, er ermöglichte uns ein geräuschloses Vordringen.

Den Soldaten gelang das nicht. Die Schläge ihrer schweren Buschmesser dröhnten laut durch den Wald und mußten den Alfuren die Annäherung der Truppe schon auf weite Entfernung hin melden.

Meine beiden Begleiter schüttelten die Köpfe über diese Art des »Anschleichens«. Düwell gab seiner Verwunderung darüber offen Ausdruck:

»Fast glaube ich, daß der Leutnant aus lauter Angst einen solchen Lärm macht,« sagte er. »Es geht ihm ähnlich wie den Buben, die sich im Dunkeln fürchten und deshalb pfeifen, wenn er aber glaubt, die Alfuren dadurch einzuschüchtern, dann täuscht er sich. Er erreicht gerade das Gegenteil.«

»Was kümmert es uns?« warf Liebert ein. »Mag er Erfolg oder Mißerfolg haben, wir sind diesmal zum Glück nicht beteiligt, wenn wir nur unser Gepäck glücklich auf den Dampfer retten und uns dazu, dann bin ich zufrieden.«

»Ja – wenn...!«

Nach halbstündigem Marsch schimmerte die graue Leinendecke des Zeltes durch die Büsche. Allem Anscheine nach war diese Gegend von den Alfuren bis jetzt noch nicht besucht worden. Immerhin hieß es vorsichtig sein. Ich veranlaßte meine Gefährten, sich ebenfalls platt auf den Boden zu legen und ruhig und aufmerksam auf alles zu achten, was um uns her vor sich ging. Nur so konnten wir einem Hinterhalte entgehen.

Lautlose Stille umgab uns. Nur das Plätschern des nahen Flusses und das gelegentliche rauhe Krächzen eines Huhnes unterbrach die tiefe Ruhe. Drüben am andern Ufer der Bucht, neben unserm Kanoe, ruhten zwei Krokodile, den Rachen weit aufgesperrt, unbeweglich im Rohr. Ein bunter, spechtartiger Vogel bearbeitete emsig das modernde Laub auf der Suche nach Insekten...

So vergingen etwa zehn Minuten. Ein Knacken in den Büschen zu unserer Linken ließ uns den Griff unserer Revolver fester umklammern. Gespannt lauschten wir auf das sich vorsichtig nähernde Geräusch. Da – ein dunkler Schimmer überflog das matte Weißgrün der Dornenbüsche. Noch eine Minute. Dann trat ein Wildschwein in ruhigster Gangart aus dem Unterholz und trabte dem Flusse zu. –

»In dieser Gegend sind wir vor den Wilden sicher,« sagte Liebert, indem er sich erhob. »Das Schwein wäre sonst nicht so unbesorgt durch den Busch getrottet. – Nun rasch, benutzen wir die Zeit und suchen wir bald an den Strand zurückzugelangen. Ich habe so eine Ahnung...«

»Aber Liebert!« fiel Düwell ihm lachend ins Wort, »seit wann arbeitest du denn mit Ahnungen? Wenn du schon abergläubisch bist, dann sei es lieber nach der frohen Seite. Du kennst doch den Spruch: ›Begegnet dir eine Sau, so hast du Glück. Je größer das Schwein, um so größer das Glück‹.«

»Meinetwegen auch das, Düwell. Aber trotzdem wäre ich lieber an Bord als hier in dem vertrackten Wald.«

In kaum einer Viertelstunde waren unsere Packen geschnürt. Schwieriger gestaltete sich das Verstauen in den Einbaum. In seiner unmittelbaren Nähe lagerten drei Krokodile halb auf dem Ufer der Bucht. Drei andere bewachten das Kanoe von der Wasserseite aus. – Liebert näherte sich dem Ufer und versuchte die Bestien durch ein paar hingeworfene Äste zu verscheuchen. Er erreichte damit aber nur das Gegenteil seiner Absicht. Die Krokodile schoben sich noch weiter auf den Strand.

»Herrgott, Burschen, wenn ich schießen dürfte, wäret ihr bald erledigt. Gibt es denn gar kein Mittel, diese Bestien ins Wasser zu jagen?« rief er zornig aus.

»Werfen Sie ihm das Messer in den Rachen, Liebert!« rief ich. »Wenn Sie ihn gut treffen, genügt das auch schon.«

»Recht so! Düwell, schnell ein Beil her! – So – jetzt paß' auf, du Ungeheuer!«

Liebert trat einen Schritt zurück, holte weit aus und warf das Beil mit seiner Bärenkraft dem einen Krokodil in die Weichen. Kaum war das geschehen, da rauschte das Schilf. Das Wasser spritzte hoch auf und wogte dann auf und nieder, als wäre ein Sturm darüber gebraust. Aufsteigende Blasen und blutiger Schaum zeigten die Stelle, wo das Tier im Versteck lag.

»Nun schnell fort!« trieb Liebert, als wir das Kanoe beladen in die Mitte der Bucht schoben, »Wir haben alle darin Platz,« fügte er hinzu, als sich Düwell entschloß, zu Fuß vorauszueilen.

In dem Strome des Flußwassers trieb das Kanoe rasch vorwärts. Ein Gewirr dicht verschlungener Zweige, das uns oft zwang, uns auf die Bordwand zu bücken, bildete kaum ein Hindernis für das kleine Fahrzeug. Erst als die Mangrovebüsche die unbedingte Herrschaft des Seewassers anzeigten, verlangsamte sich die Fahrt. Wir mußten nun mit Stangen arbeiten und uns teils durch Schieben, teils durch Rudern durch das Wurzelwerk hindurcharbeiten.

Mitten in dem Mangrovehindernis hörten wir plötzlich von dem Meere her den dumpfen Ton der Dampfsirene.

»Nanu, der wird doch noch nicht abdampfen?« rief ich, indem ich mich bemühte, einen Blick durch das dichte Blätterwerk auf die See zu gewinnen.

»Sicher nicht!« erwiderte Liebert. »Das Signal treibt uns wohl nur zur Eile an. Seine Soldaten können doch auch noch nicht an Bord sein.«

Trotzdem arbeiteten wir aber mit verdoppeltem Eifer. Wir hieben wie rasend in die hindernden Luftwurzeln und erreichten endlich das offene Wasser, als wieder ein langgezogener Sirenenton über den Strand tönte.

»Wahrhaftig, die Soldaten sind bereits an Bord!« rief Düwell, der ein Stück vorausgelaufen war. Hier lag das Boot – es ist fort!«

»Da soll denn doch....! Vorwärts, Leute, schnell an den Strand. Die dürfen uns hier nicht sitzen lassen!« schrie ich: »Laufen Sie voraus, Düwell, und geben Sie ein Zeichen, daß wir kommen.«

Düwell gab sich alle Mühe, die Aufmerksamkeit des Dampfers auf uns zu lenken. Er schrie und winkte... Auch Liebert, der ebenfalls aus dem Kahn gesprungen war, tat sein Bestes, um die Kameraden an Bord auf uns aufmerksam zu machen ... vergebens! Mit voller Fahrt verließ der Dampfer die Bucht, ohne sich um uns weiter zu bekümmern.

Fünftes Kapitel.

Es waren keine Segenswünsche, die wir dem Kapitän und dem Oberst nachsandten, als wir uns verlassen und verraten sahen, verlassen in nächster Nähe einer wilden, grausamen Bevölkerung; in einem Urwald, aus dem ein Entrinnen ein Wunder genannt werden mußte.

Der Eindruck, den diese Schurkerei eines deutschenhassenden Belgiers auf uns machte, war niederschmetternd. Besonders Lieberts Gesicht hatte eine Leichenfarbe angenommen. Seine Augen schienen wie verglast. Hörbar schlugen die Zähne aufeinander.

Düwell machte seinem Zorn in den gräßlichsten Verwünschungen Luft. Er schwur dem Obersten blutige Rache, drohte mit den schwersten Anklagen – und wußte kaum, ob er jemals diesen Ort verlassen könnte.

Mich empörte die Handlungsweise der Schiffsbemannung ebenfalls auf das höchste. Ich empfand aber bald, daß wir damit unsere Lage nicht um ein Haar verbesserten. Es galt jetzt zu handeln, und zwar sofort! Es blieb uns wohl die Hoffnung auf den aus dem Süden, aus der Boni-Bucht, zurückkehrenden Dampfer, der uns hier abgesetzt hatte, aber der konnte noch vierzehn Tage ausbleiben. So lange durften wir auf keinen Fall hier liegen bleiben. Die Alfuren würden uns bald aufgespürt haben. Und dann?

Diese Worte hatte ich meinen Kameraden zugerufen, und nun bat ich sie, die Lage ruhig mit mir zu besprechen. Aus dem Studium der Karte wußte ich, daß uns ein Weg von etwa sechzig bis achtzig Kilometern von der Nordküste der Insel trennte. Allerdings lag zwischen dieser Bucht und jener Küste ein unerforschtes, vulkanisches Gebirge, dessen Übergang, soviel die beiden Soldaten wußten, noch nie versucht worden war. Düwell, der lange in Kwandang in Garnison war, glaubte gehört zn haben, daß eben jene Berge von wilden Völkern bewohnt seien, an die sich die holländische Regierung bis jetzt noch nicht herangewagt hatte.

»Und östlich? Der Küste entlang?«

»Alfuren, und wieder Alfuren!« rief Liebert. »Dort kommen wir nicht weit.«

»Nun, dann versuchen wir das Gebirge zu überschreiten. Schlimmeres, als uns hier bevorsteht, kann uns dort auch nicht passieren, wer weiß, ob die Wilden dort oben nicht menschenfreundlicher sind, als der verd– Belgier.«

Lange berieten wir noch hin und her. Endlich entschlossen wir uns schweren Herzens, den Marsch über das Gebirge anzutreten, wir wollten dem Flusse folgen, an dessen Ufern wir unser Zelt aufgestellt hatten. Ehe wir den Weg durch die kleine Bucht zum dritten Male antraten, befestigten wir eine Flasche unter der kleinen Flagge. Sie enthielt in kurzen Worten eine Anklage gegen den Oberst sowie die Marschrichtung, zu der wir uns entschließen mußten. Man wußte dann wenigstens, was aus uns geworden war, wenn wir nicht nach Menado zurückkehrten. – Ein schwacher Trost!

Ungefährdet erreichten wir die Flußmündung. Als wir die friedliche Stille des Waldes auf uns einwirken fühlten, machte sich ein starkes Schlafbedürfnis geltend. Mechanisch verrichteten wir die notwendigen Handreichungen, um das Gepäck aus dem Einbaume auf das Land zurückzubringen, wir taumelten schlaftrunken der Stelle zu, wo das Zelt gestanden....

Liebert warf sich neben seinen Rucksack:

»Ich kann nicht mehr. Ich muß schlafen. Nur eine einzige Stunde! Und wenn ich denn wirklich in diesen Wäldern mein Leben beschließen muß – dann, o Herr, bitte gleich hier – im Schlafe.«

Ich öffnete bereits die Lippen, um ihm Mut zuzusprechen, als unvermittelt ein lautes, dumpfes Krachen, dem ein matter Donner folgte, durch den Wald dröhnte. Mit einem gewaltigen Satze war Liebert wieder auf den Beinen, und beide fragten hastig nach der Ursache dieses Lärms.

Lachend erwiderte ich:

»Dasselbe Geräusch hat auch mir einmal in Südamerika den Schlaf vertrieben. Einer der gewaltigen Urwaldbäume hat soeben sein vielhundertjähriges Leben beendet. Er ist zusammengestürzt, um neuem Leben Raum zu schaffen.«

»Auch mir ist der Schlaf vergangen,« sagte Liebert. »Ich möchte jetzt aber fort von hier, weiter hinein in den Wald ....«

»Lassen wir das Kanoe hier?« wollte Düwell wissen.

»Ich halte es für besser,« sagte ich. »wenn die Alfuren wirklich noch Spuren suchen sollten, so wird sie das Auffinden des Einbaumes in den Glauben versetzen, wir seien mit dem Dampfer abgefahren. Außerdem wüßte ich auch nicht, wozu uns das Kanoe noch nützen kann. Der Fluß kommt aus den Bergen und wird kaum befahrbar sein.«

»Wie Sie meinen,« erwiderte Düwell. »Wenn wir an eine Lagune oder gar einen See kommen sollten, wären wir froh um das Fahrzeug. Ich habe solche Fälle schon erlebt.«

»Hm, wenn es uns nur nicht gar zu sehr aufhält, wir müssen beweglich bleiben. Kommen wir an eine Stromschnelle oder stoßen wir nur an einen größeren Stein und das Kanoe kentert, dann ist unser Gepäck verloren ...«

»Ja, es gibt Gründe für und wider,« sagte nun Liebert, »lassen wir das Ding nur ruhig hier liegen und brechen wir auf, denn die Nacht ist nicht mehr fern, und die möchte ich nicht gern hier in der Nähe zubringen.

Wir begannen nun einen Marsch, an den ich noch lange, lange nachher mit Grauen gedacht habe. Dem linken Flußufer aufwärts folgend, liefen wir schnellen Schrittes durch den Wald, der hier einem gewaltigen Dome glich. Die schlanken, bis dreißig Meter astlos in die Höhe strebenden Stämme vereinigten ihre Kronen zu einem dichten Blätterdache, das ein mystisches Halbdunkel schuf, unter dessen Wirkung jedes Unterholz unterdrückt wurde. Solange noch ebener Boden vor uns lag, spürten wir die Last unseres Gepäcks nicht sonderlich. Auch trug der weiche Laubteppich viel dazu bei, uns das Ungewohnte der Traglasten vergessen zu machen. Gar bald aber drang das Rauschen eines Wasserfalles an unser Ohr, das uns als Vorbote des Gebirges unangenehm berührte. Große Steine traten nun aus vereinzelten Dornenbüschen heraus. Die Ufer des Flusses brachten großblätterige Schlingpflanzen und saftiges Gras, und allmählich machte sich das Zusammenwirken von Sonne und Wasser in einem üppigen Pflanzenwuchs bemerkbar.

Da die meisten tropischen Buschgewächse mehr oder minder stachelbewehrt sind, zwang uns die Vegetation zu oft größeren Umwegen. Aus leicht begreiflichen Gründen wollten wir das Durchschlagen der Gesträuche vermeiden. Dadurch gerieten wir erst in einen sumpfigen Teil des Waldes und, diesen umgehend, in eine Steppe, die mit meterhohem Grase bestanden war. Von dem Wasserfalle hörten wir hier nichts mehr.

Mitten in diesem Grasmeer überfiel uns die Nacht, der hier, unter dem Äquator, bekanntlich keine Dämmerung vorangeht.

»So, das hat uns gerade noch gefehlt!« rief Liebert, indem er seine Last zu Boden warf. »Das Unglück verfolgt uns heute. Ausgerechnet an dem ungünstigsten Platze in der ganzen Gegend zwingt uns die Nacht zu rasten, wir können kein Feuer anzünden, haben kein Wasser in der Nähe und die Wilden brauchen sich gar keine Mühe zu geben, geräuschlos heranzukommen. In dem hohen Grase sieht man sie nicht einmal.«

»Aber Liebert, warum sind Sie denn gar so mutlos. Sobald der Mond aufgeht, verlassen wir diesen Platz und wandern dem Flusse zu. Dort finden wir schon ein passendes Versteck. Nur ein bißchen Mut, Freund! Es wird noch alles gut werden.«

»Ja, ja, Mut! An dem fehlt es mir nicht. Ich denke, das habe ich hundertfach bewiesen, wenn ich aber irgendwo wie ein Stück Wild abgestochen werden soll, ohne daß ich Gelegenheit habe, mich zu verteidigen, da tue ich nicht mit. Ich hätte große Lust, das Gras anzuzünden und bei dem Feuerschein nach einem passenden Lagerplatz zu suchen. Der Mond geht erst gegen elf Uhr auf, und jetzt ist es sechs.«

Düwell beteiligte sich an unserm Gespräche nicht. Seine Aufmerksamkeit war auf das vor uns liegende Waldstück gerichtet, aus dem er unbekannte Laute gehört haben wollte. Die Nacht war zu dunkel, um etwas auf die Entfernung hin unterscheiden zu können, und dennoch hatten wir alle, nachdem wir einmal darauf hingewiesen waren, das Gefühl, daß dort eine Gefahr drohe.

Bisher war unsere Unterhaltung laut geführt worden. Jetzt flüsterten wir. »Wir wollen uns bis an den Sumpf zurückziehen,« schlug ich vor. »Dort in den Büschen haben wir Rückendeckung ....«

»Und Krokodile!« unterbrach Liebert. »Dies Viehzeug scheint mich besonders gern zu haben. Da schlage ich eher einen Marsch nach rechts in den Wald vor. Das Gras deckt uns. Was da vor uns auch immer sein mag, im Walde stehen wir ihm ebenbürtig, sogar durch unsere Waffen überlegen, gegenüber.«

Unser Rückzug in der angedeuteten Richtung ging indessen nicht so glatt vonstatten als wir dachten. Nach etwa hundert Meter stießen wir auf eine Hirscheberfamilie, die plötzlich vor unsern Füßen aufschreckte und unter lautem Grunzen auseinanderstieb. Das Männchen schien sich sogar zur Wehr setzen zu wollen. Es schnaubte zornig und wich erst, als Düwell sich aufrichtete.

Bei dem durch die Schweine verursachten Geräusche hielten wir unwillkürlich den Atem an. Gespannt horchten wir nach dem Walde hinüber, in der Erwartung, von dort die Feinde hervorbrechen zu sehen. Es rührte sich aber nichts. Nur das Grunzen der aufgescheuchten Hirscheberfamilie unterbrach die Stille der Nacht. Wir wollten eben beruhigter unsern Marsch fortsetzen, als uns das laute Quieken eines Ferkels wieder an die Stelle bannte. Das Schreien kam aus der Richtung, in der wir die Gefahr vermuteten und es verstummte auch nicht, als die ganze Tierfamilie in rasendem Laufe wieder auf uns zukam. In wenigen Augenblicken sahen wir uns aufs neue von den Schweinen umringt. Die blinde Angst mußte ihnen indessen unsere regungslosen Körper verborgen haben, denn sie umkreisten uns einige Male, bevor sie die Flucht in den Wald fortsetzten.

Das laute Quietschen des jungen Ferkels und das fortgesetzte Grunzen beschwor eine neue Gefahr herauf. Während wir noch in unserer gebückten Stellung verharrten und auf ein Lebenszeichen aus der verdächtigen Waldecke lauschten, raschelte es neben uns im Grase. Ein durchdringender, widerlicher Geruch legte sich wie betäubend auf unsere Nerven, und ehe ich noch eine Warnung aussprechen konnte, öffnete sich leise das Gras und ein paar grünfunkelnde Punkte wurden sichtbar.

»Auf – fort!« rief ich den Gefährten zu. »Krokodile!«

Und während ich den neben mir liegenden Rucksack dem Reptil auf den Kopf warf, packte ich Liebert am Arme und riß ihn hoch. In weiten Sätzen flüchteten wir ohne Rücksicht auf etwaige Verfolger in den Wald.

Dort hinter den ersten Baumstämmen riß ich die Büchse herunter und rief:

»Nun laßt uns die Entscheidung herbeiführen, Kameraden. So oder so. Den Zustand halte ich einfach nicht länger aus.«

Meine Gefährten stimmten mir bei. Nun, wo wir kein Anschleichen aus einem Hinterhalte mehr zu fürchten hatten, war auch Liebert wieder der alte, kühne Soldat. Er legte sein Gepäck ab und lehnte es gegen den Baumstamm. Dann holte er die Brotbüchse hervor und begann in aller Seelenruhe zu essen.

»Wenn ich fertig bin, übernehme ich die Wache und ihr esset. Jetzt achtet nur gut auf jeden anschleichenden Schatten. Ohne langes Fragen feuert – das weitere findet sich dann.«

Liebert reichte auch uns ein Stück des harten Brotes, dessen ausgedörrte Kruste unsere Speichelabsonderung förderte und das Durstgefühl unterdrückte. Gleichzeitig verhinderte die anstrengende Kauarbeit, daß uns die Augen zufielen.

So standen wir abwechselnd in der Horchstellung, bis der aufgehende Mond die Grasfläche in ein silbernes, fast taghelles Licht tauchte. In unserm Rücken blieb der Wald dunkel, und der schwarze Schatten der Randbäume begrub uns förmlich vor fremden Augen. Nun hinderte uns nichts, einige Stunden Schlaf unter dem wachsamen Schutze des Kameraden zu suchen. – Auf seine dringende Bitte überließen wir Liebert die ersten Stunden. Düwell konnte sich nach einer Stunde auch nicht mehr aufrechterhalten. Er sank, ohne es zu wollen, zu Boden und nun fiel mir die Aufgabe zu, die Ruhe der beiden Gefährten zu sichern.

Nun ist es ein eigenes Gefühl, wenn man, von Müdigkeit überwältigt, sich inmitten einer feindlichen Umgebung wach halten muß. Das suchende Auge erlahmt gar bald. Die Lider senken sich unwillkürlich und aufschreckend glaubt man Dinge wahrzunehmen, die sich als ein Phantasiegebilde nur zu bald herausstellen. So ging es auch mir in jener Nacht. Die Büsche am fernen Sumpf nahmen Leben an. Riesengroß wuchsen die Gestalten der Feinde. Sie formierten sich zu Gruppen und bereiteten mit vorgestreckten Speeren einen Angriff vor. –

Ich sprang zurück und bückte mich, um den Kameraden zu wecken. Zum Glück schlief er fest. Als ich den Kopf wieder aufrichtete, war das Bild verändert. Die drohenden Alfuren waren verschwunden und friedlich leuchtete das Strauchwerk aus der Ebene. Liebert erwachte ohne mein Zutun. Das Unterbewußtsein der Gefahr ließ ihn erwachen, als der Körper seine Kräfte wieder gesammelt hatte. Dann legte ich mich zum Schlafen, bis die ersten Sonnenstrahlen das tierische Leben des Waldes mit all seinem Lärmen weckten.

Ohne weitere Störung war die Nacht vorübergegangen. Meine erste Sorge galt meinem Rucksack, der außer der Kleidung auch Patronen barg. Kriechend erreichte ich die Stelle. Zum Glück hatte das Krokodil den Bissen verschmäht.

Mit dem Gefühle der Verdrossenheit, das sich im Gefolge unruhig verbrachter Nächte einzustellen pflegt, setzten wir unsere Wanderung fort, wir mußten den Fluß wieder erreichen, da wir ohne Wasser in diesem fruchtbaren Walde verloren waren. Das Gelände stieg an. Damit gewann die Sonne Zutritt zu dem üppigen Nährboden und zauberte eine Vegetation hervor, die unter andern Verhältnissen meine ungeteilte Bewunderung hervorgerufen hätte. Hier aber war alles danach angetan, selbst einen Heiligen zum Fluchen zu bringen – und wir waren keine!

Die Baumriesen traten mehr vereinzelt auf. Dafür trugen sie ein Geranke von Schlinggewächsen und dünnen, aber glasharten Palmenschößlingen, die zum Überfluß noch mit harten, spitzen Stacheln versehen waren und sich bei jedem Schritt in die Kleider hingen. Große Nepentes oder Kannenpflanzen mit ihren, wie eine Wasserkanne geformten grünroten Blüten gossen Schwärme von graugrünen Ameisen herab. Dann wieder sperrte der Tepanbaum den Weg, dessen Äste wie Luftwurzeln dem Boden zustreben und in dessen Stamm zahlreiche, bienenartige Insekten hausen, die den Vermessenen, der es wagt, in ihren Bereich zu kommen, unbarmherzig stechen.

Inmitten dieser, von den herrlichsten Blumen und Blüten überschütteten, fast undurchdringlichen Wildnis hausen die Bewohner des Waldes. Affen und wilde Katzen, Vögel in den buntesten Farben, Schmetterlinge in prachtvollem Schmelz, Insekten in jeder Form und Größe. Am meisten litten wir unter den Stichen einer großen Vogelspinne, die ihre wagenradgroßen Netze mitten durch die Schlingpflanzen zog und bei Berührung des Fadens blitzschnell herbeischoß....

Durch ein solches Chaos mußten wir uns stundenlang mit Beil und Messer hindurcharbeiten, bis wir endlich das Rauschen des Flusses unter uns hörten. Dieses Brausen tönte uns wie Äolsharfen in die Ohren – wußten wir doch, daß es dort ein Frühstück gab; daß wir dort den peinigenden Durst zu löschen imstande waren! – Es bedurfte aber auch dieses Antriebes, um uns an der Durchbrechung der gewaltigen Pflanzenmauer nicht verzweifeln zu lassen, die uns, je mehr wir uns dem Flusse näherten, entgegentrat. Aber auch der Boden wurde trügerischer. Oft trat der Fuß auf eine elastische Grasdecke, die sich über vermodertes Laub hinzog und plötzlich unter dem Gewicht des Mannes nachgab. Mit unsäglicher Mühe zogen wir dann den Kameraden wieder auf festen Boden und befreiten ihn von den eklen, vielbeinigen Kriechtieren, die sich mit unheimlicher Geschwindigkeit in seine Kleidung eingenistet hatten. Mich packte bei einem solchen Unfall eine große Vogelspinne und biß sich fest in meinen kleinen Finger ein, so daß wir das Tier zerschneiden mußten, um mich aus den Mandibeln zu befreien. Die so entstandene Wunde heilte nur sehr schwer und unter bedeutenden Schwellungen.

Die Sonne hatte ihren höchsten Stand erreicht, als wir aus dem Walde heraustraten und neben uns den silbernen Arm eines Wasserfalles erblickten. Jubelnd begrüßten wir das ersehnte Naß. Dann aber bannte uns die wahrhaft großartige Aussicht, die wir hier genossen, an die Stelle.

Tief unten, zu unsern Füßen breitete sich die tiefgrüne, unabsehbare Tominibucht aus, auf der jetzt ein reges Leben herrschte. Unzählige Einbäume drängten von allen Richtungen auf die kleine Bucht zu, die gestern der Schauplatz der grausamen Rache eines unbesiegbaren Eroberers war. Eine grüne Laubwand verdeckte uns das abgebrannte Land, doch ließ sich dieses unschwer erraten, da ein blauer, rauchiger Dunst in leichten Wellenlinien über der Gegend zitterte.

»Das Feuer hat doch eine gewaltige Ausdehnung angenommen,« sagte ich, auf die mehrere Kilometer lange Rauchlinie deutend. »Das war sicherlich nicht nötig, gleich einen ganzen Landstrich zu verwüsten, um ein einziges Dorf zu strafen.«

»Was die Kolonialsoldaten zerstören sollen, das wird gründlich vernichtet,« erwiderte Liebert, »wir häufen mit der Zeit so viel Rachedurst gegen die Eingeborenen in uns auf, daß wir jede Grenze überschreiten, wenn uns einmal Gelegenheit geboten wird, gegen die Eingeborenen vorzugehen. Daß das, vom rein menschlichen Standpunkte betrachtet, grausam und barbarisch ist, das fühlen wir selbst. Immer aber erst, wenn es zu spät ist. – Übrigens wäre es mir ganz recht, wenn wir uns hier oben ein Versteck suchten. Ich habe wahnsinnigen Hunger und bedarf noch einiger Stunden Schlaf. Hier oben haben wir kaum den Vesuch der Alfuren zu fürchten.«

»Eben wollte ich denselben Vorschlag machen,« stimmte Düwell ein. »Ich glaube sogar etwas passendes gefunden zu haben, wenn ich mich nicht täusche, ist dort in dem Bachbett eine Höhlung. Und ein Durianbaum steht daneben, so daß es uns an ›Himbeermarmelade‹ auch nicht fehlt.«

Düwell hatte recht. Die wilden Wasser der Regenzeit schufen im Laufe der Jahrhunderte tiefe Ausbuchtungen in dem felsigen Hang. Jetzt lagen sie trocken und wir hätten uns nichts besseres wünschen können, wenn die Höhlen nicht gar so versteckt gelegen hätten. Zwar bot sich uns eine kleine Auswahl solcher Zufluchtsorte, aber bei allen war irgend etwas auszusetzen, vor allen Dingen brauchten wir freien Ausblick und Rückendeckung.

So stiegen wir suchend in den Felsen aufwärts. Die glühende Sonne warf ihre sengenden Strahlen fast senkrecht auf uns herab und das Gestein begann so warm zu werden, daß wir nur ungern die Zacken benutzten, um die Hindernisse in unserer Kletterei zu überwinden.

Plötzlich rief Liebert, der voran stieg:

»Achtung! Umschau halten! Hier waren vor ganz kurzer Zeit Menschen!«

Betreten blieben wir an den Fleck gebannt.

»Wie? Menschen? Woraus schließen Sie das?« fragte ich.

»Kommen Sie herauf und urteilen Sie selbst. Aber reichen Sie mir erst einmal mein Gewehr. In den Büschen ist es nicht geheuer.«

In zwei Sprüngen standen wir neben dem Gefährten. Er deutete auf einen Haufen Schalen der Durianfrucht und machte uns darauf aufmerksam, daß das weiße Fleisch derselben noch nicht Zeit gefunden hatte, zu welken.

Ich nahm eine Schale in die Hand und fand sie noch frisch. Immerhin mußte nicht gerade ein Mensch die Frucht genossen haben. Ich gab diesem Gedanken Ausdruck.

»Affen fressen die Frucht nicht. Höchstens Zibetkatzen und ob es solche hier gibt, ist fraglich. Demnach kommt nur der Mensch in Frage,« sagte Liebert.

»Die müßten also hier gewesen sein, als wir dort unten aus dem Walde traten,« erwiderte ich. »In dem Falle werden wir nicht lange auf einen Besuch zu warten haben.«

»Was tun wir also?« fragte Düwell.

»Hier bleiben und uns verteidigen!« schlug ich vor. »Dort geht ein Felsband bis an die Schlucht, von der Seite sind wir vor einem Überfall sicher. Jedenfalls kann ihn einer von uns leicht abschlagen, wenn die Wilden von dort herkommen sollten. Im übrigen bleiben wir in der Höhle versteckt und achten genau auf die Umgebung. Sobald sich etwas Verdächtiges zeigt, greifen wir an, oder steigen höher ins Gebirge. Jeder Zacken bietet uns Deckung.«

Liebert stieß einen derben Fluch aus. Er warf sein Bündel in die Ecke und rief: »Ich gehe keinen Schritt weiter. Ich kann einfach nicht mehr. Erst muß ich essen und dann schlafen – schlafen – und wenn es mein letzter Schlaf ist.«

»Aber Liebert, bedenke doch, daß unser Leben auf dem Spiele steht...«

»Ich weiß, Düwell! Wenn du nicht bei mir ausharren willst, dann ziehe weiter. Ich glaube ohnehin nicht an eine Rettung aus dieser Falle.«

»Unsinn, Liebert!« rief ich unwillig. »Natürlich bleiben wir bei Ihnen, wenn Sie wirklich nicht weiter können. Aber verlieren Sie nur nicht den Mut. Ich habe schon in ganz andern Zwickmühlen gesessen. Wir werden uns auch hier aus der Schlinge ziehen.«

Brummend nahm er den Vorwurf hin. Dann versuchte er, den Packen wieder aufzugreifen, aber es gelang ihm nicht. Die immer wachsende Hitze schien den Mann niedergeworfen zu haben. Ich trat daher zu ihm und sagte:

»Legen Sie sich hin, Liebert. Wickeln Sie sich in die Decke und schlafen Sie sich aus. Wir wachen unterdessen. Düwell besorgt uns Durianen und ich koche unsere Konserven – gute Ruhe, Freund!«

Auch unser Nahrungsbedürfnis machte sich immer dringender bemerkbar. Noch hatten wir uns keine Zeit zu einem Frühstück genommen und die wenigen Früchte, die wir im Vorbeigehen von den Zweigen rissen, genügten nur dem Augenblick. Ich überlegte, ob ich ein Feuer anzünden konnte, ohne vom Strande aus bemerkt zu werden. Dürres Holz gab es genug in den Felslöchern.

Düwell, der mit einem Arm voll Durianen zurückkam, hatte keine Bedenken:

»Über dem Walde liegt bereits Rauch. Außerdem brennt die Sonne so grell, daß auch eine Flamme nicht gesehen werden kann. Versuchen wir es!« –

Während die Fleischportionen in den Blechbüchsen langsam warm wurden, nahm ich die Durianen und sammelte ihre Fruchtböden in einem Blechbecher. Diese, meines Wissens nur auf den Sundainseln heimische Frucht, verdient eine nähere Beschreibung. Die Früchte des mit großen roten Blumen blühenden Durianbaumes erreichen die Größe einer Kegelkugel. Ihre dicke, harte Schale ist mit grünen, blattartigen Auswüchsen bedeckt und zeigt fünf gleichgroße Flächen, die sich bei völliger Reife der Frucht öffnen. Das unter der Schale sitzende Fleisch ist von blendendweißer Farbe, aber – es strömt einen wahrhaft entsetzlichen Leichengeruch aus, der den Nichtkenner sofort die Frucht mit Abscheu weit von sich schleudern läßt. Entfernt man jedoch diesen weißen Pulp, dann kommt ein rosaroter, weicher Brei zum Vorschein, in dem vier Kerne eingebettet liegen. Dieser weiche Brei ist von geradezu köstlichem, erfrischenden Geschmack und von einem Aroma, das an die begehrtesten Gewürze erinnert. Unter den Soldaten nennt man ihn daher scherzweise »Himbeermarmelade« oder auch wohl »Rote Grütze mit Vanillensoße«.

Diese Delikatesse würzte den ziemlich abgestandenen Geschmack des Konservenfleisches und sättigte uns völlig. Ein starker, schwarzer Kaffee bildete den Schluß des Mahles.

Stunden vergingen ohne Zwischenfall. Ich hatte einen kurzen Schlummer gewagt und zwang gegen fünf Uhr nachmittags auch Düwell sich niederzulegen. In der Nacht brauchten wir ausgeruhte Körper, wenn, wie ich erwartete, die Alfuren zum Angriff übergehen würden. Ich benutzte die Zeit, um alle unsere Waffen gründlich nachzusehen und die Munition dazu handgerecht bereit zu legen.

Ein Knacken in den Büschen unter uns schreckte mich auf. Vorsichtig schlich ich mich über den Wasserlauf bis zu dem äußeren Zacken, der eine freie Aussicht auf das Gelände zu unsern Füßen bot und lauschte. Als ich den Gewehrlauf auf den Stein schob, löste sich ein wenig Sand aus den Fugen. Mit kaum vernehmbaren Geräusche tröpfelte er in die Tiefe. Dieser leise Ton mußte aber zu den Ohren des – Menschen oder Tieres gedrungen sein, denn die Bewegungen hörten sofort auf. Erst nach geraumer Zeit merkte ich an dem Zittern der Baumkronen, daß die Furcht des Unsichtbaren geschwunden war. Deutlich konnte ich nun den Weg des rätselhaften Wesens verfolgen. Es zog sich langsam, in Spiralen, den Berg hinan, immer die dichtesten Pflanzenwände als Deckung benutzend.

Die Sonne neigte sich rasch ihrem Untergange zu, als etwa hundert Meter von unserer Höhle eine dunkle Gestalt zwischen den Büschen sichtbar wurde. Nur auf Sekunden ließen die Lücken in der grünen Wand den Blick frei. Doch gelang es mir festzustellen, daß sich die Gestalt, bald aufrecht stehend, bald gebückt, aufwärts bewegte.

Ich überlegte noch, ob ich die Gefährten wecken sollte, da hob sich die schwarze Masse plötzlich an einem Baume empor. Sie hing frei in der Luft – ein großer Affe!

»Gibt es hier Orang-Utans?« fuhr es mir durch den Kopf. In diesem Augenblick entdeckte mich das Tier und stieß einen dumpfen Kehllaut aus. Dann schritt es langsam, aufrecht, sich mit den Händen in den Zweigen haltend, von Baum zu Baum bis in unsere Nähe. Mit neugierigen Blicken musterte es den wohl nie gesehenen Menschen, ohne jedoch die geringste Furcht zu zeigen. Die Körpergröße und die langen Arme mochten ihm wohl das Gefühl der eigenen Kraft verleihen. Ich glaube auch kaum, daß ein waffenloser Mann imstande wäre, diesen Affen zu besiegen.

Jetzt fiel mir ein, daß die Alfuren in einem großen Affen die Verkörperung eines bösen Geistes fürchteten. Deshalb vermieden sie es, nachts im Walde zu streifen. Wenn dieser Affe, den ich in der wachsenden Dunkelheit für einen Orang-Utang hielt[1] , mit dem gefürchteten identisch war, dann durften wir uns während der kommenden Nacht unbedingt in Sicherheit wähnen. – Um das Tier möglichst an unser Versteck zu fesseln, nahm ich ein Stück Zwieback, biß es an und warf es auf den Stein in die Nähe des Baumes. – Eine kleine Weile flogen die Augen mißtrauisch von dem Hartbrot zu mir. Dann stieg der Affe bedächtig hinunter und hob mit einer schnellen Bewegung das Stück auf. Er betrachtete es erst von allen Seiten, roch daran und steckte es in den Mund. Ob es ihm als Geschenk willkommen war, konnte ich nicht mehr beobachten, denn in diesem Augenblick hüllte die Nacht die ganze Umgebung in ihre dunklen Schatten. Eine Weile glaubte ich noch den schwachen rötlichen Schimmer eines Augenpaares zu unterscheiden, als ich mich aber umwandte und dann den Blick wieder auf die Stelle richtete, sah ich nichts mehr.

Ich kochte im Schutze der Felsen eine neue Ration Konserven und weckte dann den Kameraden Liebert. Als ich ihn anfaßte, fuhr er wild auf und packte mich mit einem solch festen Griff an der Kehle, daß mir der Atem ausging. Mühsam brachte ich noch seinen Namen hervor. Das rief ihn in die Wirklichkeit zurück.

---

[1] Sie sollen auf Celebes äußerst selten vorkommen. Anm. des Verf.

»Donnerwetter, Liebert, Sie wecke ich nie wieder! Auf ein Haar wäre ich als Leiche unter ihren Händen geblieben.«

»Ich bitte tausendmal um Entschuldigung. Daran ist mein Traum schuld. Ich wurde gerade von Alfuren überfallen...«

»Na, schon gut, Liebert. Hier essen Sie mal tüchtig und dann übernehmen Sie die erste Wache. Um Mitternacht wecken Sie dann mich oder Düwell.« Hierauf machte ich ihn mit dem Affenerlebnis bekannt. Er hatte in seinen früheren Garnisonen bereits die Bekanntschaft mit Orang-Utangs gemacht. Er hielt sie für harmlos, solange man sie nicht angriff.

Düwell weckte mich um zwei Uhr. Er hatte Liebert um zehn Uhr abgelöst, als er zufällig erwachte und den Kameraden mit dem Schlafe kämpfen sah. Bis jetzt hatte kein außergewöhnliches Geräusch die Ruhe gestört.

Die glänzende Mondsichel lockte mich aus der Höhle auf das erwähnte Felsenband. Dort blickte ich gedankenvoll über den schlafenden Wald und zählte die Fackeln, die darauf hindeuteten, daß die Alfuren sich bereits mit ihrem Schicksal abgefunden hatten und jetzt schon wieder dem Holothurienfang oblagen. Plötzlich drang ein Geräusch an mein Ohr, als ob ein schlafender Vogel aufgestört worden sei. Ich unterschied deutlich den flatternden Flügelschlag und ein unterdrücktes »Kück«. Rasch griff ich das Gewehr auf und kehrte zu der Höhle zurück. Im Schatten des als Brustwehr dienenden Steines kniete ich nieder und harrte der Dinge, die etwa kommen würden. In der Stille der Nacht ließ sich jedes Geräusch deutlich unterscheiden. Ich hörte, wie vorsichtig die Zweige auseinandergebogen wurden und wieder zusammenschlugen. Raschelndes Laub verriet mir die Annäherung eines nächtlichen Besuchers. Bald vernahm ich auch den keuchenden Atem eines Menschen. Ich machte mich fertig zum Schuß...

»Aber nein! Wegen eines einzelnen Mannes schießt du nicht,« dachte ich. »Den überwältigst du auch ohne eine Kugel zu verfeuern.«

Leise ließ ich das Gewehr sinken. Atemlos erwartete ich von Sekunde zu Sekunde den Alfuren. Ich reckte die Arme zum Schlage...

Da schob sich ein Kopf aus dem Dickicht. Obwohl er im Schatten der Felsen und drei Schritt von mir entfernt lag, unterschied ich doch die Umrisse. Dem Kopf folgte ein Körper. «Einen lichten Schein zeichnete der Mond auf die Stelle, wo sich der Mann geräuschlos der Höhle zuschob. Jetzt hatte er den Wasserlauf erreicht...

Mit einem Satz saß ich ihm im Nacken und preßte seinen Mund in das Wasser. «Ein gurgelnder Laut, ein lebhaftes Umsichschlagen mit Händen und Füßen. Da erst bemerkte ich, daß der Mann Kleider trug.

Ich ließ ihn los.

»Godverdammich!« keuchte er, indem er sich bemühte, das geschluckte Wasser auszuspeien. »Ihr habt eine gesunde Faust.«

Ein Weißer – ein Soldat!

Erstaunt half ich dem Manne beim Aufstehen. Dann fragte ich ihn aus. Er antwortete, daß er zu der Landungsabteilung des Dampfers gehöre, die das Dorf niederzubrennen hatte. Sein Offizier und sieben seiner Kameraden seien bei einem Angriffe der Alfuren gefallen. Er selbst habe sich mit zwei Kameraden ins Gebirge gerettet. Sie hatten die vergangene Nacht in dieser Höhle verbracht, während des ganzen Tages lagen sie versteckt im Gebirge. Sein Kamerad habe menschliche Stimmen vernommen und Alfuren auf einer Streife nach ihnen vermutet.

»Warum kamen Sie eigentlich hierher zurück?« fragte ich, nachdem ich ihn mit unserm Schicksal bekannt gemacht hatte.

»Ich will meinen Revolver holen, den ich in der Höhle liegen ließ,« antwortete er.

»Einen Revolver? Wir haben ihn nicht vorgefunden, als wir heute früh von der Höhle Besitz ergriffen,« erwiderte ich.

»Nicht vorgefunden? Das ist doch nicht möglich?« rief er, aufspringend. »Dann müßten also doch noch andere Menschen hier gewesen sein!«

»Wir fanden nur einen Haufen frischer Durianschalen, die jedenfalls von Ihnen hier verzehrt wurden.«

»Keiner von uns hat Durianen gegessen!« sagte der Soldat, ein Schweizer, kopfschüttelnd, »wir haben es also doch mit Alfuren zu tun, die sich bekanntlich nachts nicht in den Wald wagen. Mit Sonnenaufgang wird dann wohl der Tanz losgehen, Sie werden uns natürlich erlauben, uns mit Ihnen zu vereinigen?«

»Selbstverständlich!«

»Dann laufe ich, meine Kameraden zu benachrichtigen, denn der Tag ist nicht mehr fern.«

Nachdem sich der Schweizer entfernt hatte, hielt ich es für zweckmäßig, die Gefährten zu wecken. Helles Erstaunen prägte sich in ihren Mienen aus, als ich ihnen von dem nächtlichen Besucher erzählte. Mit großer Bestürzung vernahmen sie auch die Geschichte von dem fehlenden Revolver und den Durianen.

»Da hätten wir also richtig die schwarze Bande auf dem Halse,« rief Liebert. »Ein Glück nur, daß sie uns Zeit ließen, unsere Kräfte zu sammeln. Nun laßt sie nur kommen! Wir sechs werden mit dem Gesindel schon fertig!«

»Wenn unsere Munition so lange ausreicht!« warf ich ein.

»Bah, Munition ist genügend vorhanden. Die Soldaten werden meistens mit hundert Kugeln behangen, wir haben kaum weniger. Und Ihr Winchester?«

»Hat leider nur fünfzig Schuß. Dafür aber führe ich Jagdpatronen in genügender Menge. Auf nahe Entfernung wirken sie ja als Kugelschuß.«

Kurz vor Sonnenaufgang erschienen die drei Versprengten. Außer dem Schweizer, ein Pole und ein Belgier. Die armen Kerle sahen bös aus. Ihre Kleider hatten durch die Flammen gelitten und die Flucht durch das Buschwerk hinterließ bedenkliche Risse, von denen auch die Haut eine erkleckliche Anzahl aufwies. Zum Glück führte ich unter meinem Gepäck das nötige Verbandszeug. So konnte ich eine klaffende Fleischwunde des Belgiers durch Nähen und Desinfizieren vor der drohenden Verunreinigung durch Insekten usw. bewahren.

Die Ankömmlinge besaßen natürlich außer ihren Waffen und der Munition nichts. Sie waren herzlich froh, als wir ihnen einen Blechbecher heißen Kaffees nebst etwas Hartbrot reichten. Während dieses Frühstücks besprachen wir mit den Versprengten unsern Fluchtplan. Ich legte die Unmöglichkeit dar, zur See fortzukommen, weil die ganze Küste von Minahassen oder Alfuren besiedelt sei, die uns sicherlich überfallen würden. Von einer Überschreitung des Gebirges versprach ich mir sichere Rettung, wenn – uns die Wilden der Nordküste ruhig ziehen ließen.

Der Belgier verwarf meinen Plan. Er habe genug von dem Gebirge. Sie hätten bis jetzt in Gorontalo in Garnison gelegen und von dort aus seien unzählige Strafexpeditionen gegen die Wilden in den Bergen unternommen worden. Er wisse genau, daß man dort nicht durchkomme. Außerdem sei er Matrose und zöge eine Reise zu Wasser vor. Es fehle ihm nur ein Boot.

»Ein Kanoe, einen Einbaum, haben wir unten an der Küste versteckt,« sagte Liebert, der den Soldaten mit feindlichem Blick anschaute. »Wenn Sie sich von uns trennen wollen, so schenken wir Ihnen das Ding – nicht wahr, Doktor?«

»Gern – denn wir werden es nicht benutzen. Ich möchte meinen Kopf noch einige Tage spazieren tragen und das ist nur möglich, wenn wir durch das Innere an die Nordküste zu gelangen suchen.«

»Ich bin der Ansicht des Belgiers,« sagte nun der Pole. »Auch ich habe mehr Vertrauen zu einer Flucht über das Meer. Wir werden sicher von vorüberfahrenden Seglern aufgenommen werden.«

»Und Sie?« fragte ich den Schweizer.

»Komische Frage. Als Schweizer bin ich mit dem Gebirge vertraut, also gehe ich mit Ihnen.«

»Vor allen Dingen müssen wir nun solange hier bleiben, bis wir uns mit den Alfuren auseinandergesetzt haben. Dann erst können wir an eine Fortsetzung unserer Flucht denken,« mahnte ich.

Der Tag verlief wider alles Erwarten ruhig. Mehrfach war der eine oder der andere von uns auf Erkundung ausgezogen, jedoch ohne auf Wilde oder deren Spuren zu stoßen. Auch die Nacht verging ohne andere Störung, als die durch Meinungsverschiedenheiten zwischen Liebert und dem Belgier hervorgerufenen unliebsamen Szenen. Letzterer, seinem Range nach Unteroffizier, wollte meinen beiden Begleitern gegenüber den Vorgesetzten herauskehren, was Liebert sich nicht gefallen ließ. Es kam dabei zu ärgerlichen Auftritten, denen ich nur dadurch ein Ende machen konnte, daß ich drohte, ihnen das Kanoe nicht auszuliefern, wenn nicht sofort die Feindseligkeiten eingestellt würden.

Kurz vor Tagesanbruch trat der Pole an mich heran und bat um das Boot. Er habe kein Vertrauen zu der Flucht über das Gebirge. Ich möge ihn doch nicht dazu zwingen, denn er fühle, daß er nur auf dem Seewege Rettung fände. Ich glaubte mich verpflichtet, ihm den Gedanken auszureden. Ich deutete auf die zahlreichen Kanoes hin, die gestern Abend wieder dem Trepangfang oblagen – umsonst! Es mußte ihm wohl von seinem Schicksal bestimmt sein, den Kampf mit dem Unmöglichen aufzunehmen!

Endlich gab ich nach und erklärte den beiden das Versteck des Bootes:

»Folgen Sie dem Laufe dieses Flusses. An seiner Mündung liegt im Schilf versteckt der Einbaum. Mit dessen Hilfe gelangen Sie durch ein Manglarengewirr in offenes Wasser, vielleicht können Sie sich ein paar Tage an der Lagune versteckt halten und den Dampfer von Boni erwarten, der uns abholen wollte. Im übrigen rate ich zu dringender Vorsicht vor Krokodilen, wie vor Wilden. Reisen Sie nur nachts...«

»Das sehen wir schon selbst, wenn wir erst das Boot haben,« sagte der Belgier in hochfahrendem Tone. »Wir haben ganz andere Dinge geleistet...«

»Also, dann gute Reise!« rief ich und wandte mich meinen Gefährten zu, die froh waren, den anmaßenden Patron los zu sein.

»Nun schnell das Gepäck aufgeladen und fort!« mahnte ich, als der Busch hinter den beiden zusammenschlug. »In zehn Minuten müssen wir den Platz weit hinter uns haben.«

»Aber warum denn so schnell?« fragte Düwell verwundert.

»Weil ich dem Belgier alles zutraue. Der Kerl verrät uns mit Wonne, wenn er auf Wilde stößt. Kann er seine Haut nur dadurch nur eine Stunde länger retten, dann macht er sogar den Führer. Ebenso sein sauberer Kumpan.«

»Das ist auch meine Ansicht,« rief Liebert, indem er seinen Sack auflud,»vorwärts! Hier auf der rechten Seite des Baches steigt es sich sehr bequem.«

»Nein, mein Freund, wir dürfen hier den Aufstieg nicht wagen. Diese Richtung haben wir vor dem Belgier zu gründlich durchgesprochen. Laßt uns einige Stunden in östlicher Richtung weitermarschieren. Wir entfernen uns dadurch aus dem Bereich dieses Alfurenstammes...«

».... um dafür einem andern in die Finger zu laufen!« ergänzte Liebert.

»Möglich – aber nicht gewiß. Jedenfalls weiß der andere Stamm nichts von dem Strafgericht, oder, wenn schon, freut er sich darüber. Alle diese Stämme sind sich feindlich gesinnt und freuen sich, wenn es dem lieben Nachbarn schlecht geht. Das ist bei den rohesten Wilden nicht anders als bei den kultiviertesten Völkern. Das muß also in der menschlichen Natur liegen!«

Sechstes Kapitel.

Der späte Nachmittag fand uns hoch oben im Gebirge. Nach einem Gewaltmarsch war es uns gelungen, den menschenleeren Hochwald zu durchschreiten und in die bergige Region einzudringen. Hier oben hemmte kein Wald den freien Blick über die breite Bucht. Fern im Osten stieß ein rauchender Kegel seine Glutwolke in den weißen Äther; vor uns, südlich, zeichneten blaue Linien das jenseitige Ufer der Bucht in den Horizont. Kein Segel belebte das azurblaue Meer. Wandte man aber den Blick nach Norden oder Westen, dann ruhte das Auge bange auf gigantischen Felsenwänden. Es irrte suchend durch die drohenden Zacken und die scharfen Rücken, die nie eines Menschen Fuß betreten hatte, und in aller Augen las man die stumme, zweifelnde Frage: Wird es gelingen?

Im Schutze einer Nadelholzgruppe schlugen wir das Zelt auf. Hier brauchten wir nichts mehr zu fürchten. Kein Alfure würde sich in diese Steinwüste wagen. Die Nächte mußten kalt sein und die nackten Wilden fürchteten sich vor den Einwirkungen der nächtlichen Kühle.

»Düwell und Gyßler werden uns jetzt mit Fleisch versorgen, während Liebert Wasser und ich Brennholz suchen. Wir können ruhig unsere Büchsen knallen lassen, denn hier sind wir allein auf der Welt!« rief ich aus.

In demselben Augenblicke wurde ich Lügen gestraft. Der scharfe Knall eines Pistolenschusses drang aus der Höhe zu uns und ließ uns zusammenfahren. Gleich darauf folgte ein zweiter Schuß und ein menschlicher Ruf zitterte klagend durch die Wände.

»Noch ein Versprengter!« schrie Liebert, indem er geschmeidig wie ein Wiesel auf den nächsten Baum stieg und aufmerksam die Felspartien absuchte.

»Wenn der Mensch doch noch einmal schießen wollte, dann fände ich vielleicht die Stelle, wo er sich aufhält. So kann ich ihn unmöglich entdecken.«

»Vielleicht hat er keine Munition mehr,« meinte Gyßler.

»Oder er liegt verwundet und halb verschmachtet irgendwo im Gestein und betet um Rettung,« sprach Düwell.

»Wartet, ich frage einmal an, ob er uns gesehen hat!«

Donnernd rollte der Schall der beiden Schüsse durch das Gebirge. Es brach sich an den flachen Wänden und kroch durch die Spalten hinauf in die höchsten Zacken. Scheu floh ein Hirsch in mächtigen Sätzen dem schützenden Walde zu, aber es erfolgte keine Antwort mehr von dem unsichtbaren Menschen.

»Heute können wir nichts mehr unternehmen, Kameraden,« sagte ich. »Wir brauchen selbst Nahrung und es wird Zeit, daß wir uns danach umsehen. In einer Stunde ist es finstere Nacht.«

Die beiden Jäger schleppten einen feisten Hirsch zum Feuer. Der nagende Hunger und das seit vielen Tagen entbehrte frische Fleisch nahmen uns dann so in Anspruch, daß wir jeden Sinn für unsere Umgebung verloren hatten. Wir überhörten sogar einen lauten Ruf. Um so überraschter waren wir daher, als plötzlich aus nächster Nähe ein – deutscher Anruf an unser Ohr drang.

»Darf ich mithalten, Kameraden?« fragte eine Stimme aus dem Schatten der nächsten Felsen heraus.

»Selbstverständlich, Mann! Nur heran, Freund, wer Ihr auch seid. Speise ist genug vorhanden,« rief ich und gleich darauf trat ein Mensch an das Feuer, dessen Körper von Wunden bedeckt war. Er konnte sich kaum auf den Füßen halten und brach neben unserm Zelt erschöpft zusammen. Heiße Tränen liefen ihm über die bleichen Backen und konvulsivisches Zucken warf seinen Leib hin und her. –

Natürlich sprangen wir alle auf, um dem armen Kerl zu Hilfe zu eilen. Jeder nahm irgend etwas zur Hand, was er für nützlich hielt. Ich entnahm dem Rucksacke die Kognakflasche, die ich wie einen kostbaren Schatz hütete, und bat ihn zu trinken. Als er den Kopf hob und der volle Schein des Feuers über das Antlitz des Fremden zitterte, rief Gyßler erfreut aus:

»Becker – du! Gott sei Dank, daß du ebenfalls gerettet bist!«

Langsam schüttelte der Mann den Kopf:

»Wollte Gott, du hättest recht! Gerettet! Nennst du das Rettung, wenn du auf einer Insel sitzest und bist dem Hungertode ausgeliefert? Seit fünf Tagen irre ich durch den Wald, gehetzt von den blutgierigen Wilden und von bösartigen Tieren. Meine Nahrung bestand aus Früchten. Selbst diese mußte ich mir nachts holen, während ich die Tage in der Gluthitze des Dornenwalles verbrachte. Von Moskitos aufgefressen, Dornen im blutenden Leibe, halb geröstet von der sengenden Sonne harrte ich mit knurrendem Magen und verdorrter Kehle auf den kommenden Abend, auf die Schatten der Nacht, die meine Verfolger in ihre Hütten zurücktrieben.

Vorgestern Abend fand ich in einer Höhlung an einem Bache, nachdem ich eben einige Durianen verspeist, einen geladenen Revolver. Weiß der Himmel, wer ihn dort verlor. Er trägt unsern Kompagniestempel...«

»Und gehört mir,« unterbrach Gyßler. »Aber nur weiter!«

»Ich hatte ihn gerade zu mir gesteckt, als ein Geräusch in den Büschen mich in die Flucht trieb – in die Höhe. Ich wäre um keinen Preis mehr in den schützenden, höllischen Dornenbusch zurückgekehrt, am allerwenigsten jetzt, wo ich eine Waffe mit sechs Kugeln mein eigen nannte.

Der Hunger trieb mich, ein Schwein zu schießen. Ich befand mich oberhalb der Bucht, in der wir landeten. Unten auf dem Meere leuchteten zahlreiche Fackeln der Eingeborenen, die wohl fischten. Zu diesen muß wohl der Schall des Schusses hinuntergedrungen sein, denn sie stoben plötzlich nach allen Seiten auseinander... ich aber verzehrte mein Schwein roh! Trotz des Ekels würgte ich Bissen auf Bissen hinunter, bis mein Hunger gestillt war. Der Rest des Tieres, halb verwest, diente mir heute zur Nahrung. Schon faßte ich den Entschluß, meinem Leben ein Ende zu machen, da ich an jeder Möglichkeit des Entkommens verzweifelte, da erblickte ich zufällig das Zelt – Menschen – bekleidete Menschen... Da bin ich!«

Wortlos lauschten wir der Schilderung des Unglücklichen, der wieder in sich zusammensank und bitterlich weinte.

Ich winkte den Kameraden, ihn nicht zu stören. Die furchtbar überreizten Nerven mußten sich erst beruhigen. Je weniger wir die lindernde Tränenflut hinderten, desto eher wurde der Mann dem

Leben zurückgegeben. Er fiel auch bald in einen tiefen Schlummer, den keiner von uns zu stören wagte, obwohl wir dadurch auf unsere wärmenden Decken verzichten mußten. Wir hatten den Kameraden bei seinem Erscheinen in die weichen Hüllen gebettet und sahen jetzt keine Möglichkeit, sie unter seinem Körper fortzuziehen, ohne ihn zu wecken. Und hierzu verstand sich keiner – lieber frieren.

Die Nacht war ziemlich frisch und nur das ununterbrochen in heller Glut erhaltene Feuer machte den Aufenthalt erträglich. Wir glaubten uns vor einer Verfolgung durch Alfuren geschützt. Es störte auch niemand unsere Nachtruhe. Nur wagte sich einige Male ein großer Vierfüßler bis dicht an unser Lager. Leider konnte ich nicht herausbringen, was es war. Es hatte die Größe eines starken Hundes und rotfunkelnde Lichter.

Unser neuer Gefährte schlief bis tief in den Tag hinein. Er war noch nicht erwacht, als ich mit Liebert und Gyßler von einem Erkundungsmarsche in östlicher Richtung zurückkehrte. Auf diesem Ausflug stellten wir fest, daß sich das Gebirge nach Norden zu in zwei fast parallel zu einander verlaufende Höhenzüge spaltete, von denen der eine, östliche, bis in die höchsten Erhebungen hinauf mit Wald bestanden war. Diesem beschlossen wir uns zuzuwenden.

In unserm Gepäck fanden wir eine kleine Karte von Celebes, die den Kolonialoffizieren mitgegeben wird. Auf dieser fand sich keine nähere Angabe über die Gebirgszüge im Innern der Insel. Das war auch nicht verwunderlich, da sich bis dahin noch keine offizielle Persönlichkeit mit der Erforschung befaßt hatte. Immerhin ließen die Aufzeichnungen der Karte erkennen, daß wir bei nur geringer Abweichung von unserer jetzigen Längenmessung (wir hatten sie an Bord des Dampfers erfahren) etwa in der Mitte zwischen dem Posten Budji und dem Cap Coffin die Nordküste erreichen würden. Diesen Teil der Küste kannten Düwell, Gyßler und Becker, die dort bereits Dienst getan hatten. Leider wichen ihre Angaben über die Bewohner des zwischen der Küste und dem Gebirge liegenden Landes voneinander ab.

Diese Informationen, so ungenau sie anmuteten, genügten mir, um den Marsch über den bewaldeten Höhenzug anzutreten. Inwieweit wir uns dabei der Talsenkung bedienen konnten, mußte der Zukunft vorbehalten bleiben.

Becker fühlte sich nach der ruhigen Nacht und der reichlichen Mahlzeit zu kurzen Fußmärschen imstande. Seine Wunden hielt ich, bis auf zwei stark eiternde Risse, für ungefährlich. Nach einem gründlichen Bade und entsprechender Behandlung hoffte ich, den Mann selbst auf größeren Märschen mitnehmen zu können. Im übrigen ist ja der Zwang die beste Triebfeder. Hierbleiben konnte er nicht, also mußte er mit uns gehen, ob mit oder ohne Schmerzen.

Der nun beginnende Gebirgsmarsch brachte uns in seiner ganzen langen Dauer eine Kette von Überraschungen. Daß wir die Strapazen überhaupt aushielten, verdanken wir nur der gesunden und gestählten Konstitution unserer Körper, sowie der richtigen Einteilung der Ruhepausen in die Arbeitsleistung. Nicht zum wenigsten auch der absoluten Unterordnung der Begleiter unter den Willen des Einen, sobald dieser als ausführbar erkannt worden war.

Nach einer Neuverteilung des Gepäcks begannen wir um zwei Uhr nachmittags den Anstieg in den felsigen Teil des Bergrückens, der uns von der erwähnten Talsenkung trennte. Becker hatte heute noch nichts zu tragen. Ihm sowohl wie jedem von uns war aber eine Traglast zugedacht, die nach Tunlichkeit die gleichen Gegenstände enthielt. Jeder mußte in der Lage sein, sich auch allein fortzubringen, wenn er von den übrigen getrennt werden sollte. Die notwendigsten Dinge – außer den Verteidigungsmitteln – sollten besonders gehütet werden. Dazu gehörten Streichhölzer, die ich bei Tage meist durch Brenngläser ersetzte. Feuer hielt ich für wichtiger als Nahrungsmittel. Dieser Ansicht gaben später die Umstände recht.

Von der Höhe des Bergrückens aus bot sich noch einmal eine wunderbare Fernsicht über die ganze Tomini-Bucht. Während wir uns das herrliche Panorama betrachteten, vernahmen wir vom Strande her eine Anzahl dumpfer Schläge, die von den Soldaten als Schüsse gedeutet wurden. Fast hätten uns diese veranlaßt, wieder in das untere Land hinabzusteigen. Da aber nirgendwo eine Spur eines Schiffes zu bemerken war, äußerte ich meine Meinung dahin, daß der Belgier mit seinem Freunde in Händel mit den Eingeborenen verwickelt worden sei, deren Resultat wir soeben gehört hätten. – So wird es auch wohl gewesen sein, denn beide wurden seitdem in den Listen der Armee als verschollen aufgeführt. – Übrigens erging es uns auch nicht besser. In den Büchern der Forschungsliteratur von 1886 bis 1887 wird man auch mich mit dem Vermerk: »Im Innern von Celebes verschollen« finden.

So arm die Südseite des Höhenzuges an Wild ist, so ergiebig gestaltete sich die Jagd auf der mit saftigem Gras bestandenen nördlichen Seite des Gebirges. Hier kam Liebert auf einen starken Schafbock zum Schuß. Das Tier trug ein paar sehr große, gebogene Hörner und ließ den Schützen so dicht an sich herankommen, daß ich ihm zurief, die Kugel zu sparen und dem Bock mit dem Beile zu Leibe zu gehen. Die menschliche Stimme hatte aber den Bock erschreckt. Er setzte mit einem starken Pfiff zum Sprunge über eine Kluft an und brach im Feuer zusammen, ehe er den andern Rand erreichte. Liebert rannte im Jagdeifer hinter ihm her. Auf dem Geröll glitt er aber aus und rutschte, lang auf dem Rücken liegend, seiner Beute in die Schlucht nach.

Noch lachten wir herzlich über das Komische der Situation, als plötzlich laute Hilferufe zu uns heraustönten. Wir eilten an den Rand der Kluft und erblickten nun ein Bild, das unsere Lachmuskeln noch mehr reizte. Unten lag Liebert auf den Knien und hielt den Kopf des Schafbockes krampfhaft in beiden Armen, während das Tier mit den Läufen wild um sich schlug und sich alle Mühe gab, seinen Widersacher mit den Zähnen zu erreichen. Es spuckte und fletschte die Zähne und entwickelte eine Kraft, die derjenigen des bärenstarken Liebert ebenbürtig war. Je mehr nun der Jäger schrie, desto wilder schlug der Bock um sich und versuchte mit aller Gewalt, sich aus der Umklammerung zu befreien.

Als sich die erste Lachlust etwas besänftigt hatte, riefen wir dem Kameraden zu, er solle das Tier loslassen. Wir würden es schießen, sobald wir nicht mehr fürchten müßten, auch ihn zu treffen. Er befolgte diesen Rat. Kaum fühlte aber der Bock sich frei, als er nicht, wie wir erwartet, davonlief, sondern anfing den armen Liebert mit den Zähnen, den Hörnern und den Füßen so zu bearbeiten, daß diesem Hören und Sehen verging. Wir mußten zu ihm hinuntersteigen und das wütende Tier durch Beilhiebe töten. Der arme Jäger trug noch tagelang blaue Flecken zur Erinnerung an diese Jagd.

In weiten Schleifenlinien stiegen wir nun auf die Talsohle hinunter. Der Blutgeruch des ausgeweideten Tieres rief eine große Anzahl gewaltiger Raubvögel in unsere Nähe. Manche dieser geierähnlichen Vögel trieben die Dreistigkeit so weit, daß sie versuchten, sich auf das Wild zu setzen, während zwei von uns es auf einer Stange zwischen sich trugen. Diese Furchtlosigkeit bewies uns, daß der Mensch in dieser Höhe keine Wohnstätte aufgeschlagen hatte.

Es war ein ödes, steiniges Land, welches wir durchwanderten. Weißgebleichte Flächen verdorrenden Grases wechselten ab mit geröllbesäeten Steppen. Kein Baum, kein Strauch unterbrach das Einerlei der Gegend. Zu unserer Rechten stiegen glatte Felswände himmelwärts. In der Ferne quirlten Rauchwolken um den Gipfel eines Vulkanes. Drückendschwül lag eine kochende Sonne über dem ausgestorbenen Tale.

Becker wankte nur noch. Ich bemerkte schon seit längerer Zeit, daß er am liebsten auf den nächsten Stein niedergesunken wäre, aber ich durfte ihm nicht nachgeben. Wenn er hier oben in der kühl zu nennenden Luft nicht seine ganze Willenskraft daransetzte, die Strapazen zu überwinden, was sollte das erst werden, wenn wir in die tiefere Gegend kamen? Um fünf Uhr abends, eine Stunde vor Sonnenuntergang, fanden wir eine stark fließende Quelle, deren Wasser sich unweit davon in einem Becken sammelte. Hier im Schutze steiler Berglehnen schlugen wir das Zelt auf.

Becker warf sich sofort auf den nackten Boden. Fünf Minuten später schlief er fest, aber sehr unruhig. Sein Kopf brannte wie Feuer und wild jagte das Blut durch seine Adern. Ich rief Gyßler heran und fragte ihn aus:

»Ja, mein Kamerad hat die Malaria gehabt,« antwortete er. »Wir alle haben uns gewundert, daß man ihn mit zur Landung sandte, denn er gehörte noch zu der Abteilung der Erholungsbedürftigen. Der Oberst konnte aber die Deutschen nicht leiden. Wo er sie loswerden konnte, dahin sandte er sie. Und zu allem Überfluß wurden jeder Abteilung, in denen Deutsche in überwiegender Zahl waren, die Landsleute des Obersten als Führer beigegeben. Unser Leutnant und unser Unteroffizier waren Belgier. Den letzteren lernten Sie ja kennen. Der Leutnant aber übertraf den Unteroffizier noch an Brutalität und an Gesinnungsroheit. Nun, man soll den Toten nichts

Übles nachreden, aber das Schicksal, das jene beiden ereilte, haben sie hundertfach verdient.«

»Hm, das ist ja eine nette Bescherung,« erwiderte ich. »Wenn der arme Mensch einen Rückfall bekommen sollte, dann weiß ich nicht, wie wir ihn bis an die Küste bringen wollen – vorausgesetzt, daß wir selbst sie erreichen. Aber das wird uns die Zukunft lehren. Verlassen werden wir den armen Becker auf keinen Fall.«

Bevor wir uns zur Ruhe begaben, verabreichte ich dem Kranken eine größere Gabe Chinin und veranlaßte Gyßler, sich mit mir in die Nachtwache bei dem Kranken zu teilen. Gegen Überraschungen glaubten wir hier oben sicher zu sein, da wir auch nicht die leisesten Anzeichen menschlicher Ansiedelungen entdeckt hatten. Und doch waren wir nicht allein in der steinreichen Einöde.

Mitternacht war vorüber. Um dem Kranken die kühlenden Umschläge zu erneuern, begab ich mich zu der nahen Quelle. Beim Hinaustreten aus dem Zelte bannte mich der Anblick des prachtvollen Sternenhimmels einen Augenblick an die Stelle. Eine helle Sternschuppe löste sich aus dem Zenith und beschrieb ihre feurige Bahn in einem großen Bogen über den ganzen nördlichen Horizont. Wie ich ihr so mit den Augen folgte, haftete mein Blick auf einer Unregelmäßigkeit in den Umrissen eines größeren Blockes, der vor Urzeiten von einer Vergletscherung zurückgeblieben sein mochte. Ich sah gewohnheitsmäßig schärfer dorthin. Bald schien es mir, als ob sich auf dem Steine etwas bewege. Die Konturen formten sich unter meinem Blicke zu einer menschlichen Gestalt...

Ich wollte Alarm geben. Eben setzte ich den Fuß in das Zelt zurück, als ein Speer haarscharf an meinem Kopfe vorbei fuhr und sich klirrend tief in das trockene Erdreich bohrte.

»Auf Kameraden,« schrie ich, »die Alfuren sind da!«

Hätte der Blitz unter uns eingeschlagen, er würde kaum die Wirkung hervorgebracht haben, die dieser Alarmruf auf meine Begleiter ausübte. Alles griff zu den Waffen. Selbst Becker wollte sich erheben.

»Nein, nein. Becker bleibt liegen. Gyßler bleibt bei ihm! Kommt ihr andern, den Mörder müssen wir haben!«

Von drei Seiten umfaßten wir den Felsblock, der soeben noch den Wilden in seinem Schutze gesehen hatte und liefen in großen Sätzen dem Teiche zu, dessen steinige Ufer die einzige Möglichkeit eines Versteckes boten. Wohlweislich hielten wir uns außer Reichweite der Speere. Wir konnten in der klaren Nacht die Mulde weithin übersehen und würden einen Fliehenden entdeckt haben, falls er nach dem Angriff sein Heil in der Flucht gesucht haben sollte.

Beim ersten Rundgang fanden wir trotz genauesten Suchens keine Spur eines menschlichen Wesens. Auch der Wasserspiegel lag glatt und unbeweglich. Die Sterne spiegelten sich ruhig und unverzerrt auf der schwarzen Fläche.

»Der Kerl kann nur unter dem Uferrande versteckt liegen,« sagte Liebert. »Wartet, ich krieche einmal hinüber. Paßt aber gut auf, und sobald er sich erhebt, um die Lanze zu schleudern – drauf!«

Mit schlagenden Pulsen verfolgten wir das Unternehmen Lieberts. Er hatte etwa fünfzig Meter auf dem Bauche rutschend zurückzulegen, und mit jedem Schritte wuchs die Gefahr für den kühnen Mann. Um ihn vor einem Überfall zu decken, begleiteten Düwell und ich, jeder an einer andern Stelle, mit angelegtem Gewehre die fortschreitende Bewegung des Gefährten...

Da, kurz vor dem Uferrand, bemerkte ich eine dunkle Masse, die sich zwar den Formen der Steine anzupassen versuchte, aber doch nicht unbeweglich genug war, um ein suchendes Auge zu täuschen.

»Achtung, Liebert! Vier Schritt rechts liegt der Wilde!« rief ich aus. Da schnellte dieser in die Höhe, schleuderte einen schweren Stein auf seinen, auf dem Boden liegenden Verfolger und stürzte sich mit einem Satze in den Teich.

Das alles war so blitzschnell vor sich gegangen, daß wir gar nicht Zeit zum Zielen fanden. Jetzt aber war uns der Wilde sicher. Aus dem Wasser gab es für ihn kein Entrinnen mehr.

»Düwell – nieder! Wenn er den Kopf zeigt – Feuer!« schrie ich dem Gefährten zu. Dann sprang ich zu Liebert, den ich stöhnend auf dem Grase fand.

»Sind sie verwundet?« fragte ich bestürzt, indem ich den Kameraden aufrichtete.

»Ich weiß es nicht. Getroffen hat mich der Hund, denn ich spüre starke Schmerzen im Rücken. Aber wart' Kerl, das zahle ich dir heim!«

Das Wort war kaum seinen Lippen entschlüpft, da schnellte Liebert den Oberkörper empor. Donnernd krachte der Schuß über den Wasserspiegel.

»Hurra, den haben wir!« schrie er und wollte aufspringen. Aber mit einem Schmerzenslaut sank er wieder in sich zusammen und griff sich ins Kreuz.

»Ai, ai!« jammerte er. »Das tut weh! Gerade an der Stelle hat mich der Bock schon so vermöbelt, und nun noch der...«

»Sie haben doch nichts gebrochen?« fragte ich bestürzt, ihm die Hand reichend.

»Hoffentlich nicht! Aber bitte, sehen Sie nach, ob ich das Braunfell getroffen habe. Düwell sucht an einer verkehrten Stelle.«

Düwell hatte sich auf meinen Ruf hin zur Erde geworfen und gewann dadurch einen bessern Überblick über den Wasserspiegel. Gleichzeitig mit Liebert bemerkte er das Auftauchen des Wilden und beobachtete auch die Wirkung der Rehposten aus des Gefährten Gewehr. Als er nun zu der Stelle hinlaufen wollte, wo er den Getroffenen vermutete, bemerkte er am andern Ende des Teiches eine zweite dunkle Gestalt. Diese strebte hastig dem Ufer zu und suchte sich der Verfolgung durch die Flucht zu entziehen. Auf diese Art der Kriegführung waren aber die Soldaten besonders gedrillt. Ehe der Schwarze die schützenden Steine erreichte, traf ihn Düwells Kugel und warf ihn zurück in die Flut.

Bei dem Schusse erhob sich Liebert:

»Wie? Sollte ich den Wilden gefehlt haben?« fragte er.

Ich rief Düwell die Frage zu.

»Nein, nein! Aber es sind zwei Alfuren hier – oder richtiger hier gewesen, denn beide liegen tot im Teiche. Es fragt sich nur, ob noch mehrere der Sorte hier herumstreifen.«

»Das wäre freilich fatal! Doch kommen Sie hier herüber, Düwell, damit wir Liebert ins Zelt tragen, er kann nicht allein aufstehen.«

»Was? Ist Liebert verwundet? Ich komme sofort.«

Mitten im Laufe sah ich den Gefährten plötzlich stutzen. Ein leichter Schrei zitterte durch die Nacht, dann fiel er, wie gefällt, zu Boden.

»Was ist denn da los?« rief ich, griff das entfallene Gewehr auf und sprang in großen Sätzen der Stelle zu, wo Düwell zu Boden gestürzt war.

Ich kam gerade zur rechten Zeit. Ein Wilder lag im Ringkampfe mit Düwell und hatte sich eben aus der Umklammerung meines Kameraden frei gemacht. Der nächste Augenblick hätte dessen Schicksal besiegelt. Mit einem wuchtigen Kolbenschlage befreite ich Düwell aus seiner gefährlichen Lage, und nun war der Wilde dem Tode verfallen. Ich versuchte allerdings ihn zu retten, indem ich Düwell vorschlug, den Alfuren zum Führer zu pressen, doch sah ich ein, daß die Soldaten andere Maßregeln anwenden mußten.

Mehr als drei Alfuren schienen nicht in dem Tale anwesend zu sein. Wie sie in diese Höhen gelangten, ob sie zu dem bestraften Küstenstamme gehörten, konnten wir nicht feststellen. Wir zogen aber aus dem Vorfall die Lehre, von nun an vorsichtiger zu sein.

Lieberts Wunde erwies sich als eine schmerzhafte Quetschung, die ihn am raschen Gehen hinderte. Becker war ohne Fieber, wie das bei Malaria vorzukommen pflegt. Temperaturschwankungen von 41° auf 36° sind bei dieser tückischen Krankheit häufig.

So angenehm die Umgebung als Lagerplatz war, so unheimlich schien sie uns nach dem Vorgefallenen. Die beiden Kranken drängten energisch auf die Verlegung unserer Raststätte nach einem Punkte, der das Gelände frei beherrschte. Wenn irgendmöglich sollte ich einen Ort ausfindig machen, den die Alfuren nicht mit ihren Lanzen bewerfen konnten.

Wir brauchten einen ganzen Tag, um in eine geschützte Talfalte zu gelangen, die allen Anforderungen entsprach, die man an ein Lager stellen muß. Hier erhöhten wir die Sicherheit unseres Lagers durch einen Steinwall. Mit dem Rücken an eine Felswand gelehnt, stand das Zelt, für Lanzenwürfe unerreichbar, neben einem schwach sickernden Quell. Wasser war den Kranken am unentbehrlichsten.

In der nun folgenden Nacht blieben wir von jeder Störung verschont. Der werdende Tag aber zeigte uns, daß die Wilden auf unsern Fersen blieben. Zwar wagten sie sich nicht in den Bereich unserer Gewehre, aber sie hinderten uns, den so nötigen Proviant herbeizuschaffen. Gerade die grasreiche Mulde, in der wir zahlreiche Wildschweine in der Nacht gesichtet hatten, war von den dunklen Gestalten durchschwärmt, die jedesmal blitzschnell zwischen den Halmen untertauchten, wenn sich einer von uns vor dem Zelte sehen ließ.

Gyßler wollte es dennoch wagen, ein junges Ferkel herbeizuschaffen, wenn wir ihn von unserm erhöhten Stande aus mit den Gewehren den Rückweg offen hielten. Als wir uns jedoch vor dem Zelte aufstellten und der Schweizer Miene machte, den Hang hinabzusteigen, brachen die Wilden in ein so furchtbares Geheul aus, daß die Schweine in voller Flucht davonjagten. Er mußte unverrichteter Dinge zurückkehren. Dieser Mißerfolg versetzte uns alle in eine begreifliche Wut. Liebert, der gern zu Gewalttaten neigte, schien nicht übel Lust zu haben, mit einer Kugel in die Büsche zu feuern – nur um seinem Groll Luft zu machen.

»Sparen Sie lieber die Kugeln,« riet ich ihm. »Unser Weg ist noch weit und wer weiß, wie nötig wir sie noch brauchen können.«

»Allerdings – aber ich bin überzeugt, daß uns die Schwarzen Raum geben, sobald sie merken, daß wir ihnen selbst auf die Entfernung gefährlich werden. Sie sollten das zwar ohnehin wissen...«

»Das hier sind keine Alfuren von der Küste,« unterbrach Gyßler den Sprecher. »Diese Menschen haben eine viel hellere Haut. Auch tragen einige Männer Felle um die Schulter geschlagen. Das beweist, daß sie hier oben ihren ständigen Wohnsitz haben.«

»Dann sind es auch nicht Stammesangehörige der Kerle, die uns in der vorletzten Nacht überfielen, denn das waren bestimmt Alfuren von der Küste,« sagte Düwell, der ja nahe Bekanntschaft mit den Burschen gemacht hatte.

»Nun, das ist schließlich auch einerlei,« rief Liebert, »ob uns Schwarze oder Braune zu Leibe gehen. Feinde sind es jedenfalls, und da wir hier nicht ewig liegenbleiben können, müssen wir uns Luft schaffen.«

»Können Sie denn überhaupt heute schon marschieren?« fragte ich. »Wir dürfen diesen Ort nicht eher verlassen, bis Sie und Becker gesund sind.«

»Auf mich brauchen Sie nicht zu warten,« sagte Becker, indem ein schmerzliches Lächeln über seine eingefallenen Züge glitt. »Ich werde niemals die Küste wiedersehen, und es ist daher einerlei, ob ich hier oder einige Tagereisen weiter sterbe...«

»So dürfen Sie nicht reden, Becker! Behalten Sie den Kopf hoch und trachten Sie danach recht bald mit uns weiterzuziehen. Wir verlassen Sie nicht, was auch immer kommen mag. Aber auch Sie dürfen uns nicht verlassen. Wenn Sie den Willen zum Leben haben, werden Sie auch gesund werden. Und wie wertvoll für uns eine Mannesfaust ist, brauche ich Ihnen nicht zu sagen. Haben Sie das Chinin schon genommen?«

Der Kranke öffnete den Mund zur Antwort, als plötzlich der scharfe Knall eines Schusses durch das Tal donnerte. Erschreckt sprang ich vor das Zelt und sah, wie Liebert, auf dem Bauche in der Sonne liegend, eben einem starken Wildschwein den Garaus gemacht hatte. – Lächelnd reichte er mir das Gewehr und sagte:

»Wenn Sie gesehen hätten, wie die Wilden ausrissen, als ich ihnen den Eber vor der Nase wegschoß! Ein halbes Dutzend der Braunfelle – es sind wahrhaftig ganz Braune – waren gerade in die Mulde heruntergestiegen, um uns den Braten zu vergrämen. Erst wollte ich einen von ihnen zu seinen Vätern versammeln. Der Braten aber erschien mir wichtiger. Wer holt jetzt das Vieh?«

»Für einen wird der Eber zu schwer sein,« meinte Düwell, »sonst würde ich es riskieren.«

»Und zwei Gewehre können wir nicht entbehren,« rief Liebert. »Wenn man das Vieh bei einem Lauf packt, kann man es schon eine Strecke weit schleifen. Das Fell darf ruhig ein paar Löcher bekommen.«

»Ich werde gehen,« sagte ich, den Revolver umschnallend. »Legen Sie sich nur so hinter den Wall, daß Sie mich von allen Seiten decken können. Becker wird meinen Winchester nehmen. Acht Kugeln sind noch in der Kammer – aber feuert sparsam und zielt gut, Kameraden!«

Durch die Steine gedeckt, lief ich bis an den Rand des Hanges. Dort, hinter niedrigem Myrthengesträuch, konnte ich die ganze Mulde übersehen. Weder zwischen den Steinen des jenseitigen Bergabhanges noch in dem hohen Grase zeigte sich eine Spur von Leben. Leise strich der Wind über die hohen Halme und zauberte auf ihren Spitzen goldflimmernde Wellenschläge hervor. Die Bäume des gegenüberliegenden Hügelrückens blickten finster und unbeweglich ins Tal hinab. Sie verrieten mir nicht, ob der tückische Verfolger, in ihrem Schatten verborgen, auf mein Erscheinen lauerte.

Nur einige Augenblicke zauderte ich. Dann ging ich aufrecht den Berg hinunter und ließ die Sonne mit dem blanken Laufe meines Revolvers spielen. Von der Jagdbeute trennten mich etwa achtzig Meter. Doppelt so weit lag der andere Rücken entfernt.

Oben am Zelt lagen die Kameraden, den Blick scharf auf die Grasfläche und den jenseitigen Hang gerichtet. Durch Zurufe unterrichteten sie mich von ihren Wahrnehmungen.

So kam ich bis auf etwa zehn Meter an das Schwein heran. Da schrie eine Stimme:

»Niederlegen – Deckung nehmen!«

Auf das Kommando ließ ich mich zu Boden fallen und kroch schnell an den Körper des Schweines heran. Er bildete die einzige Deckung in der Mulde. Dann blieb alles ruhig.

Ich begann das Tier neben mir herzuschleifen, wobei ich ängstlich darauf bedacht war, mich so dicht als möglich an den Kadaver anzuschmiegen. Den Revolver trug ich am Riemen in der rechten Hand. Da ich mir den Ruf Düwells nicht zu erklären vermochte, weil ihm kein Schuß folgte, wagte ich es, den Kopf zu heben, um mich nach den Kameraden umzusehen. In demselben Augenblick hob sich auch an der andern Seite des toten Körpers ein grell bemaltes Gesicht. Schnell wie der Blitz verschwand es wieder. Aber nicht schnell genug, um meinem Schusse zuvorzukommen. Mit dem Krach blitzte zwar eine Messerklinge auf, aber sie erreichte ihr Ziel nicht mehr.

Der Schuß gab das Signal zu einem wahren Höllenlärm. Aus der Mulde stürzten zahlreiche Wilde, die sich, wie auf ein Kommando, nach allen Richtungen verteilten und bald wie in den Boden hinein verschwunden waren.

»Kommen Sie schnell zurück!« schrie man mir von oben zu. »Laufen Sie so rasch Sie können, es sind zu viele.«

Natürlich ließ ich mir das nicht zweimal sagen. Ich flog förmlich über den Boden, gehetzt von einem vielstimmigen Wutgeheul der Verfolger, die jetzt, da kein Schuß fiel, sich erhoben und Jagd auf mich machten. Darauf aber hatten die Soldaten nur gewartet. Schuß auf Schuß klatschte in die Mulde. Keiner verfehlte sein Ziel. Nach der dritten Salve sah ich keinen Wilden mehr aufrecht. Ihrer Angriffsmethode folgend, raschelten sie wie die Schlangen durch das Gras, bestrebt, mich noch an dem schützenden Hang zu vernichten.

An dem ersten größeren Block am Fuße unseres Bergrückens hielt ich, um Atem zu schöpfen. Eine frische Brise fächelte mir Kühlung zu. Sie gab mir aber auch einen rettenden Gedanken ein. Hastig riß ich mein Feuerzeug aus der Tasche. Das erste Hölzchen blies der Wind aus. Das zweite fing die Flamme und setzte das rasch zusammengeraffte dürre Gras in Brand... Immer dringender wurden die Rufe der Kameraden. Ein Schuß schlug dicht neben mir Splitter aus den Steinen. In den wogenden Halmen sah ich braune Striche heranschleichen... da faßte der Brand die Wiese mit gigantischer Kraft. Mit Windeseile jagte die verzehrende Flamme, sich gierig über die Mulde ausbreitend, dahin.

Das nun entstehende ohrenbetäubende Geheul der überraschten Wilden läßt sich nicht beschreiben. Nach allen Richtungen stoben sie auseinander, mancher Fliehende wurde von der dahinrasenden Flamme überrascht und sank mit einem wilden Aufschrei zu Boden.

Ich hatte inzwischen das Zelt erreicht und warf mich erschöpft nieder.

»Das war die einzig mögliche Rettung für uns,« sagte Becker. »Ich glaube nicht, daß wir der Masse der Angreifer hätten Widerstand leisten können. Das Gras wimmelte förmlich davon. Jetzt, wo den Wilden die Deckung fehlt, werden sie uns nicht mehr belästigen. Sehen Sie dorthin! Der Wald brennt sogar schon.«

Wirklich leckten die Flammen eben an den harzreichen Stämmen empor und wüteten in wilder Vernichtungssucht von Baum zu

Baum. Eine furchtbare Gluthitze legte sich über den Hang, und bald mußten auch wir den Schutz des Zeltes aufsuchen und mit nassen Tüchern den vereinten Anstrengugen von Sonne und Feuer entgegenwirken.

Gyßler sprang auf und rief:

»Donnerwetter, wie riecht das gebratene Wildschwein gut! Ich hole uns ein paar Pfund herauf, Liebert, paß gut auf!«

Ohne eine Widerrede abzuwarten, lief er den Berg hinunter. Mit großen Sprüngen warf er sich über der glimmenden Asche vorwärts. Dann riß er das Tier in die Höhe und schleifte mit lautem Johlen die Beute ins Zelt.

»Gott sei Dank, daß Sie wieder da sind,« rief ich ihm entgegen. »Es war ein unverzeihlicher Leichtsinn, so ohne jede Waffe in das Tal zu laufen...«

»Bah, die Wilden, die dort noch sind, tun uns nichts mehr,« gab er mit leichtem Schaudern zurück. »Aber sehen Sie sich mal den Braten an. Da ist nur wenig noch zu tun übrig. Den können wir bald essen. Übrigens rate ich, das Zelt so rasch als möglich abzubrechen und die Gegend zu meiden. Morgen werden die Aasgeier das vertilgen, was die Schakale oder ähnliches Viehzeug in der Nacht übriglassen. Und den Anblick habe ich einmal genossen, aber nie im Leben möchte ich es ein zweites Mal sehen.«

Das leuchtete uns allen ein. Die Schwierigkeit bestand nur in der Art des Umzuges. Wie sollten wir die beiden kranken Kameraden fortbringen. Liebert konnte zwar langsam gehen, wenn auch unter Schmerzen. Bei Becker begann aber das Fieber wieder auszubrechen. In dem Zustande war er nicht imstande, einen Schritt zu machen.

»Dann tragen wir ihn,« entschied Düwell. »Das Zelt wird an zwei Stangen gehängt und dient als Bahre – ganz wie bei der glorreichen Kolonialarmee. Aber fort müssen wir, der Ansicht bin auch ich!« –

»Hm – wenn nun aber die Wilden wiederkommen?«

»Dann sehen wir, was sich tun läßt, lieber Becker. Jetzt darüber zu beraten, halte ich für verfrüht und daher zwecklos. Hier, essen Sie mal das Stück Fleisch, und dann brechen wir auf.«

Die Wilden hinderten uns nicht beim Abbruch des Lagers. Sehr wahrscheinlich waren sie abgezogen, um Hilfe herbeizurufen. Um ihnen möglichst aus dem Wege zu gehen, hatten wir beschlossen, uns wieder westlich zu wenden. Wir rechneten mit der bekannten Feindschaft der Stämme untereinander und hofften, die Angreifer von heute dadurch loszuwerden. Daß wir dabei vom Regen in die Traufe kommen konnten, war anzunehmen.

Es war ein beschwerlicher Zug, der sich in der mondlosen Oktobernacht in dem wilden Gebirge vorwärtsbewegte. Der Kranke hing, stark fiebernd, in die Zeltbahn gewickelt, zwischen zwei Trägern, auf deren Arm sich der kranke Liebert stützte. Der fünfte Mann hatte die verantwortungsreiche Aufgabe, den Zug zu decken.

Solange wir uns durch die abgebrannte Wiese fortbewegten, war meine Aufgabe als Führer nicht schwer. Bald aber stellten sich Hindernisse in unsern Weg. Steinige Hänge zogen sich wie Barrikaden quer über die Talmulde und zwangen uns zu Kletterpartien, die am hellen Tage ihre Schwierigkeiten gehabt hätten – wie viel mehr in der nur durch das Sternenlicht erhellten Nacht! Dabei zwang uns das Gelände immer weiter in die nördliche Richtung, aus der massige Berge drohend zu uns herüberblickten. Kurz nach Mitternacht machten wir in einem Walde eine kurze Rast. Nach meiner Berechnung befanden wir uns über fünfzehn Kilometer von unserm letzten Lagerplatz entfernt. Wenn wir das Glück gehabt hatten, in das Gebiet eines anderen Stammes eingedrungen zu sein, so durften wir uns eine Nachtruhe gönnen.

Die Ansichten darüber gingen auseinander. Besonders Liebert drang auf den Weitermarsch. Er wollte in der kühlen Nacht marschieren und den Tag in einem schattigen Versteck verschlafen. Des kranken Kameraden wegen stimmte auch ich schließlich dem Vorschlage zu.

Während wir am Rande des Waldes hinwanderten, kamen wir aus der fieberhaften Aufregung gar nicht heraus. Bei jedem Knacken im Gebüsch hielten wir den Atem an, stets gewärtig, den Kopf eines Wilden vor uns auftauchen zu sehen. Seltsame Geräusche drangen an unser Ohr. Das emsige Leben und Wirken der zahllosen nächtlichen Urwaldbewohner ließ uns hinter jedem stärkeren Baume den verräterischen Feind sehen. Jeder besonders große Leuchtkäfer täuschte uns fernen Feuerschein vor, den wir als lohenden Punkt im Tale unter uns zu bemerken glaubten. – Einen gewaltigen Schrecken jagte uns ein großer schwarzer Affe ein, der plötzlich aus dem Boden wuchs und sich aufrecht an einem Stamm emporreckte. Sein heißer Atem streifte mein Gesicht, und als ich scheu zur Seite wich, zog er sich an seinen langen Armen in die Äste und begleitete uns lautlos eine ganze Strecke weit. Was den seltsamen Vierhänder zu seinem Nachtspaziergange veranlaßt haben mochte, konnte ich natürlich nicht ergründen. Unter den Soldaten herrscht die Ansicht, daß eine auf Celebes heimische Affenart nur des Nachts auszieht, um seine Nahrung zu suchen. Die Eingeborenen nennen sie »Empon« und schreiben ihnen übernatürliche Kräfte zu.

Der Wald stieg höher und höher ins Gebirge hinauf, wir folgten den Unebenheiten des Bodens so gut es ging. Einige Male zwangen uns sumpfige Stellen zu größeren Umwegen, dann wieder drängte uns das stachelige Unterholz tief in das nächtliche Dunkel der Bäume. Bei jedem Schritte jagten wir schlafende Tiere aus ihrem Lager, die piepend, schreiend oder lautlos flatternd in dem nahen Buschwerk Schutz suchten. Zuweilen tönte in der Ferne ein Brechen und Knacken, als wenn das Unterholz von flüchtenden Tieren gewaltsam beiseite gedrängt wurde. Einmal trat ein rotfunkelndes Augenpaar in unsern Weg und zwang uns zum Halten. Von den Umrissen des Geschöpfes ließ sich in der herrschenden Finsternis nichts erkennen. Nur die glühenden Feuerkugeln blickten starr zu uns herüber. In den Augen lag keine Spur von Furcht oder Neugierde, eher entschlossener Mut. Gyßler zweifelte an der Existenz eines Vierfüßlers in der Größe des Tieres vor uns und sprach die Erscheinung für einen Leuchtkäfer an. Ich sah aber zu deutlich, wie sich die Lider von Zeit zu Zeit über die Augen legten. Hätte ich es wagen dürfen zu schießen, so wäre ich bald über die Natur des Tieres aufgeklärt gewesen – ich mußte leider auf die Entdeckung eines vielleicht unbekannten Vierfüßlers verzichten.

Nach längerer Pause setzten wir unsern Marsch fort. Die rätselhaften Lichter blieben verschwunden. Kein Laut verriet die Spur des Tieres. – So wanderten wir, bis mit den ersten Strahlen der Sonne das Leben im Walde erwachte. Nun durften auch wir daran denken, unsere müden Knochen in einem Versteck zur Ruhe auszustrecken. Zuvor mußte allerdings die nähere Umgebung erkundet werden. – Es war nicht schwer. Rings um uns her reckten sich hohe Felsen in Zacken oder Kegelform in den reinen Äther. Den nordwestlichen Horizont schloß ein hoher, pyramidenförmiger Gipfel ab, um dessen Spitze dunkle Wolken zogen – vielleicht war es ein Vulkan –. Urwald, soweit das Auge reichte.

Wir wählten uns einen idyllischen Platz für unser Lager aus. An einem klaren Bächlein, auf dessen anderer Seite eine etwa zehn Meter hohe Felswand schroff und steil emporwuchs, hieben wir uns einen freien Raum in die breitblätterigen Pflanzen. Dort hinein, zwischen zwei prachtvollen Palmen, bauten wir das Zelt, das sich so dem Walde anpaßte, das es von keiner Seite wahrgenommen werden konnte, von der Felswand hingen zwei mächtige Blattgewächse in ihren bizarren, an Elefantenohren erinnernde Formen über die Lichtung hinüber und dünne Schößlinge bildeten die natürliche Stütze eines schattenspendenden Laubdaches. Die Stelle war geschaffen für ein heimliches Versteck.

Hier oben, umfächelt von erfrischenden Winden, fern von jeder menschlichen Wohnstätte, verbrachten wir eine ganze Woche. Während dieser Zeit rang der arme Becker täglich mit dem Tode. Auf fieberfreie Tage folgten Perioden höchster Temperaturanspannung. – Am sechsten Tage endlich schien die Krankheit bezwungen. Der Kranke nahm einiges Wildbret zu sich, das wir stets in der Schlinge fingen, und verzehrte mit Genuß eine frische Frucht. Dem Sonnenuntergang sah er mit leuchtenden Augen zu. Als sich der Feuerball dem Horizonte näherte, sagte er mit verklärter Miene:

»Jetzt geht die Sonne in unserer Heimat auf. Ob meine Lieben ahnen, daß sie ihnen meine letzten Grüße bringt?«

Eine Stunde später hauchte der Ärmste seinen Geist aus.

Dort, wo unser Zelt stand, betteten wir den lieben schlichten Kameraden in die kühle Erde. Über seiner letzten Ruhestätte häuft sich ein großer Steinhügel und ein einfaches Kreuz deutet zum Himmel. Zu beiden Seiten des Grabes ragen hohe Palmen und schütteln ihre Federkronen im Winde.

Das Ableben des Gefährten versetzte uns in aufrichtige Trauer. Hinterläßt schon der Tod eines Freundes im gewöhnlichen Leben eine schmerzliche Lücke, um so fühlbarer wird der Verlust inmitten einer Wildnis, umringt von tausend unbekannten Gefahren und in einem Häuflein Menschen, das auf jede hilfreiche Hand angewiesen ist.

Liebert war wieder hergestellt. Auf ihm wie auf uns allen lagerte der Druck des eingetretenen Ereignisses, und unwillkürlich drängte sich jedem die Frage auf:»Wer wird der nächste sein?«

Nach dem Verlassen des Grabes schlugen wir einen nördlichen Kurs ein. Das Gebirge, so drohend es von unserm Lagerplatze aus herüberwinkte, schien mir an mehr als einem Punkte passierbar. Mit dem Fernrohr konnte ich in der klaren Luft fast jeden Felszacken, jede Pflanzengruppe bis zu ihren höchsten Grenzen verfolgen. Dabei entdeckte ich zwei Einschnitte, in denen sich der diesseitige Wald mit dem jenseitigen vereinigte. Dort war zweifellos ein Übergang möglich. Auf diesen Punkt lenkten wir unsere Schritte.

Dem Zuge des Waldes talwärts folgend, erreichten wir am Abend eine herrliche Niederung, die uns nach der Wanderung durch die früher beschriebenen Täler wie ein Paradies vorkam. Ein munterer Bach plätscherte über Kiesel und Sand durch eine saftgrüne Matte. An seinen Ufern bauten schöne Schwimmvögel ihre Nester. Blitzende Fische glitten durch das klare Element und große Schildkröten lagen träge auf den Sandbänken. Der spärliche Pflanzenwuchs bestand in der Hauptsache aus Fruchtbäumen verschiedenster Art und selbst wilde Ananas wuchsen in den Senkungen des Berges. – Unwillkürlich hielten wir Umschau nach den Bewohnern dieses reizenden Erdenwinkels. Er war jedoch unbewohnt. Das unbekümmerte Gebahren der Vögel bewies es uns zur Genüge. Die Tiere ließen uns ruhig an ihre Nester herankommen und gebärdeten sich so zutraulich, daß wir manchen von ihnen – den Hals umdrehen konnten.

Liebert gelang es, mit einer der erbeuteten Lanzen einen jungen Hirsch zu erlegen. Wir konnten uns daher an diesem Abend eine Mahlzeit herstellen, wie wir sie lange nicht genossen hatten. Gebratenes Hirschfleisch, Entenbraten und frische Eier waren für uns seltene Genüsse. Der nächste Tag bescherte uns sogar Fische, Schildkröte und Früchte zu den übrigen Delikatessen.

Daß wir in diesem Paradies einen Tag länger verweilten, kann man uns nachfühlen. Die Zeit wurde damit ausgefüllt, Proviant anzusammeln. In der Hauptsache bestand er aus gebratenem Geflügel und aus hart gekochten Eiern. Das übrige hielt sich in der heißen Tageszeit nicht.

Wir folgten dem Laufe des Flusses aufwärts, bis uns ein zerklüftetes, unwegsames Steingewirr auf einen andern Weg verwies. Dieser brachte uns nach längerer Wanderung auf eines jener Gebiete, die in der Regenzeit unter Wasser stehen, späterhin jedoch austrocknen. Der dadurch hervorgerufene Humusboden zeigte noch eine schlüpfrige Oberfläche, auf der das Wandern zur Qual wurde. Das Trostlose der Landschaft erhöhten noch die zahlreichen schwarzen Geier, die in dem Schlamme nach dem Aas verendeter Tiere suchten, sowie der starke Fäulnisgeruch, der in Schwaden dem Boden entströmte. Eine lautlose Stille erhöhte den schaurigen Eindruck, den das Tal auf uns machte und der nach dem eben verlassenen Paradiese wie ein aufdringliches Memento mori wirkte.

Mehrere Stunden dauerte der Marsch durch diese entsetzliche Einöde. Sie mußte aber durchschritten werden, denn am Ende winkte das gesuchte Ziel, der Übergang über das Gebirge.

Endlich betraten wir wieder üppiges Gras. Blumige Wiesen zogen sich den Hang hinauf. Ein Wasserfall warf diamantenen Sprühregen in die grünende Pflanzenwelt. Auch Lebewesen zeigten sich. Eine kleine Antilopenart ging bei unserer Annäherung flüchtig.

»Aha, jetzt nähern wir uns wieder dem Menschen,« bemerkte Gyßler, auf das flüchtende Wild deutend. »Die würden nicht so ausreißen, wenn sie nicht gejagt würden.«

»Darin können Sie recht haben, Gyßler. Die Gegend hat auch so etwas an sich, das unwillkürlich an den Menschen gemahnt. Wenn sie in ihrem Wesen nur der Gegend entsprechen, will ich zufrieden sein,« erwiderte ich.

»Meinen Sie den Sumpf oder diese wohlriechende Wiese?« fragte Düwell.

»Diese Wiese meine ich natürlich. Und ich schlage vor, wir bauen gleich hier unser Nachtlager auf. Dort, in der Nähe des Wasserfalles, sind wir ›rückenfrei‹ und genießen zugleich die Annehmlichkeiten einer Dusche.«

Die anstrengende Wanderung durch das schlammige Tal hatte uns alle dermaßen ermüdet, daß wir uns mit einem kalten Abendbrot – dem nur das Brot fehlte – begnügten. Kaum war der letzte Bissen verzehrt, da sanken die drei, denen das Los Befreiung von der ersten Wache beschieden hatte, in festen Schlaf. Dem Beispiel folgte, von unwiderstehlicher Schlafsucht befallen, auch Düwell, der Wächter!

Der neue Tag brachte uns eine große Überraschung. Ich erwachte zuerst. Rings um mich her lagen die Gefährten noch in tiefem Schlafe, und vor dem Zelte – es dauerte eine Weile, bis ich feststellte, daß mich kein Traumbild narrte –, saß auf einem Steine ein gelbhäutiger Eingeborener und blickte verwundert auf die ihm unbekannten Menschengebilde. Neben ihm im Grase lag eine lange Lanze, sowie ein Bogen mit Pfeilen.

Als er mich erwacht sah, richtete er sich auf und legte die rechte Hand an die Stirn, während er mir ein paar unbekannte Worte zurief. Natürlich machte ich dieselbe Geste und rief ihm lachend ein:

»Guten Morgen, Herr Nachbar!« zu.

Der freundliche Empfang gefiel dem Manne augenscheinlich. Er lachte ebenfalls und sprudelte eine Flut von Kehllauten hervor, aus denen ich schloß, daß der gute Wilde den Wunsch hatte, uns der Frau Gemahlin, den Töchtern und der sonstigen Verwandtschaft vorzustellen. Da ich angesichts der Biederkeit des Wilden hiergegen nichts einzuwenden wußte, deutete ich auf meine Gefährten und sagte:

»Wenn wir Toilette gemacht haben, kommen wir!«

Als ob der Mann meine Worte verstanden hätte, nickte er freundlich und verschwand im Dickicht. Seinen Bogen ließ er achtlos liegen.

»Hallo, Kameraden, aufstehen! wir sind beim Könige dieses Landes zur Audienz befohlen,« rief ich mit lauter Stimme ins Zelt. »Sehen Sie, Düwell, das kommt davon, wenn man auf Posten schläft!«

Natürlich dauerte es eine Weile, bis sich die Gefährten davon überzeugt hatten, daß ich keinen Scherz trieb. Die Waffen bestätigten übrigens meine Erzählung.

Liebert fragte:

»Was halten Sie von der Geschichte?«

»Die Leute scheinen harmlos zu sein. Der Mann war so freundlich, daß ich eine feindliche Stimmung für ausgeschlossen halte. Es fragt sich nur, ob sie überhaupt Weiße kennen. Jedenfalls wollen wir uns vor Unvorsichtigkeiten hüten.«

Wir waren mitten in den Vorbereitungen für Besuch, das heißt, wir standen alle unter der kühlen Dusche im Wasserfalle, als plötzlich der wilde »König« aus den Büschen tauchte. Mit einem Laute, der wohl höchstes Erstaunen ausdrücken sollte, starrte er auf die Gruppe der unbekleideten weißen Männer. Dann wandte er sich um, und nun drangen laute, dringende Rufe, das Rauschen des Wassers übertönend, an unser Ohr.

»Haben Sie das Gesicht des Alten beobachtet?« fragte Gyßler lachend. »So etwas hat der in seinem Leben noch nicht gesehen. Passen Sie auf, diese Wilden werden uns feierlichst empfangen, wenn wir sie besuchen.«

Der Schweizer sprach noch, als sich wieder die Büsche teilten. Diesmal drängten sich aber Männer, Frauen und Kinder in den engen Raum. Bewundernd blickten sie die nie gesehenen weißen Männer an und mancher Ruf des Erstaunens durchlief die neugierige Schar. – In den Mienen der Wilden zeigte sich indessen keine Spur von Feindseligkeit. Im Gegenteil, die Leute kamen so zutraulich in unsere Nähe, daß wir uns ihren Freundschaftsbeweisen nur mit Mühe entziehen konnten.

Liebert und Gyßler, beide große kräftige Männer mit blondem Haar und Bart, zogen die Blicke der Wilden am meisten auf sich. Blonde Menschenhaare gab es in ihrer Welt nicht. Und da wir alle seit Wochen weder Haar noch Bart geschnitten hatten, wucherte die Manneszier in der der Örtlichkeit angepaßten Urwüchsigkeit in unseren kupferfarbigen Gesichtern.

Liebert entzog sich der bewundernden Aufmerksamkeit durch einen Sprung in das Zelt, indem er ausrief:

»Doktor, unterhalten Sie doch die hohen Gäste, bis ich wenigstens einen Faden über meinen Körper gestreift habe. Ich fühle mich wirklich nicht angezogen genug, um diplomatische Verhandlungen zu führen, bevor ich nicht wenigstens im Hemd und Beinkleid stecke.«

Gyßler wollte dem Beispiel des Kameraden folgen. Ich hielt ihn aber fest und wies lachend auf die Schar der Eingeborenen: »Wie Sie sehen, tragen wir ja die Landestracht. Unser ›Geburtstagskleid‹ ist also hierzulande modern. Versuchen Sie einmal, ob Sie mit Hilfe Ihrer verschiedenen Eingeborenendialekte eine Verständigung mit dem Völkchen zustande bringen können.«

Der Schweizer gab lachend nach. Er wandte sich der ihm zunächst stehenden Gruppe der Männer zu und sprach sie in den Dialekten der Nordküste an. Die Wilden horchten wohl auf, als sie in den Worten Laute fanden, die ihrem Ohr vertrauter erschienen als das harte Deutsch, das sie bisher aus unserer Unterhaltung vernahmen. Aber eine Verständigung schien nicht möglich. Gyßler ging nun dazu über, einige Gegenstände des täglichen Gebrauches zu benennen, und siehe da! Bei manchen Geräten deckten sich die Worte Gyßlers mit der Benennung der Wilden. Diese Entdeckung rief ein freudiges Erstaunen unter den Männern hervor, das sich dadurch äußerte, daß sie den Schweizer herzlich mit der flachen Hand auf den Oberarm klopften.

Ein kreischendes, schallendes Gelächter ließ mich nach dem Zelte blicken. Dort stand Liebert mit Hemd, Hose und Schuhen bekleidet und starrte mit einem so verblüfften Gesichtsausdruck auf die lachende Jugend, daß ich selbst einen Heiterkeitsausdruck mit Mühe unterdrückte.

»Was habt ihr denn nur zu lachen, ihr Sappermentsvolk?« rief er, indem er vollends ins Freie trat und mich fragend anblickte.

Im Nu war er von dem jungen Völkchen umringt, und nun erkannte er selbst die Ursache der Heiterkeit. Die Wilden begriffen nicht, warum er seinen Körper »eingehüllt« hatte. Besonders die Ärmel, die Röhren für die Beine, und am allermeisten die Schuhe erregten ungebändigte Lachlust bei dem Völkchen.

Düwell, der gerade im Begriff stand, sich anzukleiden, warf den Rock wieder auf die Matte und rief:

»Gott sei Dank, daß ich endlich einmal Menschen gefunden habe, die mit einem wirklich reinen Sinn auf der Welt leben, solange ich hier bin, werde ich mich nicht mehr anders als in der Landestracht zeigen.«

»Die ist mir zu luftig,« erwiderte ich. »Meine Decke muß ich mindestens umhängen, sonst vertrage ich das Klima vielleicht nicht.«

»Na, na, Sie kultivierter Europäer. Läßt Sie die Kinderstube selbst hier bei den Wilden nicht los? – Aber schauen Sie mal hinüber. Die jungen Wilden scheinen die Zollrevision bei unserm Gepäck vorzunehmen. – Hallo, Liebert, gib doch auf unsere Säcke acht.«

In der Tat hatte eine Anzahl neugieriger Mädchen unsern Proviantsack geöffnet und machte sich mit einer Schachtel Streichhölzer zu schaffen. Sie waren sich augenscheinlich nicht bewußt, etwas Unrechtes zu begehen. Ich bat Gyßler, den Kindern das wertvolle Spielzeug fortzunehmen, ohne ihnen zu zeigen, um was es sich dabei handele. Denn ich wollte es vermeiden, die Wilden mit Dingen bekannt zu machen, die für sie von größtem Nutzen sein konnten. Wer weiß, ob ihre Habsucht sie nicht zu Angriffen auf uns veranlaßt hätte. Alle diese Wilden sehen in der Vernichtung eines Menschen kein Unrecht, wenn sie sich dadurch in den Besitz eines Dinges bringen können, das der andere nicht gutwillig hergeben will. – Gyßler schenkte der mutwilligen Schar dafür seinen Taschenspiegel und erreichte durch die Gabe seinen Zweck vollkommen. Nach der ersten Überraschung stürzte die glückliche Beschenkte mit dem ihr unbekannten Schatze davon, und hinterdrein tollte die wilde Jagd der gelben Jugend.

Aus den Zeichen und Geberden der Eingeborenen entnahmen wir deren Aufforderung, mit in ihr Dorf hinunter zu steigen. Dem Verlangen konnten wir uns jetzt nicht gut mehr widersetzen. Ich beauftragte Düwell und Liebert mit dem Abbruch des Zeltes und kleidete mich selbst notdürftig an, damit sich wenigstens der Revolver verbergen ließ. Gyßler folgte meinem Beispiele. Zum Glück entfernten sich die Wilden, als sie unsere Vorbereitungen zum Aufbruch bemerkten und ließen nur zwei Mädchen zurück, die wohl als Führer ausersehen waren.

Siebentes Kapitel.

Durch einen tiefen Gebirgseinschnitt erreichten wir den Nordabhang des Höhenzuges, der wie ein Rückgrat diesen Arm der Insel durchzieht. Im Tale lagen acht Hütten aus Gras und Mattengeflecht. Jedes dieser geräumigen Bauwerke ruhte auf Pfählen und trug ein in eine Spitze auslaufendes Dach. In einer Umzäunung weideten Büffel, Bergschafe, Schweine und zahlreiche Hühnervögel. Ein ausgedehnter Wald von Kokospalmen sowie zahlreiche Anpflanzungen mit Pisangs bewiesen den haushälterischen Sinn dieser Wilden.

Dumpfe Schläge auf einer Art Trommel zeigten uns, daß die Bewohner des Dörfchens Anstalten zu unserm festlichen Empfange trafen. Eine Schar Kinder lief uns entgegen. Sie hatten sich rote Blüten ins Haar gesteckt und ein paar frische Palmenwedel über Brust und Schulter befestigt. Die Männer trugen jetzt breite Gürtel aus Bast, in die ringsum die gebogenen Hauer der Hirscheber eingeflochten waren, Lange Lanzen mit roh geschmiedeten Eisenspitzen sowie Bogen und Pfeile bildeten die Bewaffnung.

Wir hatten in unsern Säcken alles an Geschenkartikeln zusammengesucht, was wir entbehren konnten. Diese zahlreichen, für uns fast wertlosen Kleinigkeiten übergab ich demjenigen der Männer, den ich für den König, oder wie er sich sonst nennen mochte, angesehen hatte. Durch Pantomimen deutete ich an, daß die Sachen für die gesamte Einwohnerschaft bestimmt seien. – Zu dieser letzteren Andeutung machte der Alte zwar ein saures Gesicht, denn er hätte alle die Dinge am liebsten für sich behalten. Schließlich wich er jedoch der Gewalt der über ihn herfallenden Weiblichkeit und verteilte gewissenhaft Stück um Stück an seine »Untertanen.« Nur eine leere Whiskeyflasche, deren Bedeutung ihm allerdings nicht bekannt war, behielt er für sich.

Als sich das erste Erstaunen über alle die fremdartigen Gegenstände ein wenig gelegt hatte, zog uns eine ältere Frau zu einer geräumigen Hütte, die etwas abseits vom Dorfe zwischen den Palmen stand. Sichtlich war sie eben erst von den Eigentümern geräumt worden. Hier konnten wir unsere Packsäcke niederlegen und die Nacht verbringen, wie wir aus der Geberdensprache der Frau entnahmen.

»So, jetzt wären wir glücklich unter Dach und Fach,« sagte ich zu meinen Gefährten, die damit beschäftigt waren, das Gepäck aufzustellen. »Nun fragt es sich, wie wir es anstellen sollen, um wieder fortzukommen.«

Gyßler lachte laut auf.

»Das ist doch sehr einfach, wir schnallen unsere Bündel und wandern weiter.«

»Meinen Sie? Darüber habe ich meine ganz besonderen Ansichten. Ich habe in der Südsee schon mehrfach die Erfahrung gemacht, daß man wohl in ein Dorf herein, aber nur schwer wieder heraus kann. Die Dajaks im benachbarten Borneo und die Papuas drüben in Neuguinea haben mich damals auch als lieben Gast empfangen. Ich lebte ganz frei zwischen ihnen, aber die Hütte oder das Dorf durfte ich nicht verlassen. Wir wollen sehen, wie man uns hier behandelt. Aber um eines bitte ich Sie, Kameraden, zeigt den Wilden keine Schießwaffen! Augenscheinlich kennen sie diese noch nicht. Geht es dann hart auf hart, dann liegt in dem Blitz und Donner vielleicht unsere Rettung.«

»Glauben Sie wirklich, daß diese Wilden noch keine Ahnung von Feuergewehren haben? Das klingt fast unglaublich. Die Holländer versuchen doch überall ins Innere ihrer Kolonien einzudringen und da wäre es doch merkwürdig, wenn dort noch Menschen lebten, die von ihrem Vorhandensein keine Kenntnis hätten.«

»Denken Sie nur an Sumatra und an Ceram und selbst Timor. Diese Inseln sind auch über zweihundert Jahre unter europäischer Herrschaft und doch finden Sie da noch Eingeborene, die einen Weißen nur aus alten Überlieferungen kennen.«

»Zerbrechen Sie sich nicht den Kopf darüber,« warf jetzt Liebert ein. »Das alles wird sich ja sehr bald herausstellen. – Sehen Sie, da kommen schon ein paar Ehrenjungfrauen, die uns zu Tisch bitten.«

Die jungen Mädchen näherten sich ungezwungen unserer Hütte. Ich winkte ihnen einzutreten und als sie dann wie angewurzelt im Eingang stehen blieben und erstaunt auf den Inhalt unseres Gepäcks blickte, da wußte ich bestimmt, daß diese Wilden wenigstens noch keine Ahnung von europäischen Dingen haben konnten.

Ich sagte das den Kameraden, die sich bemühten den Besucherinnen die Benutzung einiger Gebrauchsgegenstände vorzuführen. Düwell gab mir Recht, meinte aber, das schlösse nicht aus, daß einer der Männer vielleicht doch mit Küstenbewohnern zusammengekommen sein könnte.

»Um ganz sicher zu gehen, nehmen wir unsere Gewehre mit. Kennen die Wilden die Dinger, dann wissen sie, warum wir uns nicht davon trennen. Im andern Falle stört es sie auch nicht.«

Liebert hatte mit seinen Worten das Richtige getroffen. Die Mädchen waren abgeschickt worden, uns zum Mahle zu holen. Mit einer einzigen Bewegung deuteten sie uns das an. Wir wurden kurzerhand an die Luft gesetzt! – Gyßler war mit seiner Toilette noch etwas im Rückstande, aber das ließen die »Damen« nicht gelten. Es ging ihnen einfach nicht in den Kopf, wie man seine Beine überhaupt in derartige Stoffröhren stecken konnte. Alles Sträuben half nichts. Er mußte ohne seine »Beinrohre« am Festtische Platz nehmen. Dieser Mangel in der Bekleidung gab uns später noch Stoff zum Lachen.

Um ein großes Feuer gelagert, erwarteten uns unter einem gewaltigen Mangobäume, die Männer dieses kleinen Reiches, Sie hockten alle auf ihren Fersen und bedienten sich ihrer Pfeile teils als Stützpunkt, teils als »Tischgerät.« Auf einem Rost aus glimmenden Baumstämmen brieten ein Hirscheber und ein Bergschaf, die man so wie sie waren, letzteres nur der Haut entkleidet, gebraten hatte. Natürlich darf man sich nicht etwa einen sauberen, knusprigen und appetitlich duftenden Braten unter dieser Bezeichnung vorstellen. Das was uns hier geboten wurde, waren zwei blutige, dunkle Klumpen, die auf der einen Seite halb verbrannt und auf der andern nur halb gar waren.

Um der Etikette zu genügen, gingen wir, bevor wir uns setzten, der Reihe nach zu den Männern, berührten unsere Stirn und drückten ihnen dann die Hand. So hatte ich es bei der ersten Begrüßung dem Alten abgelauscht und das beifällige Gemurmel, das dieser Zeremonie folgte, belehrte mich, daß ich das Richtige damit getroffen hatte. – Wir schlossen uns am Ende der Reihe an den letzten Wilden an und hatten so die Genugtuung, daß wir zusammen blieben.

Ein altes Weib, vermutlich die Königin, eilte mit einem großen eisernen Messer herbei und begann das Mahl zu servieren. Mit tiefem Schnitt trennte sie den Bauch des Schweines auf. In das dadurch entstandene Loch tauchte sie ihre kralligen Finger und brachte sämtliche Eingeweide des Ebers zum Vorschein.

»Um Gotteswillen, das sollen wir doch nicht etwa essen,« rief Liebert mit allen Zeichen des Grausens. »Das bringe ich um keinen Preis der Welt herunter.«

»Machen Sie sich und uns nicht unglücklich durch eine Ablehnung,« warnte ich. »Sie wissen, daß alle wilden es als Beleidigung ansehen, wenn man ihre Speisen verweigert.«

Das alte Weib wickelte sich die Eingeweide um ihren dürren, nicht gerade saubern Arm und schritt auf unsere Gruppe zu.

»Gottlob, sie beglückt Gyßler mit der Delikatesse,« rief Liebert aus, indem er den Atem hörbar von sich stieß.

»Warte, du schadenfroher Kerl, das ist dir nicht geschenkt!« erwiderte dieser. Damit schnitt er mit seinem Messer ein großes Stück aus der Lunge des Schweines und deutete der Alten an, mir das nächste Stück zu reichen. Mit einem leisen Grauen sah ich die übelduftende Speise vor mir auftauchen. Ich wählte mir aber mit einer schnellen Handbewegung das Herz und ließ es geschehen, daß Düwell den Rest der Lunge nahm. Nun blieben für Liebert wirklich nur noch die zum Teil gefüllten Därme übrig. Stöhnend und schimpfend trennte er sich ein kurzes Endchen Darm aus der Schlinge und schob es mit zusammengekniffenen Augen in den Mund. Die Frau blieb aber neben ihm stehen. Sie konnte ebensowenig wie die übrigen Wilden begreifen, daß man nur so wenig von einer derartigen Götterspeise nahm.

Liebert, der die erstaunten Gesichter der Wilden gewahrte, wußte sich jedoch zu helfen. Er sprang auf, faßte die Alte bei der Hand und geleitete sie zu dem »König«. Dort machte er einige tiefe Verbeugungen und sagte, indem er dem Oberhaupte die Rechte auf die Achsel legte, mit verbindlichem Lächeln:

»Hier, altes Haus. Iß die Därme samt Inhalt selbst und mögen sie dir gut bekommen.« (Er drückte sich etwas drastischer aus!)

Dann kehrte er auf seinen Platz zurück und nickte dem König wiederholt freundlich zu.

Der Alte wußte anfangs nicht, wie er diese ungewohnte Begrüßung aufnehmen sollte. Es mußte ihm aber dann wohl eingefallen sein, daß die Weißen andere Gebräuche haben könnten – kurz er beruhigte sich und schlang die ekle Speise mit augenscheinlichem Genuß hinunter.

Dieser ganzen Höflichkeitsbezeigung sahen die übrigen Wilden stumm zu. Man merkte an ihren zuckenden Mundwinkeln, daß auch sie gern etwas von dem eklen Fraß gehabt hätten. – Ihre Geduld wurde nicht lange auf die Probe gestellt. Da der Etikette nun Genüge geschehen war, hieben sie mit ihren Messern in das Schaf und rissen sich förmlich um die Eingeweide.

Unterdessen hantierte der alte König mit seinem stumpfen Messer in dem Fleische des Ebers. Man merkte, daß er ein besonders saftiges Rippenstück herauszulösen bestrebt war. Da er aber gerade an der ungaren Seite arbeitete, mußte er die Finger und schließlich die Pfeilspitze zu Hilfe nehmen. Endlich befreite er eine blutige Rippe aus ihrem Zusammenhang. Fein säuberlich leckte er das Blut von dem Fleische und von seinen Fingern und rief dann die Alte zu sich.

Mit einer stillen Ahnung hatte ich diesem eifrigen Zerlegungsversuche des Alten zugeschaut. Durch einen leisen Ellenbogendruck lenkte ich nun die Aufmerksamkeit des neben mir sitzenden Schweizers auf die Hantierungen unseres Gastgebers und verbarg nur schwer das Lächeln, das sich mir in Erwartung des Kommenden auf die Lippen drängte. Liebert und Düwell betrachteten gedankenvoll das Geraufe der Wilden um den Schafskadaver.

Da erhob sich der Alte. Wie er es vorher von unserm Kameraden gesehen, nahm er das Weib beim Arm, drückte ihr den triefenden Knochen in die Hand, und geleitete es zu dem ahnungslosen Liebert. Entsetzt wollte dieser aufspringen, als er die Beiden um das Feuer auf sich zuschreiten sah. Doch deutete er unsere warnenden Zurufe glücklicherweise richtig. Ruhig, das Gesicht in würdige Falten gelegt, nahm er die dargebotene Rippe entgegen, verbeugte sich mit vollendeter Grazie vor dem edlen Paare und begann das Stück zum Munde zu führen.

Wenn er aber geglaubt hatte, daß sich der König nun der allgemeinen Fütterung zuwenden würde, dann irrte er sich. Die Augen des Alten wichen nicht von ihm. Gleichsam als müsse er jeden Bissen seines Gastes zählen, verfolgte er jede Bewegung Lieberts. Dieser begriff endlich, daß er den Blicken seines Gegenüber doch nicht entrinnen konnte und fiel mit einer wahren Gier, wobei der nagende Hunger nicht geringen Anteil hatte, über den blutigen Knochen her. Erst als das letzte Fleischfetzchen verzehrt war, wandte sich der König der allgemeinen Esserei zu, an der auch wir uns beteiligten.

Nach beendetem Mahle wurde ein Getränk herumgereicht, das aus einer Frucht hergestellt zu sein schien und das uns vortrefflich mundete. Die Trinkschalen bestanden aus der äußern Hülle einer großen grünen Frucht, die ich nicht kannte. Sie wurden von den Wilden ebenfalls verzehrt. Ich konnte sie des starken Gewürzgehaltes wegen nicht genießen.

Die Frauen und Kinder durften erst essen, als alle männlichen Personen ihre Sitze verlassen hatten. Für sie waren die Überreste gerade gut genug. Die armen Wesen stürzten sich mit einer wahren Gier auf die halbgaren Reste der beiden Tiere und suchten sich selbst die abgenagten Knochen streitig zu machen.

Die Männer hatten sich in ihre Hütten zurückgezogen. Um unsere Personen kümmerte sich kein Mensch mehr und wir bummelten daher in gemütlichem Spazierschritt an den einzelnen Wohnungen vorbei nach unserm neuen Heim. Unterwegs fiel uns ein Bau auf, der in seiner Konstruktion von den übrigen Hütten abwich. Da der Eingang offen war, traten wir ein. Ein tiefes Halbdunkel ließ uns zuerst nichts unterscheiden. Als sich das Auge aber an das Zwielicht gewöhnt hatte, gewahrten wir an der Rückwand des Hauses eine roh geschnitzte Holzfigur, die eine gräuliche Fratze darstellte. Zu beiden Seiten des Idols hingen breite Streifen dürren Bastgeflechtes von den Wänden, die mit den unteren Enden in einer korbartigen Tonschüssel ausliefen. Eine eingetrocknete dunkle Masse bildete den Inhalt der Schüsseln. Kopfschüttelnd betrachteten wir diese seltsame Zusammenstellung, die teils an das Innere Afrikas, teils an die Papuas erinnerte.

Plötzlich faßte Düwell meinen Arm und deutete nach der linken Wand. Dort standen in einer Reihe etwa dreißig Menschenköpfe.

Zum Teil waren sie bereits mumifiziert, zum Teil aber noch merkwürdig frisch. Einer trug sogar unverkennbare Zeichen der malaiischen Rasse. Dadurch erhielten wir den Beweis, daß diese anscheinend so harmlosen Wilden doch mehr von der Existenz fremder Rassen wußten, als sie ahnen ließen.

Wir verließen eiligst das unheimliche Haus und zogen uns in unsere Hütte zurück, um über die weiter zu unternehmenden Schritte zu beraten. Zuhause fanden wir alles so vor wie wir es verlassen hatten. Kein Gegenstand war berührt worden. Die Neugierde überwog demnach doch nicht die hochgehaltene Gastfreundschaft.

»Ich schlage vor, heute Abend noch das Dorf zu verlassen,« sagte Gyßler, als wir uns von unserm Erstaunen über das Gesehene erholt hatten. »Die Freundschaft der Wilden kommt mir zu uneigennützig vor, um echt zu sein. Die Köpfe dort im Tempel gehören verschiedenen Menschenrassen oder doch -gattungen an. Die Wilden haben sie zweifellos ihren Opfern abgeschnitten. Es fragt sich nur, ob dies hier im Dorfe oder irgendwo bei einem Überfall geschehen ist.«

»Wie wäre es, wenn Sie die Männer einmal in malaiischer Sprache anredeten? Soviel ich mich erinnere, versuchten Sie das noch nicht, verstehen die Männer malaiisch oder ist auch nur einer von ihnen der Sprache mächtig, dann wissen wir woran wir sind. Durch geschickte Fragestellung bringen wir dann schon heraus, was hier los ist.«

»Der nächtlichen Abreise stimmen auch wir zu,« rief Liebert, der mit Düwell die Packsäcke wieder geordnet hatte. »Mir haben die Wilden deshalb nicht gefallen, weil sie so gar kein Interesse für unsere Gewehre gezeigt haben. Menschen, die eine derartige Maschinerie noch nie gesehen haben und denen jeder blanke Knopf gefällt, pflegen sich wenigstens mit Blicken nach den Metallteilen der Waffen umzusehen.«

»Je mehr ich über das ganze Gebahren der Menschen nachdenke, desto unerklärlicher ist mir das Volk. Wenn die Männer wirklich so rücksichtsvoll sind, wie sie zu sein scheinen wollen, dann begreife ich die brutale Härte nicht mit der sie ihre eigenen Angehörigen behandeln. Andererseits sage ich mir wieder, daß es dem Alten ja ein Leichtes gewesen wäre uns im Schlaf die Hälse abzuschneiden, als er uns im Zelte entdeckte.«

Gyßler, der nachdenklich auf seinem Holzklotz gesessen, hob den Kopf:

»Ich werde mal versuchen, ob es nicht möglich ist, mich mit den Leuten in der Sprache der Orang-Budji zu verständigen. Diese wohnen in der Nordostecke der Insel und ich erlernte deren Sprache, als ich am Kap Coffin Dienst tat. Bei der Gelegenheit will ich auch das Innere der Hütten genau betrachten, wenn dieser Stamm mit Weißen oder Malaien in Berührung gewesen ist, finden sich auch Gegenstände davon in den Hütten... Übrigens kommt da gerade solch ein nackter Sünder auf unsere Bude zugelaufen. Ausgerechnet das größte Galgengesicht schickt man hierher.«

»Reden wir malaiisch, Gyßler,« rief Düwell, »und sprechen wir ihn direkt in der Sprache an. versteht er sie, dann verrät er sich sicher.«

Der Schweizer antwortete in der verabredeten Sprache, als der Wilde im Eingang der Hütte erschien. Düwell begrüßte ihn mit geheuchelter lebhafter Freude und sagten daß er sich erst jetzt erinnere ihn schon einmal an der Küste gesehen zu haben.

Der Versuch blieb erfolglos. Der Mann zuckte wohl unmerklich zusammen, als er die Laute vernahm, aber nichts ließ erkennen, ob er sie auch verstanden habe, war das der Fall, dann war er wohl der vollendetste Schauspieler.

Da wir weder aus den Kehltönen noch aus den Gesten des Mannes erraten konnten, was ihn zu uns geführt, redete Gyßler ihn in der Budjisprache an. Diese Worte riefen seine Aufmerksamkeit hervor. Er machte ein Gesicht, wie etwa ein Hund, dem man etwas vorredet. Nach und nach erhellte sich seine Miene und plötzlich faßte er auf ein Wort nach, das er zwar anders aussprach, dessen Bedeutung er indeß wußte.

Nun machte es dem Wilden Vergnügen sich in eine Unterhaltung mit dem Schweizer einzulassen. Nachdem beide erkannt hatten, daß nur eine veränderte Aussprache an dem mangelnden Verstehen die Schuld trug, gaben sie sich Mühe eine Unterhaltung anzubahnen. Mitten im Satz ließ Gyßler auch ein malaiisches Wort fallen, das jedoch unverstanden blieb.

»Ich möchte mit dem Kerl einen Spaziergang machen, wer geht mit?« fragte Gyßler. »Liebert, du bist der Stärkste, bitte begleite mich.«

Die drei Männer schlenderten langsam durch den Palmenhain an den Hütten vorbei nach dem Platze, wo wir gegessen hatten. Unterwegs machte Gyßler den Versuch in das Innere der Hütten einzudringen, wurde jedoch von dem Wilden daran gehindert. So zutraulich die Weiber und Kinder morgens waren, so scheu wichen sie jetzt jeder Begegnung mit uns aus.

»Die Geschichte wird mir immer rätselhafter,« sagte ich zu Düwell gewendet. »Ordentlich unheimlich kommt mir hier alles vor. So unwirklich und geisterhaft treten die Menschen auf. Wenn ich nur wüßte, was das zu bedeuten hat.«

Wir erfuhren es bald.

Durch den Palmenhain schritt eine weibliche Gestalt. Abweichend von den weiblichen Angehörigen des Stammes trug sie um den Unterkörper den javanischen Sarong. Der Oberkörper war unbekleidet.

»Da, schauen Sie mal die Frau an, Düwell. wenn das keine Javanin ist...«

»Wahrhaftig!« rief Düwell. »Sie haben recht! Übrigens scheint sie hierherzukommen. Ich werde sie anrufen.«

Auf den malaiischen Ruf blieb die Frau, wie vom Blitz getroffen, stehen. Helles Erstaunen ging über die schönen Züge. Sie lächelte freundlich und setzte den Fuß an, um sich uns zu nähern. Da flog aus der nächsten Hütte ein altes Weib auf die Javanin zu, riß sie unsanft am Arm und trieb sie mit Fauststößen in die Hütte.

»Das ist aber stark!« schrie Düwell und wollte hinausstürzen, um der Javanin seine Hilfe anzubieten.

Ich hielt ihn zurück.

»Seien Sie vernünftig, Düwell. Merken Sie sich die alte Regel, die in allen Ländern der Welt Kurs hat: ›Mische dich niemals in Weibergeschichten, die dich nichts angehend‹. Lassen Sie auch hier den Dingen ihren Lauf. Jetzt bin ich überzeugt, daß wir unter heimtückischen Menschen sind. Sorgen wir daher zunächst für unsere Sicherheit.«

Liebert und Gyßler kamen zurück.

»Ich werde aus den Leuten nicht klug,« sagte letzterer. »Entweder sind es wirkliche Wohltäter fremder Wanderer oder die abgefeimtesten Schurken, die mir jemals zu Gesicht kamen.«

»Ich glaube das letztere,« erwiderte ich. Dann erzählte ich, was wir gesehen hatten.

»Es bleibt dabei – wir ziehen aus, sobald die Sonne untergegangen und die Bande sich zur Ruhe gelegt hat!« sagte Liebert. »Wehe dem, der mich daran hindert.«

»Wie steht es mit Lebensmitteln?« fragte ich. »Wenn wir gejagt werden, können wir nicht selbst jagen. Haben wir genug für zwei Tage?«

»Ein paar gebratene Enten sind noch da. *Noch* riechen sie nicht, aber...«

»Bis morgen mittag sind sie verzehrt,« erwiderte ich. »Richtet nur Waffen, Beil und Messer handlich her, damit wir herausgeben können, wenn man uns anrempelt.«

Die Sonne ging eben unter. Ihre letzten Strahlen vergoldeten noch die Bergkuppen, da stahl sich ein dunkler Schatten durch den Palmenhain. Im Eingang unserer Hütte erschien die junge Iavanin.

»Oh, ihr fremden Männer, rettet mich! Rettet mich und euch. Wenn der Häuptling zurückkehrt, werdet ihr getötet. Er ist grausam und blutgierig.«

Erstaunt hatten wir die Erscheinung betrachtet und deren Worte vernommen. In fliegender Hast erzählte sie uns, daß man sie vor Monaten von einer Farm an der Nordküste geraubt und hierher geschleppt habe. Der Häuptling sei jetzt nach Süden über das Gebirge gezogen um dort Frauen zu rauben. Man erwarte ihn täglich zurück, wir wären des Todes, wenn er uns hier fände.

Wir blickten uns fragend an.

»Ich führe euch, weiße Herren. Ich kenne einen Schleichweg, den ich mir zur Flucht ausersehen habe. Nehmt mich mit! Heute noch.

Die Leute hier fürchten den nächtlichen Wald und verfolgen euch nicht. Oh, bitte, nehmt mich mit von hier.«

Kopfschüttelnd hörte ich die Übersetzung der Worte an. Allerlei Bedenken stiegen in mir auf. Nicht zuletzt über die Verletzung der uns gewährten Gastfreundschaft, die von den meisten wilden Völkern heilig gehalten wird. Die Dorfbewohner hatten uns freundlich aufgenommen und bis jetzt konnten wir über die Behandlung nicht klagen.

»Wer weiß, ob die Aussagen des Mädchens auf Wahrheit beruhen,« sagte ich aus diesen Erwägungen heraus, »wenn wir die Frau mit uns nehmen, tragen wir auch die Verantwortung für die Entführung – denn schließlich wird es so aufgefaßt werden. Hat der Häuptling sie wirklich geraubt und ist sie seine Frau geworden, dann hat er die beste Entschuldigung für einen feindlichen Überfall ...«

»Wir wollen uns nicht in die rechtliche Beleuchtung des Falles vertiefen,« sagte Gyßler jetzt, »denn damit verlieren wir nur Zeit. Die knappe Frage lautet: Nehmen wir die Frau mit uns oder nicht?«

Düwell und Liebert stimmten mit dem Schweizer dafür – ich blieb also mit meinen Bedenken allein.

Das Mädchen war unserer Unterhaltung mit ängstlicher Spannung gefolgt. An den Augen las sie uns das Für und Wider ab. Als sie mein kategorisches »Nein« vernahm, brach sie in ein herzzerbrechendes Jammern aus. Ihre großen dunklen Augen füllten sich mit Tränen und wie vernichtet sank sie zu Boden.

Ich mußte mich abwenden. Zu den Gefährten gewendet rief ich dann:

»Macht ein Ende, Leute! Vorwärts! Die Zeit vergeht und wenn die Sonne aufgeht, müssen wir schon weit sein.«

»Wir nehmen das Weib also mit?«

»Meinetwegen denn, vertrauen wir auf unser Glück und hoffen wir, daß wir wirklich damit ein gutes Werk tun.«

Das Mädchen mußte, so wie es dastand, die Flucht ergreifen. Eine Rückkehr in ihre Hütte hielt sie für zu gefährlich, und auch dort besaß sie nichts, was ihr für eine nächtliche Wanderung dienlich sein konnte.

Beim Scheine der prächtig leuchtenden Sterne traten wir einzeln hinaus in das Dunkel des rauschenden Palmenwaldes. Die Nacht war lau und die laut rasselnden Zikaden übertönten mit ihrem Schleifen das Knacken der von uns niedergetretenen dürren Blattrippen. Die Javanerin ging voran. Sie durchschritt den Wald mit einer Sicherheit, der ihre Angabe, sie habe bereits einen Schleichweg ausfindig gemacht, glaubwürdig erscheinen ließ. – Bald ging der Kokoshain in einen regelrechten Urwald über und nun konnten allerdings nur die scharfen Augen einer Insulanerin den Pfad erkennen, den wir zu gehen hatten. Geschmeidig wie ein Wiesel schlüpfte sie durch die kaum erkennbaren Öffnungen in dem Gewirr der Schlingpflanzen. Sie zog Liebert, dessen Handgelenk sie umspannt hielt, hinter sich her. In ihrer Angst um das Gelingen ihrer Flucht strebte das Weib nur vorwärts und überließ es uns, ob wir folgten oder nicht. Da hier im Walde tiefste Finsternis herrschte, klammerten wir uns an Lieberts Rock und bildeten so eine Schlange, deren letztes Ende absolut keine Ahnung davon hatte, was vorn vorging.

Unbekümmert um die über unsern Köpfen zusammenschlagenden Zweige, nicht achtend der scharfen Dornen, die sich bei der eiligen Flucht in unsere Kleider hängten, unbekümmert um die scharfen Bisse der in ihren Wohnungen gestörten großen Baumameisen, hasteten wir weiter. Bald öffnete eine Lichtung einen kurzen Ausblick auf den nächtlichen Himmel, bald überschritt der Fuß einen trügerischen Sumpfboden.

Zwei Stunden wohl dauerte diese lautlose Flucht durch den Wald, als das Gelände endlich einen öden Charakter annahm. Das nunmehr an das lichte Dunkel der Tropennacht gewohnte Auge unterschied kleine Wasserläufe. Niederes, zähes Buschwerk kroch zwischen scharfem Geröll hindurch. Dann stieg der unsichtbare Pfad in großen Spiralen aufwärts, einer sich drohend aus der Nacht herausschälenden Gebirgswand entgegen.

Meine schmerzenden Glieder verlangten eine kurze Ruhepause. Ich rief um eine Rast. Dicke Schweißtropfen perlten auf meiner Stirn und ein brennender Durst machte sich geltend.

Die Javanin blieb einen Augenblick stehen, wie eine Amazone, die ihr Kampffeld übersieht, hob sich die biegsame Gestalt gegen den Nachthimmel ab. Keine Bewegung deutete auf Ermüdung. War es der Wille zum Sieg oder verlieh die Natur ihren Kindern eiserne Lungen. Das Weib lief fast den steilen Berg hinauf und schien es nicht zu fassen, daß die weißen Männer ihm, dem Weibe, nicht zu folgen vermochten.

»Fragen Sie die Frau doch einmal, Düwell, wohin sie uns zu führen gedenkt. Die Felsen dort vor uns scheinen mir unübersteigbar. Wenn sie den Schleichweg schon bis hierher ausgekundschaftet hat, dann möchte ich wissen, warum sie wieder zurückkehrte.«

Die Antwort klang wenig überzeugend.

»Wir kommen bald an einen Fluß, der sich durch das Gebirge einen Weg gebrochen hat. Dessen Lauf folgen wir aufwärts und überschreiten in seinem Bette das Gebirge.«

»Und was finden wir auf der andern Seite?«

»Wald und Berg und Seen und Dörfer,« war die lakonische Antwort.

»War die Frau schon dort drüben?« beharrte ich.

Statt aller Antwort stieß sie einen kurzen Ruf aus und winkte uns, ihr zu folgen. Wie ein aufgescheuchter Nachtvogel flatterte sie in dem wehenden Mantel Lieberts den Berg hinan. Sie sprang, wie im Übermut auf die erratischen Blöcke und hüpfte tänzelnd durch die zahllosen Quellbäche. Wir keuchten atemlos hinterdrein und gaben uns kaum die Mühe, uns über die merkwürdige Situation Gedanken zu machen.

Endlich erreichten wir den höchsten Punkt des Hanges. Die Hand auf die schwer atmende Brust gepreßt, warfen wir wie auf Kommando die Packsäcke zu Boden. Ein kurzer Blick galt dem prachtvollen Himmel, an dem das immer herrliche Sternbild des südlichen Kreuzes das baldige Ende der Nacht anzeigte. Die Frau ließ ihre Blicke ringsum ins Ungemessene schweifen und schien ganz zu vergessen, daß sie nicht allein hier stand.

»So – nun will ich genau wissen, was hier vor uns liegt. Ich lasse mich weder durch Tränen noch Bitten beeinflussen, einen Schritt weiter zu gehen, wenn uns die Javanin nicht reinen Wein einschenkt. Im übrigen nehme ich die Führung jetzt an mich. Düwell, übersetzen Sie das der Frau.«

Diese mußte schon an dem Tone gemerkt haben, daß ich mit dem Marsche ins Blaue hinein nicht einverstanden war. Sie wartete daher Düwells Frage erst gar nicht ab, sondern faßte ihn an der Hand und zog ihn auf einen unsern Standort überragenden Felsblock. Dort deutete sie mit der ausgestreckten Hand nach Nordosten.

Düwell richtete den Blick dorthin und rief nach kurzem Schauen:

»Kommen Sie doch einmal hier herauf. Ich glaube, ich erkenne das Meer!«

Das Meer – im Nordosten! Das hieße ja Erlösung von allen Strapazen.

In wenigen Sprüngen standen wir neben den beiden und stießen fast gleichzeitig den Ruf aus:»Wahrhaftig, das Meer!«

Fern, unendlich weit entfernt, sahen wir leuchtende Punkte auf einer unermeßlichen Fläche wie Irrlichter umhertanzen. Trepangfischer!

Während wir uns an dem Anblick des so heiß ersehnten Zieles freuten, betrachtete ich das Land, das uns noch von der Küste trennte. Und nun wurden meine Hoffnungen bedeutend herabgestimmt. Zu unsern Füßen deutete ein matter Streifen den Fluß an, von dem die Javanin gesprochen hatte. Ein kaum vernehmbares Rauschen machte auch die Angaben der Frau, daß sich der Fluß einen Weg durch die rauhen Felsen gebrochen, wahrscheinlich. Wir durften daher mit ziemlicher Sicherheit darauf rechnen, daß ein See unserm Vordringen ein Hindernis bereiten würde. Und nun drängte sich mir von neuem die Frage auf, woher kennt das Weib diesen Weg? Wohin führt er?

Gyßler übernahm es, Klarheit darüber zu verschaffen. Der ersten Frage wich die Frau aus. Der von ihr eingeschlagene Weg würde uns in einigen Tagereisen an die Nordküste führen. Richtiger, bis an die ersten Farmen der Weißen. Allerdings lägen zwischen unserm jetzigen Standort und dem erwähnten Ziele einige Eingeborenendörfer, die wir wahrscheinlich in weitem Bogen umgehen müßten.

»Ob die Javanin bei uns bliebe?«

Sinnend hörte sie diese Frage. Dann gab sie nach kurzer Überlegung eine zustimmende Antwort.

»Die weißen Männer haben mir vertraut und sind mit mir gegangen. Ich werde bei ihnen bleiben, solange ihnen Gefahr droht.«

»Von wem erwartest du diese drohende Gefahr, Mädchen?«

»Der Häuptling der Sadjo wird mich verfolgen. Er wird mich den Weißen wieder abnehmen wollen. Aber ich kehre nicht mit ihm zurück. Ich geleite die weißen Männer sicher zu den Farmern.«

»Kennt denn der Häuptling diesen Weg?« hieß ich fragen.

»Natürlich ... das heißt,« unterbrach sie sich, – »er wird sich denken, daß ich hierher geflohen bin.«

»Aha!« rief ich, als mir Gyßler diese Worte übersetzte, »daher die genaue Kenntnis des Weges! Wer weiß, wie oft die Sadjo, oder wie der Stamm sonst heißt, diese Straße schon gezogen sind. Und wer weiß, wie bald wir sie auf den Fersen haben!«

Die Javanin schüttelte den Kopf, als Gyßler ihr meine Bedenken mitteilte.

»Vor dem zweiten Sonnenaufgang wird der Häuptling nicht zurückkehren. Dann wird er mich suchen. Bis dahin haben wir aber den See erreicht, und dort kenne ich ein sicheres Versteck...«

»Ich danke für alle Verstecke. Wir haben uns einmal in ein richtiges Wespennest gesetzt und müssen nun sehen, wie wir wieder herauskommen. – Was sagte ich Ihnen, Düwell? Man soll sich nie in Weiberdinge mischen – jetzt haben wir den Beweis für meine Theorie.«

Leichtfüßig sprang die Javanin von dem Felsen herab und schickte sich an, den sehr steilen Abhang nach dem Flusse zu hinunterzusteigen. Ich wehrte ihr. –

»Solange es nicht Tag ist, unternehme ich den Abstieg nicht!« erklärte ich. »Ich habe keine Lust, ohne Not den Hals zu riskieren. Unsere Traglasten hindern uns so zu hüpfen, wie das junge Weib es gewohnt zu sein scheint.«

»Ich sehe auch gar nicht ein, warum wir gerade hier hinuntersteigen sollen. Wie die Frau angibt, müssen wir durch den Wasserfall klettern, also bleiben wir doch so lange hier oben, bis wir der Einstiegstelle gegenüberstehen,« sagte Gyßler, der schon Zeichen von Ermüdung gab.

»Das ist wahr,« pflichtete jetzt auch Liebert dem Kameraden bei. »Düwell, rufe die Wildkatze mal herauf, wir suchen uns selbst den Abstieg.«

Die Javanin wurde ordentlich zornig, als sie hörte, daß wir ihr nicht mehr zu folgen beabsichtigten.

»Es gibt nur diesen einen Weg, der zum Flusse führt,« beharrte sie. »Ich kenne das Gebirge genau und weiß, was ich tue.«

»Aber auch wir wissen, was wir wollen,« ließ ich ihr übersetzen. »Bis hierher sind wir dir gefolgt, jetzt folgst du uns!«

Zornesröte huschte über die gelben Züge und verlieh dem Gesichte einen schönen Ausdruck. Sie rief lebhaft:

»Und wenn ich es nicht tue?«

»Dann gehen wir allein. Aber hüte dich, uns zu verraten. Ich bin noch viel blutgieriger als dein Sadjo!«

Mit den Worten nahm ich die Büchse von der Schulter und wog sie spielend in der Hand.

Die Gebärde erfüllte die Frau mit Furcht. Die Röte wich einer grauen Leichenfarbe, und mit leisem Zittern neigte sie den Kopf. Wortlos schritt sie den Grat entlang nach Osten. Von Zeit zu Zeit schweifte ihr Auge über die Gegend, aus der wir gekommen waren, gleichsam als erwartete sie von dort etwas.

Das Vertrauen, das meine Gefährten in die Angaben der Javanerin gesetzt hatten, war einem tiefen Mißtrauen gewichen, von nun an beobachteten wir jede ihrer Bewegungen. Wir ertappten sie auch gar bald dabei, wie sie, scheinbar absichtslos, die Zweige der Dornenbüsche einknickte, offenbar in der Absicht, etwaigen Verfolgern ein Zeichen zu hinterlassen.

Nun befahl ich Düwell und fiebert, das Weib in die Mitte zu nehmen und jeden Versuch, eine Spur zu hinterlassen, zu vereiteln.

Sie merkte bald, daß wir sie durchschaut hatten und ging nun verdrossen weiter.

Die ersten Sonnenstrahlen fanden uns dem Wasserfall gegenüber auf einem fast steil abfallenden Abhang. An dieser Stelle schien mir ein Abstieg in das Flußbett unmöglich. Auch Gyßler teilte meine Meinung. Die Javanin stand mit einem triumphierenden Lächeln an eine Wettertanne gelehnt und weidete sich an unserer Verlegenheit. Sie war augenscheinlich froh, daß sie recht behalten hatte.

So leicht gaben wir jedoch das Spiel noch nicht verloren, wir verfolgten den Bergrücken, der hier eine Biegung nach Süden machte, eine Strecke weit und fanden auch richtig eine Abstiegmöglichkeit. Eine stark geneigte sogenannte Sandreiße fiel ohne Unterbrechung in die Schlucht am Fuße des Berges. Dort verlor sie sich in einem verkrüppelten Baumbestande.

»Hier fahren wir ab!« rief Gyßler. »wir fällen ein paar Laubbäume und benutzen sie als Schlitten. Das gibt eine famose Rodelpartie!«

Ohne sich weiter um die Zustimmung der Kameraden zu kümmern, hieb er ein paar verkrüppelte Bäume um, und lud uns ein, das Gleiche zu tun.

Die Javanin sah diesen Vorbereitungen verständnislos zu. Zu stolz, um zu fragen, ließ sie ihre Augen aufmerksam über die Hantierungen Gyßlers schweifen und warf auch suchende Blicke in der Richtung nach dem Wasserfall.

Als Gyßler dann seinen Rucksack auf die breiten Astgabeln band und sich selbst darauf setzte, lief sie herbei.

»Auf Wiedersehen – kommt bald nach!« rief er, indem er mit den Händen abstieß und erst langsam, dann mit wachsender Geschwindigkeit den Weg hinuntersauste, daß hohe Sandwolken aufwirbelten.

Die Talfahrt dauerte einige Minuten. Als Gyßler unten aufstand und den Hut schwenkte, fragte ich:

»Wer kommt nun an die Reihe? Düwell, geht das Weib mit uns oder bleibt sie hier? Rücksicht wird nicht genommen!«

Liebert stieß sich bereits ab. Auch er kam unten glücklich an und winkte froh hinauf.

135

»Das Weib fürchtet sich,« sagte Düwell. »Sie will auf keinen Fall allein zurückbleiben, denn sie scheint wirklich Angst zu haben, daß sie der Häuptling verfolgen wird.«

»Dann nehmen Sie sie mit sich! Hier, der Baum ist breit genug für zwei Personen. Den Rucksack behalten Sie auf dem Rücken!«

Es kostete viel Mühe und bedurfte langer Reden, ehe sich die Javanin entschloß, das neuartige Verkehrsmittel zu benutzen. Auch Düwell war mit der Leitung des primitiven Rodelschlittens nicht vertraut. So kam es denn, daß er auf halbem Wege seine Beine bis an den Leib in den Sand bohrte und stecken blieb. Alle Anstrengungen, sich zu befreien, blieben erfolglos. Ich stieß nun als Letzter ab und hatte die Richtung so gut berechnet, daß ich dicht an den beiden vorüberglitt. Durch einen Fehler beim Bremsen konnte ich Düwells Hand nicht ergreifen, sondern faßte nur das Laub. Das hielt ich denn auch fest. Durch mein Gewicht riß ich dann die beiden los. Unglücklicherweise gab Düwell meinem Rufen keine Folge und so wurde er, mit der Javanin im Arm, platt auf dem Rücken liegend, hinter mir hergeschleift. Da ihm der Rucksack als Bremse diente, landete er ohne Schaden, aber unter dem Gelächter der Gefährten, unten an.

»Nun aber vor allen Dingen frühstücken!« rief Liebert. »Einen solchen Hunger wie heute habe ich lange nicht verspürt.«

Ohne Widerspruch warfen wir uns an einer dichten Stelle in das dürre Gras und verzehrten eine Ente nach der andern.

Der Javanin bemächtigte sich jetzt eine seltsame Unruhe. Sie lauschte angestrengt nach dem Flusse hinüber und versuchte einige Male aufzustehen, um sich umzuschauen.

Düwell ermahnte sie zur Ruhe und sagte ihr offen, daß wir sie für eine Verräterin halten müßten, wenn sie sich nicht unsern Anordnungen fügte. Er ließ dabei durchblicken, daß wir sie, im Falle unser Verdacht sich bewahrheitete, unfehlbar töten und ihren Körper den Geiern vorwerfen würden.

Die Drohung wirkte. Gedankenvoll starrte sie ins Leere, dann wollte sie wissen, was wir tun würden, wenn uns der Häuptling einhole.

»Den schießen wir einfach nieder und lassen ihn liegen. Die Aasvögel werden ihn schon begraben.«

Vei diesen Worten zuckte das Weib zusammen und blickte unwillkürlich um sich, als ob sie einen Weg zur Flucht suche. Diese Bewegung, so rasch sie auch ausgeführt wurde, gab unserm Verdacht neue Nahrung.

Gyßler wandte sich mit einer drohenden Bewegung an das Weib: »Jetzt sage uns endlich einmal die Wahrheit. Hat dich der Sadjohäuptling wirklich geraubt und gefangen fortgeführt?«

»Ja!« nickte sie.

»Wie kommt es denn, daß du diese Gegend so genau kennst?«

Verlegenes Schweigen. Als Gyßler zum Revolver griff, brach die Javanin in Tränen aus.

»Weil ich bereits einmal entflohen bin. Am See wurde ich wieder eingefangen!«

»Warst du allein?«

»Nein, mit einem Malaien aus unserer Farm bin ich geflohen. Er hatte meine Spur gefunden und holte mich.«

»Und was wurde aus ihm?«

Ein Lächeln glitt über die schönen Züge:

»Sein Kopf steht im Tempel.«

Die zynische Gebärde, die diese Antwort begleitete, jagte uns einen Schauder über den Rücken. Unwillkürlich rückten wir ab von dem dämonischen Weibe.

Gyßler fuhr fort:

»Woher wußte der Häuptling von deiner Flucht und dem Wege, den ihr einschlugt. Hinterließest du Zeichen?«

Die Frau blieb stumm, aber in ihren Augen lag die Bestätigung.

»Ich weiß, daß du auch heute Zeichen hinterließest,« sagte der Schweizer, »wenn uns der Häuptling findet, wirst du vor ihm sterben, denn damit hast du uns verraten, vermeide also jede Bewegung, die unsern Verdacht bestätigen könnte, denn von diesem Augenblick an lassen wir dich keine Sekunde mehr unbeobachtet.«

»Dch begreife die Beweggründe nicht, die das Weib dazu veranlassen, dem Häuptling auf diese Art Männer auszuliefern, die nur ihr Gutes wollen. Denn in Wirklichkeit ist ihr die Gefangenschaft gar nicht so unangenehm.«

»Mein lieber Gyßler, das Problem der weiblichen Psyche wird niemals vollkommen gelöst werden. Hier scheint die Triebfeder in dem Bestreben zu liegen, den Häuptling zur Eifersucht zu reizen. Daß sie dabei Menschenleben opfert, läßt sich durch eine perverse Eitelkeit erklären, vielleicht spielen auch andere Motive mit. Wir müssen jedenfalls damit rechnen, daß uns der Sadjo nachsetzt, wenn er auch wohl kaum die Spur der Rodelpartie findet. Der Sand hat keine Spur hinterlassen.«

»Wenn er oben die frische Baumfällung sieht, wird er auch wissen, welchen Weg wir eingeschlagen haben. Immerhin halte ich es für geraten, unser Hauptquartier in eine andere Gegend zu verlegen. Irgendwo findet sich eine Stelle mit freiem Ausblick, an der wir ruhig schlafen können, denn ich muß sagen, daß ich mich nach einer längeren Ruhe sehne.«

Eine Viertelstunde später arbeiteten wir uns im Bette eines kleinen Baches in östlicher Richtung durch einen undurchdringlich scheinenden Urwald. Um etwaige Verfolger zu täuschen, blieb ich etwas zurück und brach, wie ich es bei der Javanin gesehen, kleine Zweige in der Richtung auf den Wasserfall ab. Dann trat ich in den Bach und folgte den Gefährten, vorher überzeugte ich mich, daß uns niemand beobachtet hatte.

Einen zur Verteidigung wie geschaffenen Platz fanden wir auf einer Anhöhe, die ein Teich krönte. Ich hielt ihn für einen alten Krater, denn die Umwallung und die ganze lavaübersäte Umgebung sprachen dafür. Allerdings barg der Teich Fische in großer Anzahl. Dürres Holz, das ein Orkan von den umliegenden Felswänden heruntergeworfen haben mochte, lieferte uns gutes Brennmaterial.

»Hier bleiben wir mindestens zwei Tage,« entschied Liebert, »Wenn wir nichts anders bekommen können, leben wir von Fischen, die sind auch nicht schlecht.«

»Ich muß erst schlafen!« rief Gyßler, »sonst bringe ich keinen Bissen herunter. Düwell wird mir Gesellschaft leisten, denn auch ihm fallen die Augen zu. Paßt nur gut auf die Wildkatze auf. Das Weib brütet Verrat.«

Die Warnung war überflüssig. Ich befahl dem Weibe mit meinem Raupennetz Fische aus dem Weiher zu fangen und bedeutete ihr durch Pantomimen, daß sie keinen Laut von sich geben dürfe. Sie ging auch gehorsam an das Wasser und bewies eine solche Geschicklichkeit beim Fange der Fische, daß ich schon nach einer halben Stunde abwinkte, – Die Javanin schien aber an dem Geschäft Geschmack zu finden. Als ich ihr das Netz wegnahm, streifte sie den Sarong ab und sprang in den Teich, um den Fang mit den Händen fortzusetzen.

Liebert lehnte an der natürlichen Brustwehr des Kraters und schnitzte spitze Hölzchen, an denen die Fische geröstet werden sollten. Plötzlick bemerkte ich, daß er angestrengt in die Ferne blickte, dann langsam von dem Stein glitt und auf mich zukam. Möglichst unauffällig sagte er:

»Unten am Wasserfall sind Wilde. Ich zähle fünf Männer. Sorgen Sie dafür, daß die Braune dort kein Zeichen gibt.«

Die Nachricht ließ mich auffahren, sofort hatte die Javanin die Bewegung erspäht. Mit einem Satze war sie aus dem Wasser und machte Miene, an die Umrandung zu laufen. Ehe sie aber dorthin kam, flog ihr Lieberts Decke über den Kopf. Im nächsten Augenblick krümmte sie sich unter den eisernen pommerischen Fäusten am Boden. Wenn aber Liebert geglaubt hatte, ein schwaches Weib vor sich zu haben, dann wurde er jetzt eines Besseren belehrt. Die Javanin gebärdete sich wie rasend und entwickelte gewaltige Kräfte, die ihr bei der unglaublichen Geschmeidigkeit ihres Körpers um ein Haar die Freiheit gebracht hätten. Zum Glück kam Düwell, den ich mit Gyßler geweckt hatte, dem Gefährten zu Hilfe. Die rasende Frau wurde solide gebunden und geknebelt und dann vor die Läufe unserer Büchsen an der Brüstung niedergelegt. Sie sollte ohne Gnade getötet werden, wenn uns durch ihr Zutun etwas zustieße.

Mit dem Fernglase beobachtete ich das Treiben der Wilden, die allem Anscheine nach von dem Berge hinuntergestiegen waren, den uns die Javanin als den einzigen Weg bezeichnete. Die Männer kletterten wie die Affen in den Steinen um den Wasserfall herum, der anscheinend gar keinen Übergang über das Gebirge bildete, wie ich bemerken konnte, schauten sie in die Spalten der Felsen. Einer sprang mit einem kühnen Satze sogar durch das fallende Wasser, wahrscheinlich um dort nach uns zu suchen. – Das dauerte so eine halbe Stunde lang. Die Wilden traten hierauf zusammen, betrachteten die Höhen ringsum, als ob sie dort die Feinde vermuteten und gingen dann auseinander. Sie suchten den Wald ab.

Mit begreiflicher Spannung verfolgten wir jeden Schritt der Wilden, wir sahen sie den Lauf des Flusses absuchen und oft ratlos zu den Bergen emporblicken. Augenscheinlich vermuteten sie uns dort irgendwo versteckt. Die Hartnäckigkeit, mit der die Männer gerade an jener Stelle nach unsern Spuren suchten, bewies uns, daß die ganze Fluchtkomödie von dem Weibe aus irgendeinem Grunde absichtlich in Szene gesetzt sein mußte.

Gyßler hielt das der Frau in harten Worten vor und ließ ihr keinen Zweifel darüber, daß sie als erstes Opfer fiele, wenn die Verfolger Miene machen sollten, uns in unserm Lager anzugreifen. Die Rede machte jedoch keinen Eindruck auf die Frau, denn ihre Augen blickten so teilnahmslos in die Welt, als ob sie die ganze Sache nichts anginge.

Einer der Wilden entfernte sich in der Richtung nach dem Bache, an dessen Ufern wir gerastet hatten. Dort fand er bald die von mir absichtlich gezeichneten Büsche, zu denen er sich neugierig niederbeugte. Auf seinen Ruf liefen auch die übrigen zu der Stelle, und nun begann eine eifrige Debatte, deren Gegenstand die eingezeichneten Büsche zu sein schienen.

Liebert, der das zuerst sah, machte mich darauf aufmerksam.

»Die Wilden zerbrechen sich den Kopf darüber, wer wohl die Büsche eingeknickt haben könnte. Sie erkennen am Bruch, daß das nicht von der Hand der Frau geschehen sein kann. – Ich fange an zu glauben, daß die Männer nicht uns, sondern nur das Weib suchen.«

»Der Gedanke kam mir schon, als ich nur fünf Leute bemerkte. Sie mußten doch wissen, daß unserer vier ihnen ebenbürtig gegenüber ständen, falls es zum Kampfe käme. Und für so leichtsinnig halte ich die Wilden nicht, daß sie sich unüberlegt in ein gefährliches Abenteuer stürzen, wenn sie nur das Weib haben wollen, dann mögen sie ruhig kommen. Ich bin froh, wenn wir die wilde Katze los werden, obschon sie uns als Führerin gute Dienste getan hat.«

Unten am Bache war man sich, wie es sich zeigte, einig geworden, die weitere Umgebung des Ortes systematisch abzusuchen. Die Männer verteilten sich rechts und links des Bachufers und verschwanden, durch das Buschwerk unsern Blicken entzogen, in dem Walde.

»Jetzt werden sie unsere Frühstücksstelle finden und erst recht nicht wissen, woran sie sind. Besonders die leere Konservenbüchse dürfte ihnen Kopfzerbrechen machen,« sagte ich lachend zu meinem Nachbar. »Ich sehe im Geiste die dummen Gesichter, die von denen der Affen nicht sehr verschieden sein werden.«

Düwell, der an der andern Seite des Kraters Ausguck hielt, kam gebückt zu uns herangesprungen:

»Obacht, dort unten kommt ein Wilder. Gleich wird er unsere Fährten finden.«

»Ich denke, wir machen uns bemerkbar,« sagte ich, meine Büchse schußbereit haltend. »Es hat keinen Zweck, jetzt noch Verstecken zu spielen, denn nun können wir doch nicht mehr ungesehen weiterziehen.«

Als kein Widerspruch erfolgte, erhob ich mich langsam und blickte über die Brustwehr. Dort stand, keine zehn Schritte entfernt, ein Wilder und spähte eifrig nach den von uns hinterlassenen Fährten. Er war so vertieft in seine Untersuchung, daß er mich erst bemerkte, als ich mich leise räusperte. Dann aber fuhr der Kopf in die Höhe, und nun bot sich mir ein Anblick, der mich zum Lachen reizte und meine Kameraden an meine Seite rief.

In den Zügen des Mannes spiegelte sich unverhohlenes Entsetzen beim Anblick der vor ihm aus dem Boden wachsenden Köpfe mit der unbekannten Kopfbedeckung. Da er von unsern Körpern nichts wahrnehmen konnte, war es erklärlich, daß ihn die unvermutete Erscheinung tatsächlich jeder Bewegungsmöglichkeit beraubt hatte. Seine Lanze entglitt seinen Händen und große Schweißtropfen bildeten sich in dem vor Schrecken erdfahlen Gesichte. Keines Wortes mächtig, blieb er mit starr auf uns gerichteten Augen stehen.

Besser als dieser Anblick konnte uns nichts von der Harmlosigkeit der Wilden überzeugen, wir wußten jetzt, daß die Leute nur die Entflohene suchten. In der Absicht, dem Manne das Versteck des Weibes zu zeigen, erhob sich Liebert und sprang mit einem Satze auf die Brustwehr.

Diese turnerische Leistung löste den Bann des Wilden. Ein rauher Schrei entfuhr seinen Lippen, und ohne nur die Lanze aufzuheben, rannte er mit allen Zeichen der Angst den Hang hinunter in den Wald.

»Das verstehe ein anderer,« rief Liebert kopfschüttelnd. »Ist denn hier die ganze Gegend verhext? Aus dem Weibe werde ich nicht klug; in der Art ihrer Reden finde ich keinen Sinn, und nun kommen noch die Männer und gebärden sich wie Irrsinnige! Ich bin neugierig, wie sich das noch entwickelt!«

»Da uns die Javanin nicht mehr schaden kann, dürfen wir sie nun auch befreien,« sagte ich und bat Düwell die Frau losbinden.

Sie fauchte wie eine wirkliche Wildkatze und wenn nicht die Furcht vor den Gewehren sie zurückgehalten hätte, so wäre Düwell wahrscheinlich sehr übel zugerichtet worden. Ihn trafen die ersten Wutausbrüche, und es waren nicht gerade schmeichelhafte Ausdrücke, die er zu hören bekam.

Gyßler setzte die Javanin von der Anwesenheit ihrer Freunde in Kenntnis. Sie starrte den Kameraden ungläubig an und sprang auf den Rand des Rraters um sich von der Wahrheit seiner Worte zu überzeugen. Als sie niemand sah, kletterte sie wieder herab und drang nun in Düwell, der ihr sagen sollte, daß Gyßler sie nur habe erschrecken wollen.

»Wieso sollte dich die Nachricht erschrecken?« fragte Gyßler. »Du hast die Leute doch selbst auf unsere Spur gelockt. Das tut man doch nicht, wenn man sie fürchtet.«

Diese Worte trafen die Javanin wie Peitschenhiebe.

»Wen habe ich auf unsere Fährte gelockt?« schrie sie mit zischender Stimme. »Glaubst du, weißer Mann, daß mich der Häuptling mit euch fortgehen ließe? Er wird mich töten, wenn er mich findet. Sage, sprich, es war nicht wahr was du sagtest?«

Ein Zittern lief durch die schlanke Gestalt und ein unverkennbarer Zug tiefster Angst prägte sich in dem Gesichte der Frau aus. Wir alle waren in diesem Augenblicke überzeugt, daß sie tatsächlich die Wahrheit gesprochen hatte.

»Die Sache wird immer rätselhafter,« sagte ich zu Gyßler gewendet. »Fragen Sie doch nochmal, ob wir wirklich eine Verfolgung des Häuptlings zu fürchten haben, oder ob die ganze Erzählung Humbug war. Wir müssen endlich klar sehen.«

Unterdessen hatte der so überstürzt davongelaufene Wilde seine Begleiter herbeigeholt und sie an den Fuß unserer Anhöhe geleitet. Sie standen in größerer Entfernung hinter den Bäumen und berieten augenscheinlich, wie sie sich uns gegenüber verhalten sollten.

Ich zog das Mädchen an die Umwallung und zeigte ihr die im goldenen Schein der untergehenden Sonne sich plastisch von dem helleren Hintergrunde abhebenden Männer. Scheu hob sie den Kopf und blickte lange und angestrengt zu der lebhaft gestikulierenden Gruppe herüber. Dann wandte sie sich um. Ihre Mienen drückten keinerlei Aufregung aus.

»Nun, wer ist das?« fragte Gyßler.

»Ich kenne die Männer nicht. Es sind keine Sadjo,« antwortete sie achselzuckend. »Der Häuptling kann auch noch gar nicht in das Dorf zurückgekehrt sein.«

»Es wird besser sein, wenn dich die Männer dort unten nicht in unserer Mitte sehen,« sagte nun Düwell. »Wenn sie mit den Verfolgern zusammentreffen, können sie dich nicht verraten.«

»Fürchten sich die weißen Männer vor dem Sadjohäuptling?« fragte mit blitzenden Augen die Javanin.

»Wir fürchten keinen Menschen. Wir wollen aber auch kein Blut vergießen, wenn es nicht nötig ist. Wenn der Häuptling uns einholen sollte, steht es dir frei zu ihm zurückzukehren, aber kämpfen werden wir nicht mit ihm!«

»Also werdet ihr mich seiner Gewalt wieder ausliefern?«

»Das hängt ganz von dir ab. Benimmst du dich so verräterisch wie heute morgen, dann mag er dich mitnehmen. Willst du aber wirklich nicht in seine Hütte zurückkehren und uns begleiten, dann füge dich den Befehlen unseres Führers.«

Während Düwell diese Unterhaltung mit dem Weib pflog, hatte Gyßler eine Verbindung mit den Eingeborenen hergestellt. Auf ein in der Budjisprache zugerufenes Begrüßungswort, gaben die Wilden Antwort und liefen auch nicht davon, als Gyßler nun über den Rand sprang und zu ihnen hinabstieg.

Das Resultat der Unterredung war ein durchaus zufriedenstellendes. Diese Eingebornen, deren Dorf wir in der Dunkelheit in nächster Nähe passiert hatten, fanden in der ersten Morgenstunde bereits unsere Fährten. Da diese in eine unbewohnte Gegend führten, verfolgten sie dieselben und glaubten, daß es auf die Nester der zahlreich an den Hängen des Wasserfalles lebenden großen Tauben abgesehen war, deren Eigentumsrecht sie für sich beanspruchten.

Über den Stamm der Sadjo befragt, bestätigten sie die Abwesenheit des Häuptlings, der wegen seiner Grausamkeit gefürchtet war. Das Dorf, in dem wir uns als Gäste aufgehalten hatten, sei nicht die eigentliche »Residenz« der Sadjo. In dem Dorfe wohnten fast nur Gefangene. Es ging auch die Sage, daß eine fremde Frau dort gefangen gehalten werde.

»Und wo befinden wir uns jetzt?«

»Das Land der Orang-Budji beginnt auf der andern Seite des Gebirges. Der Stamm wird für ebenso kriegerisch gehalten wie die Sadjo und man gibt uns den Rat sehr vorsichtig zu sein, denn mit den weißen Männern lebten die Budji im Kriege.

»Wohin gehen die Männer jetzt? Bleiben sie über Nacht hier?«

»Sie übernachteten in den Felslöchern am Wasserfalle, weil sie die Geister fürchten, die hier allnächtlich ihr Unwesen treiben.«

»Hm, demnach müssen wir wieder einmal bei Nacht und Nebel abziehen,« erwiderte ich. »Der Schlaf wäre uns allen so notwendig wie das Wasser. Und das alles verdanken wir nur dem Weibe dort.«

»Nicht ungerecht sein,« entgegnete Liebert. »Auch ohne die Frau wären wir in diese Zwickmühle geraten, im Gegenteil – wir säßen dann noch tiefer in der Patsche. Das arme Wesen, mag es nun verrückt sein oder nicht, nehmen wir jedenfalls noch mit uns; d. h.

wenn es will. Wir schlafen jetzt abwechselnd jeder vier Stunden und um vier Uhr brechen wir auf. Gyßler wird sich wohl über den Weg informiert haben.«

»Allerdings« – erwiderte dieser. »Aber wir wählen einen andern, wir könnten sonst die Verfolger bald auf den Fersen haben.«

Es wurde mir recht sauer um ein Uhr aufzustehen. Aber da auch die Gefährten sich mit den kurzen vier Stunden begnügten, überwältigte ich meine Schlaftrunkenheit und begann das Frühstück zu bereiten, zu dem wir heute die übrig gebliebenen wohlschmeckenden Fische braten wollten. Ein kurzes Bad in dem Teiche verscheuchte vollends die Müdigkeit.

Punkt vier Uhr weckte ich meine Kameraden und die »Wildkatze«, wie wir die Javanin nun nannten, und bereiteten uns zum Abmarsch vor. Diesmal übernahm ich die Führung, trotz der Proteste des Mädchens, das mit aller Gewalt zu dem Wasserfall zurückkehren und dort über das Gebirge gehen wollte. Keiner von uns zeigte aber das geringste Verlangen nach einer halsbrecherischen Kletterpartie, und so behielten wir schließlich unsern Willen. –

Achtes Kapitel.

Vier Tage lang hielt uns ein wilder Urwald gefangen. Dem Bette des Baches folgend, waren wir in der dunklen Morgenfrühe in das schützende Dickicht eingedrungen und mit der Zufriedenheit, die aus dem Gefühle persönlicher Sicherheit entspringt, frohgemut waldeinwärts gewandert. Anfangs verhinderte die Dunkelheit einen Einblick in das sich mehr und mehr mauerartig um uns schließende üppige Pflanzenleben. Als wir dann an dem etwas lichteren Scheine unter den Bäumen bemerkten, daß der Tag angebrochen sein müßte, hatten wir bereits einen weiten Weg zurückgelegt.

Unsere Uhren zeigten die zehnte Vormittagsstunde, als wir einen gestürzten Waldriesen als Sitzgelegenheit für unsere erste Rast auswählten. Über uns wölbte sich in fünfzig Meter Höhe ein undurchdringliches Laubdach, das ein, jeden Sonnenstrahl aufsaugendes Schattensegel ersetzte. Aus dem fußtiefen Moderbett des Waldbodens kletterten kräftige Lianen in verschlungenen und verknoteten bizarren Windungen an den gewaltigen Stämmen empor, um droben in luftiger Höhe ihre Blüten und Früchte der Allmutter Sonne darzubringen. Die zahllosen Wasserläufe belebten ihre Ufer mit einer üppigen Fülle von breitblätterigen Pflanzen. Stachelige Ranken krochen aus den dornbewehrten niederen Büschen und schoben lange Ausläufer über den feuchtwarmen Boden. Ebensoviele schmerzhafte Fußangeln für den arglosen Wanderer.

Während ein lustiges Feuer für eine regelrechte Mahlzeit sorgte, besann ich mich auf meine Führerpflicht. Mit Gyßlers Unterstützung erkletterte ich einen einsam in dieser herrlichen Umgebung trauernden, etwa zehn Meter hohen Felsblock, dessen Gipfel ein Baum krönte. Von dessen obersten Zweigen aus sah ich, in die Glut des Sonnenlichtes gebadet, eine weißgetünchte, baumlose Felsenwand über den Horizont gebreitet. Sonst verhüllten die meinen luftigen Sitz weit überragenden Waldriesen jeden Fernblick.

Unten beriet ich mit den Gefährten über den einzuschlagenden Weg. Da uns die Karte einen Höhenzug als Rückgrat des Nordarmes der skelettartigen Insel zeigte, entschlossen wir uns, die eingeschlagene Richtung beizubehalten und darauf Bedacht zu nehmen, daß der Höhenzug unser steter Begleiter blieb. Wenige Stunden nach diesem Beschluß zwang uns der Bach, dessen Lauf bisher als Führer angesehen worden war, einen mit fast undurchdringlichen Pflanzen-, Dornen- und Rankengewirr überzogenen Geröllhaufen zu durchklettern. Ohne daß es in unserer Absicht gelegen, gelangten wir dadurch in eine tiefe Mulde jenseits des Geröllbergs. Ich hatte vor, letzteren als Brücke zum Fuße des Berges zu benutzen.

Meine Kameraden hieben bereits Breschen in die feste grüne Wand, als sich plötzlich die Masse auf der sie standen, seitlich in Bewegung setzte und mit lautem Gepolter in das Gewirr untertauchte. Dort, wo sie verschwunden waren, gähnte eine weite Öffnung.

Ich war mit der »Wildkatze« etwas zurückgeblieben, um einige seltene Kriechtiere zu sammeln und Holzproben in die Säcke zu packen. Mit begreiflichem Schrecken stürzte ich bei dem Getöse zu der Unglücksstelle und lauschte angestrengt in die Tiefe. Bange Minuten vergingen, ohne daß sich irgend etwas rührte. Da war es dieJavanin, die ihre Entschlossenheit zuerst wiederfand. Ohne einen Laut zu sagen, trat sie an die Bruchstelle und eilte vorsichtig, einen Fuß vor den andern setzend, den steilen Berg hinunter. – Nun folgte auch ich. Die schwere Traglast machte mir in dem unsicheren Geröll viel zu schaffen. Rutschend und stürzend, mit den Händen in dem verworrenen Dornengeflecht Halt suchend, arbeitete ich mich abwärts. Mein Herz klopfte hörbar in dem Angstgefühl bald vor den verunglückten Gefährten zu stehen.

Auf halbem Wege erreichten die so sehnlichst erwarteten Stimmen mein Ohr:

»Hallo, Kamerad!« hörte ich Düwell rufen.

»Hallo, wie geht es euch, seid ihr gesund?« gab ich zurück.

»Kommt schnell, wir brauchen Hilfe!«

Nun hielt mich auch die Rücksicht auf meine Sammlungen und meine Kleider nicht mehr. Mit einem Ruck stieß ich mich, auf einem breiten Steine stehend, ab und bald sauste auch ich durch das Dornendickicht, daß mir Hören und Sehen verging.

Ich landete in einer Mulde, halb besinnungslos. Düwell sprang mir bei und half mir aufstehen. Etwas entfernt bemerkte ich Gyßler und das Mädchen bei harter Arbeit.

»Liebert ist halb verschüttet!« sagte Düwell. »Der Kopf ist frei, aber der ganze Unterkörper steckt im Geröll. Er muß große Schmerzen leiden, denn er antwortet nicht.«

Vergessen waren die eigenen Schmerzen. Ich stürzte zu der Unglücksstätte und rief den Freund an. Mit bebenden Händen suchte ich die Feldflasche:

»Liebert, Freund, hören Sie mich? Hier trinken Sie einen Whisky, schnell!«

Ich hielt ihm die Blechflasche an den Mund und bemerkte mit großer Freude, daß er das belebende Getränk schluckte. Um ihm Mut einzuflößen, rief ich:

»Das ist recht! Freunde, er kann trinken. Dann hat es keine Gefahr. Nun fest an die Arbeit.«

Die Javanin arbeitete mit einem Eifer, den man in dem zerbrechlichen Körper nicht gesucht hätte. Sie lag lang ausgestreckt auf dem Geröll und warf in rasender Eile Stein auf Stein in die Mulde. Sie verringerte in ganz kurzer Zeit die Last, die auf der Brust des Kameraden lag und arbeitete dadurch Gyßler in die Hände, der auf der andern Seite an der Freilegung des Unterkörpers arbeitete. Der Verunglückte lag auf der Seite in halbaufrechter Stellung. Mit Düwell ging ich daran, das Nachrutschen der Massen zu unterbinden und den Kopf des Gefährten zu sichern. Liebert selbst, durch den Trunk belebt, begann, in richtiger Erkenntnis seiner gefährlichen Lage, vorsichtig das Rettungswerk zu unterstützen. Er schälte seinen rechten Arm aus der Umklammerung und half mit schwachem Griff die drückenden Steine aus dem Wege zu räumen.

»Fühlen Sie Schmerzen, Liebert?« fragte ich, als ich seinen vollen Blick auf mich gerichtet sah.

»Nein, nur der Druck auf die Hüftknochen wird unerträglich. Er droht mich zu ersticken. Bitte, arbeiten sie dort zuerst weiter.«

Wir kamen seinem Wunsche nach. Aber es dauerte noch lange bange Minuten, ehe der Verunglückte uns sagte, daß er nun leichter atmete.

Drei Stunden lag der Mann eingeschnürt in eine Masse von Geröll und unentwirrbar ineinander verwachsenen Schlingpflanzen, letztere retteten ihn vor dem Ersticken, denn sie hatten sich derart über seinen Körper gebettet, daß er wenigstens atmen konnte.

Dieser Sturz hatte uns gezwungen, den Weg durch den dicht verwachsenen, nie von eines Menschen Fuß betretenen Urwald fortzusetzen. Jeder Meter mußte mit dem Beile ausgehauen werden. Waren in sechs- bis achtstündiger Arbeit wenige hundert Meter freigelegt, dann holten wir den kranken Kameraden auf der Bahre nach. In der javanischen Frau fand er eine besorgte Pflegerin. Jetzt, wo sie der eigenen Ortsbestimmung nicht mehr zu folgen vermochte, war die Frau umgewandelt. Der Übermut war einer ruhigen, besonnenen, fast abweisenden Ruhe gewichen. Sie besorgte die Überwachung des Kranken und, als endlich die Büchsen wieder ihre laute Stimme erschallen lassen durften, briet sie die erlegten Wildbretarten und erledigte alle die mit der leiblichen Nahrung zusammenhängenden Arbeiten.

Am vierten Tage nach Beginn dieser an Entbehrungen und Strapazen reichen Wanderung durch den jungfräulichen Urwald, erblickten wir vor uns einen langgestreckten, dunkelblau glänzenden See, der rings von Bergen eingeschlossen war. Nur an seinem fernen, entgegengesetzten Ende deutete ein schwarzer Strich den Wald an.

Mit einem Jubelrufe begrüßten wir den so lange entbehrten Sonnenschein. Mit vollen Zungen tranken wir die frische klare Luft und erwarteten mit Ungeduld den Augenblick, wo uns das klare Wasser ein so notwendiges Bad erlaubte.

Daß wir uns nach den fürchterlichen Quälereien im Walde hier ein paar Ruhetage gönnen würden, war jedem von uns auch ohne Verabredung klar.

Liebert, der schwere Quetschungen davongetragen hatte, machte hier in dem belebenden Sonnenlichte seine ersten Gehversuche, die aber noch nicht zufriedenstellend ausfielen. Wir beschlossen demnach, so lange an Ort und Stelle zu verweilen, bis der Kamerad wieder »auf eigenen Füßen« weitermarschieren konnte.

Wir bauten unter einem Viereck von breitästigen Bäumen einen Rancho, wie ich dies in Südamerika zu tun pflegte. Da uns Schilf in genügender Menge zu Gebote stand, flochten wir in die Mitte eine den Raum in zwei Zimmer teilende Wand und bildeten aus Lehm eine regelrechte Kochstelle vor dem so hergestellten Landhause. Lagerstätten bereitete die Javanin aus Palmenwedeln, Schilf und einer dicken Schicht weichen Grases.

Mit der Errichtung unserer Wohnstätte war der Nachmittag dahingegangen. Da uns noch genügend Nahrungsmittel zu Gebote standen, beschlossen wir die Untersuchung der Gegend auf den nächsten Tag zu verschieben. Vor jedem menschlichen Besuche wußten wir uns hier sicher und etwa herumstreifende Krokodile mußte eben der Wachthabende verscheuchen.

In der Morgenwache beehrte uns doch ein Besuch. Düwell weckte mich eben zur Ablösung, als ein Geräusch, das wie das Hüsteln eines Menschen klang, uns zu den Waffen greifen ließ. Wir warteten eine kleine Weile und gingen, als alles still blieb, hinter die Hütte, um nachzusehen, was das Geräusch hervorgebracht haben könnte. – Von einem der Durianbäume löste sich bei unserm Erscheinen eine dunkle Gestalt und drückte sich mit langsamen, ruhigen Bewegungen hinter die Stämme.

Wir blickten uns an.

»Schießen?« fragten wir wie aus einem Munde.

»Nein – so lange kein Angriff erfolgt.«

Dann aber durchschoß mich der Gedanke an die vergifteten Pfeile und mit rascher Bewegung zog ich den Gefährten in die Deckung. Wenige Minuten später hob sich die Gestalt mit einem wiegenden Schwung in die Äste. Einer der rätselhaften Affen hatte seine Neugierde befriedigt.

Der nächste Tag galt der Erkundung der nächsten Umgebung. Liebert hatte es übernommen, im Verein mit seiner Pflegerin etwas Ordnung in unsere Kleidung zu bringen. Der Marsch durch die Dornen und das Gestrüpp hat unsern Anzügen den Rest gegeben; was bis zu der Geröllkatastrophe noch an unserm Körper gehaftet, hing jetzt in Fetzen von den Gliedern. Zum Glück befanden wir uns in einer Umgebung, die keine Anforderungen an die Bekleidung stellte, ja, diese sogar lächerlich fand. Gyßlers Schuhe verdienten den Namen schon gar nicht mehr. An dem einen hing die Sohle herab und der andere hatte überhaupt keine mehr. Die Jagd mußte uns über alle diese Mängel hinweghelfen.

Das Ufer des Sees erwies sich als äußerst belebt. Zahlreiche Wasservögel nisteten an den sandigen Rändern und in dem dichten Schilf. Auf einer mit saftigem Gras bestandenen Waldeinbuchtung weideten Büffel und Bergschafe. Schildkröten belebten die Sandbänke und große Fische sprangen spielend über die Oberfläche. Von den Spuren menschlicher Anwesenheit war nichts zu entdecken. Auch zeigte das Benehmen der Tiere, daß ihnen das größte und grausamste aller Raubtiere – der Mensch – bisher noch unbekannt war.

Am nächsten Tage, während die Felle der erlegten Tiere in der Sonne trockneten, um ihrer Bestimmung als menschliche Körperbedeckung entgegenzureifen, untersuchten wir die Berge, die den See einschlossen. Der linke Teil fiel glatt und steil aus großer Höhe hinab. Dort blieb nicht einmal ein fußbreiter Raum, um das Ufer zu begehen. Das Gebirge zur rechten Hand, weniger steil, aber immer noch wild genug, um an die Kletterkunst des vermessenen, der sich in seine Wände wagte, die höchsten Anforderungen zu stellen, deutete auf vulkanischen Ursprung. Da die Karte in einer Entfernung von fünfzig Kilometer von der Küste einen Vulkan angab, erfüllte uns schon frohe Hoffnung auf baldige Erlösung aus unserer kritischen Lage.

»wir sitzen wieder einmal in einer Mausefalle,« sagte Gyßler, als er seine Augen prüfend über die Berge schweifen ließ.»Rechts und links unübersteigbare Berge, hinter uns ein Urwald mit gefährlichem Hinterlande und vor uns ein viele Kilometer langer See. Dazu kein Fahrzeug!«

»Nun, die Landschaft ist ja paradiesisch schön, verhungern können wir nicht, da uns alles in den Schoß fällt, was wir brauchen – mehr verlangt ja der Mensch nicht vom Leben. Was hindert uns hier zu bleiben?«

»Nein, lieber Düwell, damit bin ich nicht ohne weiteres einverstanden,« erwiderte ich.»Auf mich warten noch andere Weltteile. Zum Leben eines Einsiedlers kann ich übergehen, wenn ich mal alt bin, aber jetzt...«

»Müssen Sie den Menschen in Europa noch zeigen, was für Gewürm in Celebes herumkriecht!« ergänzte Gyßler lachend. »Ich möchte nur wissen, wie wir hier wegkommen sollen. Durch den Wald gehe ich nicht wieder, das ist sicher – lieber bleibe ich hier.«

»Wie wir fortkommen sollen?« fragte ich. »Doch zu Wasser, selbstredend, wir bauen uns ein Floß!«

»Donnerwetter – ja. Daß mir das auch nicht einfiel!« rief Gyßler. »Aber wie lange werden wir arbeiten müssen, um solch einen Riesen zu fällen?«

Und er maß mit den Blicken einen gewaltigen Brotfruchtbaum.

»Ja, lieber Freund, die Riesen können wir auch nicht brauchen. Wir müssen uns ein Holz aussuchen, das auch gut schwimmt. Sonst könnten wir am Ende mitten im See von den Nixen Gastfreundschaft erbitten müssen.«

»Und für Liebert bauen wir ein Haus auf dem Floß. Der arme Kerl,« sagte Düwell, »muß so leiden. Glauben Sie, daß er es übersteht?«

»Wenn er bald an die Küste und in gute Pflege kommt – ja!« sagte ich. »Was hier geschehen konnte, ist und wird geschehen.«

Wir fanden den Kranken bei seinen ersten Gehversuchen und teilten ihm das Resultat unserer Erkundungen mit. Die Überfahrt mit dem Floße fand seinen Beifall.

Nun erschallte der Wald von den Beilschlägen. Bäume gleicher Stärke wurden ausgesucht und gefällt. Zwar war unser Werkzeug für derartige Arbeiten nicht eingerichtet, aber schließlich gelang es doch, die weniger harten Bäume zu Fall zu bringen. Das Idealste wäre ein Bambusfloß gewesen, wie man sie in Borneo hin und wieder findet. Die Stangen waren aber so hart, daß schon bei den ersten Hieben Scharten in die Beile sprangen. Der Versuch mußte wieder aufgegeben werden. Hindernisse aller Art machten die Arbeit zu einer harten Plage, um so mehr, als keiner von uns darin geübt war. Einmal hatten wir das Pech, einen Baum anzuhauen, in dessen ausgehöhlten Astgabeln zahlreiche Bienenschwärme wohnten. Wir bemerkten das erst, als der Baum stürzte, und das erzürnte Volk wütend über uns herfiel. Nur schleunigste Flucht konnte uns retten.

Immerhin trugen wir genug Stichwunden davon, um unsere Körper tagelang gegen die leiseste Berührung empfindlich zu machen.

Acht Tage lang arbeiteten wir in der Gluthitze vom frühen Morgen bis zum Untergang der Sonne. Dann hielten wir die Anzahl der gefällten Stämme für genügend. Weitere drei Tage nahm das Zurechthauen der Bäume in Anspruch und als wir an jenem Abend zu unserer Hütte zurückkehrten, waren unsere Kräfte dermaßen erschöpft, daß wir uns zwei Tage lang nicht einmal zur Jagd aufraffen konnten. Die Javanin mußte uns Fische und Schildkröten fangen und die Nester der Entenvögel ihrer Eier berauben, um uns Nahrung geben zu können.

Eine schwere Arbeit stand uns dann noch in dem Transport der Stämme an den See bevor. Lianen vertraten die Stelle der Taue. Sie dienten auch dazu, den Zusammenhalt der Stämme untereinander herzustellen. Als aber dann das sieben Meter lange und fünf Meter breite Fahrzeug auf den blauen Fluten des Seebeckens schwamm, fühlten wir uns stolz und glücklich. Ruder und Steuer wurden eingefügt und endlich begann der Bau des »Kajütenhauses«. In der Herstellung solcher leichten Bauwerke, deren einziger Zweck die Ruhegelegenheit und Schutz vor der mörderischen Sonnenglut war, hatten wir alle Erfahrung.

Der Tag der Abreise aus dem idyllischen Paradiese, das uns fast drei Wochen lang ein ruhiges, unbekümmertes Leben geboten hatte, erfüllte uns mit einem aufrichtigen Bedauern. In uns allen regte sich der Wunsch, unsern Aufenthalt zu verlängern. Aber einerseits flößte mir Lieberts Zustand Sorge ein und dann war die Javanin seit einigen Tagen wieder im Banne einer seltsamen Unruhe. Sie sprang oft, bei Tage wie bei Nacht, ohne erkennbaren Grund auf, lief in den Wald und setzte sich dann wieder in ihren Winkel, ohne ein Wort zu reden. Auf Fragen gab sie keine Antwort. Wäre Vollmond gewesen, ich hätte sie für mondsüchtig gehalten.

Als das Deckhaus mit Proviant und einem weichen Lager versehen war, holten wir Liebert ab. Er freute sich kindlich, daß er ohne fremde Hilfe den Weg von der Hütte zum Floß zurückzulegen imstande war und wollte nun auch gleich mit an die Arbeit gehen. Das litten wir natürlich nicht.

Mit dem ersten Sonnenstrahle stießen wir vom Lande ab. Sanft und ruhig wiegte sich unser Fahrzeug über den glatten Seespiegel. Die heilige Stille, die uns umgab, löste eine weihevolle Stimmung in uns aus, und in jenem Augenblick eilten manche Dankesworte zu dem Lenker unserer Geschicke, daß er unsere furchtbaren Strapazen durch das Geschenk einer Landschaft belohnt hatte, die der biblischen Beschreibung des Paradieses als Vorlage gedient haben konnte. Zu beiden Seiten warf die blaue Wasserfläche das Spiegelbild der Berge mit einer überraschenden Klarheit zurück. Jede kleinste Falte trat deutlich hervor und oft bildeten sich kontrastreiche Gegensätze, wenn einige der großen Fische unbeweglich in einem Winkel des Faltenwurfes standen. Unwillkürlich eilte dann der Blick in die Höhe, um dort nach dem Unmöglichen zu suchen.

Der nahe Abend veranlaßte uns nach dem rechten Ufer zu rudern, um dort die Nacht zu verbringen. Auch hier fanden wir die Wände unersteigbar, wenn auch weniger glatt, als auf dem andern Ufer.

Mitten in der Nacht störte uns ein dumpfer Donner, dem eine Erschütterung des Wasserspiegels folgte. Sie war so stark, daß der See kleine Wellen schlug und unser Floß etwas Wasser übernahm. Ein Erdbeben! Vielleicht war auch in dem für uns unsichtbaren, aber sicher nicht fernen Vulkan ein Ausbruch erfolgt.

Gegen Abend des nächsten Tages sichteten wir das andere Ufer des Sees. Es war mit hohem Schilf bestanden, an das sich ein Wald anschloß. Das gleiche Bild, wie es das verlassene Ufer aufwies. Nur schnitt, soweit man das im Fernglase feststellen konnte, der See einige Buchten tief in das Land. Menschliche Ansiedlungen waren weit und breit nicht zu sehen.

»Sollen wir versuchen, das Ufer noch heute zu erreichen, oder schlafen wir noch eine Nacht auf dem Floß? Sie haben zu bestimmen,« fragte ich, zu Liebert gewendet.

»Ich weiß es selbst nicht,« antwortete er. »Ich fühle mich hier ganz geborgen, was uns an Land erwartet, wissen wir nicht. Wir können unmöglich mehr weit von der Küste sein und die ist rings um das Kap Coffin bis tief in das Land hinein bewohnt. Leider von Eingeborenen, die gar keine Ursache haben, den Weißen freundlich entgegenzukommen.«

»Libert mag recht haben,« meinte Düwell. »Wenn hier aber Wilde in der Nähe wohnen, dann haben sie auch Kanoes, um den See zu befahren. Sie können uns dann ebensogut mit den Booten umzingeln und ich weiß nicht, wo uns die Verteidigung leichter ist, hier oder am Lande.«

»Hören wir die Javanin,« sagte Gyßler. »Wenn sie damals die Wahrheit gesprochen hat, dann muß sie etwas von den Bewohnern dieser Gegend wissen.«

Die Nachricht, daß wir so nahe bei ihrer »Farm« sein sollten, jagte der Frau einen ungeheueren Schrecken in die Glieder. In, ihren Schilderungen spielte ja ein 5ee eine Rolle. Um sich zu vergewissern, ob dieser See mit dem ihrer Erzählung identisch sein könnte, rannte sie von einem Bord des Floßes zum andern. Sie studierte eifrig die Berge und die vor uns liegenden Uferpartien, konnte jedoch zu keinem Resultate kommen.

»An dem See, an den ich euch geführt haben würde, wohnen böse Eingeborene vom Stamme der Orang-Budji. Dort hätte ich einen Weg zeigen können, auf dem uns niemand begegnet. Ob dieser hier der See ist, weiß ich nicht. Es ist auch zu dunkel, um noch etwas zu erkennen.«

»Dann bleiben wir diese Nacht noch auf dem Floße,« entschied ich. »Morgen früh fahren wir in die Bucht auf der rechten Seite und gehen von dort aus auf Erkundung aus.«

In dieser Nacht beteiligte sich die Javanin an der Wache. Sie lag flach auf den Stämmen und horchte gespannt auf jedes Geräusch. Wenn ein Fisch aus dem Wasser schnellte, griff sie zum Messer. Wir gewannen den Eindruck, daß das Weib uns im Ernstfalle eine wertvolle Hilfe sein konnte.

Als die kühle Morgenbrise einsetzte und das südliche Kreuz den nicht mehr fernen Tag ankündete, setzten wir die Fahrt fort. Vor Sonnenaufgang liefen wir noch in die Bucht ein, die ein breiter Saum hohen Schilfes von dem Walde trennte. Das Rohr war so hoch, daß es unser Floß vollkommen verbarg.

Von nun an suchten wir jedes vordringliche Geräusch zu vermeiden. Da die Bucht auch an Tiefe abnahm, konnten wir uns mit den Rudern vorwärts stoßen.

»Gott sei Dank, hier gibt es Krokodile,« sagte ich, auf ein paar der Reptile deutend, die sich den ersten Strahl der aufgehenden Sonne in den aufgesperrten Rachen scheinen ließen. »Das ist wenigstens ein Schutz vor den Schwimmern.«

Während wir unsere Ansicht darüber austauschten, sprang die Frau plötzlich auf Gyßler zu und deutete mit der Hand voraus: »Dies ist der See, von dem ich sprach. Wir sind aber auf der falschen Seite. Hier wohnen die bösen Wilden. Wir müssen umkehren – rasch!«

Kaum hatten wir dem Fahrzeug eine rückläufige Bewegung gegeben, als es am Ufer lebendig wurde. Wir hörten Stimmen von Männern und Weibern, ab und zu schrien auch Kinder.

»Ob die wohl hier herübersehen können?« fragte Düwell.

»Kein Gedanke, wir sind ja durch das Schilf vollkommen gedeckt. Wenn wir ruhig hier in der Bucht liegen bleiben, kann uns niemand sehen. Allerdings weiß ich nicht, ob die Leute Kanoes besitzen. Ich sehe noch keine, vielleicht weiß es die ›Wildkatze‹.«

Aber die Javanin konnte keine Auskunft geben. Sie war jetzt wieder die herrische Person, als die wir sie damals kennen lernten. Sie verlangte, daß wir ihren Anordnungen Folge leisten sollten. Sie sei hier bekannt und könne uns vor den Wilden retten.

»Ich weiß nicht, ob man ihr trauen kann,« sagte ich, als mir Düwell die Rede des Weibes übersetzte. »Damals spielte sie bestimmt ein Doppelspiel.«

»Wenn man nur daraus klug werden könnte,« seufzte Düwell. »Einmal sollte man meinen, sie sei die Rachegöttin in Person, dann aber betreut sie den kranken Liebert mit einer Hingebung, die eine Schwester nicht übertreffen könnte.«

Gyßler, der eine Weile auf die Reden der Bewohner am Lande gehorcht hatte, sagte jetzt, indem er den Finger an den Mund legte:

»Es sind Orang-Budji. Sie scheinen nicht hier zu wohnen, sondern zu irgendeinem Zweck hier versammelt zu sein. Man spricht von Verbrennen und von Toten.«

»Vielleicht verbrennen sie einen Leichnam?«

»Das glaube ich nicht. So viel ich mich erinnere, werfen sie ihre Toten den Geiern vor.«

Am Ufer erhob sich nun ein furchtbarer Lärm. Dumpfe Trommeln, Blechdeckel, Blasinstrumente und wer weiß, was noch für Dinge vereinigten sich um einen wahren Höllenlärm hervorzubringen. Wir blickten uns alle erstaunt an und fragten uns, was für eine Zeremonie wohl unter Aufbietung derartiger ohrenbetäubender Instrumente gefeiert werden könnte. – Bald drang das Knistern brennenden Schilfes durch den Lärm...

»Die werden doch den Rohrbruch nicht anzünden?« fragte ich besorgt und griff unwillkürlich zum Ruder, um uns aus dieser unangenehmen Nachbarschaft hinweg zu treiben.

Die Javanin fiel mir jedoch in den Arm und legte den Finger auf den Mund. Sie schien zu wissen, was da vor sich ging.

Die Musik verstummte mit einem Schlage. Man hörte einen Mann mit zorniger Stimme reden. Dann setzte der Lärm von neuem ein, und wurde noch durch ein vielstimmiges Geheul und Gejohle verstärkt, aus dem dann und wann ein entsetzlicher Schrei grell heraus schallte.

Nach kurzer Zeit legte sich ein fürchterlicher Geruch verbrennenden Fleisches über die Bucht. Gleichzeitig nahm das Geheul an Stärke ab und nur die Blechdeckel begleiteten die dumpfen Töne der Trommel noch eine Weile.

»Das ist entsetzlich,« sagte Gyßler, und eine Träne stahl sich in seine Augen.

»Wissen Sie denn was da los ist?« fragten wir.

Er nickte stumm und erwiderte:

»Man hat eben einen Menschen bei lebendigem Leibe verbrannt, wenn mich nicht alles täuscht, war es ein Kolonialsoldat – ein Kamerad!«

»Wie? Ist das wahr?« fuhr Düwell auf. »Dann kommen Sie alle mit. Wir werden ihn rächen – Aug' um Auge, Zahn um Zahn.«

»Ruhig, Kamerad!« wehrte Gyßler ab. »weder du, noch wir alle können den armen Menschen wieder zum Leben erwecken, wir können aber dafür sorgen, daß uns nicht ein gleiches Los trifft, indem wir uns den Tag über versteckt halten und in der Nacht die andere Bucht zu erreichen suchen.«

Liebert winkte uns durch Zeichen zu sich.

»Soviel ich aus den wenigen javanischen Worten, die ich inzwischen gelernt habe, entnehme, habt ihr das Weib hier beleidigt. Ihr setzt Zweifel in ihre Ehrlichkeit. Ich glaube aber, ihr tut ihr Unrecht damit. Sie ist uns treu ergeben und sie wird uns gewiß nicht wissentlich in Gefahr bringen. Düwell, rede du mal mit ihr.«

Aus den Reden der Javanin ging hervor, daß sie sich tatsächlich durch unser Mißtrauen schwer gekränkt fühlte. Bei ihrem rachsüchtigen Charakter war ihr wohl zuzutrauen, daß sie uns den Wilden ausliefern würde, umsomehr, da sie selbst wenig für ihre Person zu fürchten hatte. Wir mußten daher entweder zu dem schon einmal angewendeten Mittel greifen, um uns vor Verrat von ihrer Seite zu sichern, oder aber ihr Vertrauen schenken.

Wir wählten nach reiflicher Überlegung das Letztere.

Vom Lande her ließ sich kein Laut mehr vernehmen. Seit zwei Stunden lagen wir mitten im Schilfbruch und litten fürchterlich unter der glühenden Sonne und dem üblen Geruch des stehenden Wassers. Die großen, grünroten Stechfliegen brachten uns fast zur Raserei und mehr als einmal war ich im Begriff das Versteck zu verlassen, um tiefer in die Bucht zu rudern und dort den Waldesschatten aufzusuchen.

Die Javanin brachte diesen Entschluß immer wieder ins Wanken. Sie war nun, wo sie das Vertrauen zu ihr wiederhergestellt sah, freundlicher und versuchte uns die Gründe für ihr Verhalten klar zu machen. Anstatt weiter ins offene Wasser, schob sie das Floß vielmehr noch tiefer ins Schilf und bat uns, absolutes Stillschweigen zu beobachten. Wir lagen nun so dicht am Lande, daß wir jeden Gegenstand am Ufer unterscheiden konnten.

Es mochte gegen vier Uhr nachmittag sein. Die Sonne stand hinter den hohen Felskegeln und deckte kühlende Schatten über den Schilfbruch. Da trat Liebert plötzlich zu uns und flüsterte:

»Hier herum bewegt sich etwas – irgend ein Lebewesen macht sich im Schilf zu schaffen.«

Die Javanin, der die Worte übersetzt wurden, nickte.

»Ich höre es schon länger. Es ist ein Mensch...«

Sie unterbrach sich und deutete auf das Ufer. Dort schritt eben ein völlig nackter, mit einer Lanze bewaffneter Mann über den kleinen offenen Fleck weg. Er blieb von Zeit zu Zeit spähend stehen, als ob er irgend etwas suche. Plötzlich fesselte ihn ein Ruck an den Boden. Sein Auge glitt über das Schilf und blieb an den Umrissen unseres Deckhauses haften. Er machte einen Schritt zum Wasser. Ein Ruf des Erstaunens entfuhr seinen Lippen.

In demselben Augenblicke flog die Javanin mit einem weiten Satze durch das Schilf. Ehe der zur Flucht gewendete Wilde den nächsten Baum erreichen konnte, war sie bei ihm. Ihr erhobener Arm sauste nieder und mit einem dumpfen Röcheln brach der Mann zusammen. Dann ergriff sie ihn bei den Haaren, zerrte den Toten an das Schilf und drückte ihn neben dem Floß ins Wasser.

Der ganze Vorgang hatte sich so schnell abgespielt, daß wir erst die Tragweite der Handlung inne wurden, als das Weib bereits wieder neben uns stand. Mit glühendem Blick starrte sie mich an und wischte mit einer eisernen Ruhe die blutige Klinge an einem Blatte ab. Vor diesem Blicke erstarb mir das Wort auf der Zunge. Ich hielt das Weib in dem Augenblick für geistesgestört und zweifelte keinen Moment daran, daß ich ihr nächstes Opfer sein würde.

Als die Frau sah, daß jede abfällige Kritik ihrer Handlungsweise unterblieb, trat sie zu Liebert und sagte:

»Um dich zu retten, weißer Mann, mußte er sterben.«

Sie kniete sich darauf neben den Kranken und wischte ihm die perlenden Schweißtropfen von der bleichen Stirn.

Wir waren von der Tat der Javanin derart überrascht, daß wir keine Miene machten, den neben unserm Fahrzeuge liegenden Leichnam zu beseitigen. Dagegen hielt ich es für geratener ins offene Wasser zurückzurudern. So gut der eine Wilde uns entdeckt hatte, konnten mehrere kommen. Düwell sollte das dem Weib sagen, dessen Einfluß auf unsern Willen sich wieder fühlbar machte.

»Die Wilden meiden die Richtstätte, wenn die langen Schatten darauf liegen. Wenn der kleine Mond aufgeht, fahren wir.«

Da wir uns der Richtigkeit dieser Ansicht nicht verschließen konnten, gaben wir nach. Allerdings konnten wir ein Gefühl der Auflehnung nicht unterdrücken.

In dem Augenblicke, als das Floß aus dem Versteck ins offene Wasser geschoben wurde, erlebten wir noch ein gräßliches Schauspiel. Zwei Krokodile stritten sich um den Leichnam des Wilden. Mit einer Gier schossen sie heran und schlugen fast gleichzeitig das gewaltige Gebiß in das tote Fleisch. Sie zerrten den Körper hin und her, als noch ein drittes Reptil auftauchte und mit einem Zuklappen des fürchterlichen Rachens den Ropf des Unglücklichen zermalmte.

Mit Schaudern wandten wir uns von dem entsetzlichen Anblick und legten uns mit aller Kraft in die Ruder, um der Stätte des Grauens so schnell als möglich zu entfliehen.

Um den Mund des Weibes spielte ein spöttisches Lächeln:

»Fürchten die weißen Männer sich vor dem Toten oder vor den Reptilen?«

Der Mond war mit der ersten Sichel aufgegangen und verbreitete so viel Licht, daß wir ohne besonderes Geräusch in den See gelangten. Wir hielten uns dicht am Fuße des Berges, dessen Schatten uns bereits in der vorigen Nacht neugierigen Blicken entzog. Bald waren wir so weit vorgedrungen, daß wir den Uferrand, an dem wir entlang fahren mußten, um den See zu überqueren, übersehen konnten.

Wir stoppten den Lauf des Floßes und lauschten. Ein gedämpftes Klopfen rollte in regelmäßigen Zwischenräumen über das Wasser, von Zeit zu Zeit schlief es ein, dann wurden die Schläge schneller.

»Boote!« rief ich mit gedämpfter Stimme. »Dort rudert jemand!«

Zustimmend nickten die Gefährten, und begannen das Floß dichter an den Strand zu rudern. Es lag jetzt völlig im Dunkeln und konnte nur aus nächster Nähe gesehen werden, wenn man uns wirklich suchen sollte.

Wir lagen flach auf dem Boden und spähten über die Wasserfläche. Das Geräusch näherte sich und bald hörten wir auch Stimmen, die uns der See klar herübertrug.

»Orang Budji!« flüsterte Gyßler. »Sie suchen jemand. Ein Glück, daß wir nicht mehr am alten Platze liegen!«
Nach und nach entfernten sich die Kanoes wieder. Man hörte noch einige laute Rufe, dann trat wieder die Grabesstille ein.

Bange Stunden vergingen im aufregenden Warten. Immer und immer wieder irrte der Blick zu dem langsam seine Bahn ziehenden Erdtrabanten. Unbekümmert um das Schicksal der dort unten harrenden Menschen, spiegelte dieser sein sichelförmiges Angesicht in dem wie eine polierte Silberscheibe unbeweglich ruhenden See. Unsere Augen verfolgten Zoll um Zoll die Bewegungen des Gestirns. Wir atmeten freier, als das Gebirgsmassiv den Mond hinter seine Zacken zog. Noch eine Weile und die tote Wasserfläche lag in tiefes Dunkel gehüllt.

»Nun los!« rief ich, verstummte jedoch sofort wieder, denn klar und deutlich gab irgendein benachbartes Echo den Ruf zurück, wir zogen aus dieser Warnung Nutzen, indem wir kein unnötiges Wort mehr sprachen und die Ruder mit der allergrößten Vorsicht ins Wasser legten.

Die Javanin, die den fiebernden Kameraden liebevoll pflegte, spähte mit ihren scharfen Augen über den See und gab uns Rudern die Richtung an. wir selbst konnten weder die Ufer noch sonst etwas bemerken, höchstens daß sich die Kuppen des eben verlassenen Strandes gegen den Himmel abzeichneten.

Mitternacht war längst vorüber und seit Gott weiß wie langer Zeit hoben und senkten wir die schweren Ruderpinnen in gleichmäßigem Takt, wir wußten, daß unsere Sicherheit von unserer Ausdauer abhing und darum ließen wir das Gefühl der Erschlaffung nicht Herr über uns werden. – Da gab die Frau ein kaum hörbares Zeichen. Düwell huschte an ihre Seite und drückte das Steuer nach rechts. Das laute Knarren ließ uns zusammenfahren und schon erwarteten wir irgendeinen Anruf. Es blieb jedoch alles ruhig.

Das Floß beschrieb einen sanften Bogen und näherte sich dem Ufer. Schon sahen wir einige vorgeschobene Schilfstengel. Bald tauchten dunkle Büsche auf, deren Zweige unsere Köpfe mit nächtlichem Tau berieselten. Fragend hingen unsere Blicke an den Zügen des Weibes, das jetzt in voller Figur auf dem Vorderteil des Floßes stand und durch leise Rufe den Kurs angab.

Die Ufer waren auf dieser Seite weniger steil. Man konnte durch den Schilfbestand deutlich hellere Sandbänke unterscheiden. Einzelne Bäume tauchten auf. Dann bemerkten wir plötzlich, wie ein Landstreifen aus dem Dunkel aufstieg und neben unserm Fahrzeuge herlief.

Die Bucht! Hier sollten wir nach Angabe unserer Führerin ungesehen die Flucht zu Lande fortsetzen können? Das schien uns mehr als fraglich. Die Bucht war so eng, daß unser Floß sie fast in ihrer ganzen Breite sperrte. Auch das Wasser wurde seichter. Einige Male berührten die Ruder den Grund.

Gyßler fragte die Javanin.

»Bist du deiner Sache auch ganz sicher, Weib? Irrst du dich nicht? War es nicht doch die andere Bucht, die uns besser gedeckt hätte?«

»Der weiße Mann fragt viel. Ich weiß genau, wo ich bin. Wir fahren noch eine kurze Strecke und dann rasten wir, bis die Nacht wiederum hereinbricht. Am neuen Tage erst werden wir das Dorf hinter uns haben. Dann mögen die weißen Männer ihren Weg allein fortsetzen.«

»Wie? Du willst uns verlassen? Warum ziehst du nicht mit uns zu deiner früheren Farm?«

»Wenn der kranke weiße Mann stirbt, verlasse ich euch. Er wird den dritten Mond nicht mehr aufgehen sehen?«

Bestürzt teilte mir Gyßler die Unkenrufe des Weibes mit, als wir das Floß durch eine breite Barriere von Schilf in einen klaren Teich gedrückt hatten, dessen Ufer mit hohen Bäumen umstanden waren. Wir lagen wirklich vor jeder Überraschung geschützt.

Ich beugte mich zu Liebert nieder, dessen Körper in Feuerhitze glühte. Er war bei vollem Bewußtsein und sagte:

»Nun trete ich bald die große Reise an, von der es keine Rückkehr gibt. Die Javanin schätzt meine Tage nach dem Monde, wenn das erste Viertel voll ist, werde ich abberufen.«

»Die Javanin versteht soviel davon, wie der Alligator dort, lieber Freund, lassen Sie ihr die Freude an ihrem Geschwätz und vertrauen Sie auf uns. Hier! – nehmen Sie diese Dosis Chinin. Die wird das Fieber brechen. Oder verspüren Sie irgendwo Schmerzen? – Nein? Auch gestern nicht – gut. Der Aufenthalt in dem dunstigen heißen Sumpfe hat Ihnen das Fieber gebracht. Damit wissen wir umzugehen. Heute sollen wir hier vor Anker liegen bis wir mit einbrechender Dunkelheit die Bucht aufwärts gehen können! Merkwürdiges Weib, das. Woher die Frau wohl das Fahrwasser so gut kennt?«

Liebert zog mich zu sich heran und flüsterte:

»Ich vermute, sie hat hier herum irgendwo gewohnt. Sie fragte mich in der vergangenen Nacht, ob sie mich in ihr Haus bringen dürfte. Sie ließe uns dann ans Ufer rudern und ich könne in der nächsten Nacht bereits in einem Bette schlafen.«

»Ein merkwürdiges Wesen ist sie immerhin. Ein interessantes Studienobjekt. – Doch da kommt sie. Rönnen Sie sich verständigen?«

»So ziemlich habe ich die malaiische Sprache nun gelernt. Jetzt soll ich den javanischen Dialekt noch studieren...«

Die Javanin warf mir wieder einen glühenden, haßerfüllten Blick zu. Sie konnte die Knebelung von damals immer noch nicht vergessen und ich glaube, sie würde mich mit grausamer Wonne am Marterpfahle der Wilden hinmorden sehen, ohne einen Finger zu rühren. Da ich ihre Sprache nicht verstand, ließ sie mir durch den Kameraden sagen, daß wir hier in der Nähe eines kleinen Dorfes seien. Wir müßten uns unbedingt ruhig verhalten, was auch geschehen möge. Hier lägen wir sicher, weil der Platz von dem Medizinmann des Dorfes in Verruf erklärt worden wäre. Sie selbst würde fortgehen, am Abend jedoch zurückkehren.

»Wohin sie ginge?«

Sie beschrieb einen Kreis mit dem Arm und erwiderte kurz:

»Dorthin!«

Liebert versuchte sich ausrichten. Die Javanin drückte ihn aber sanft auf das Blätterlager zurück und sagte, ihm mit dem Finger drohend:

»Weißer Freund liegen bleiben, krank...«

»Wenn ich krank bin, warum verlässest du mich dann? Ich kann ja sterben und dann bist du nicht bei mir.«

Lächelnd streichelte sie nun die Wangen des Kranken und sagte: »Du stirbst noch nicht. Heute noch nicht. Die weißen Männer sorgen für dich. Wenn sie tot sind, wirst du mich wieder bei dir finden.«

Mit einem bezeichnenden Blick auf mich, sprang sie in den stillen Teich, tauchte einige Male unter und verschwand mit raschen Sätzen im Walde.

Gyßler und Düwell, welche die Worte vernommen hatten, traten heran.

»Was sagt die Wildkatze? Wenn wir tot sind, dann kommt sie wieder?« Na, die Freude wollen wir dir versalzen, du heimtückische Kreatur! Vorwärts, Kameraden, folgen wir ihrer Fährte. Noch ist sie leicht zu finden, da das Weib sich ja nicht mal das Wasser aus dem Sarong schüttelt. – Ja, so!« unterbrach er sich »Liebert kann ja nicht laufen! Daran habe ich nicht gedacht.«

»Da sie mich ja leben lassen will, habe ich nichts zu fürchten. Meinetwegen machet euch keine Sorge!«

»Was? Du kannst auch nur eine Sekunde lang glauben, wir ließen dich allein hier? Pfui, Liebert, wie kommst du dazu?« erwiderte Düwell gekränkt.

»Nun – euer Leben ist in Gefahr, das meinige nicht. Ich denke, das wäre Grund genug...«

»Würdest du so handeln, Liebert? – Nein! Also ist der Fall schon erledigt. Wir bleiben hier!«

Die Worte der Javanin beunruhigten uns mehr, als wir uns selbst eingestehen mochten. Wir hatten uns zum Schlafen niedergelegt, um einem Angriff der Wilden neugestärkt abschlagen zu können, aber trotz unserer Müdigkeit floh uns der Schlaf. Allerlei trübe Gedanken stellten sich ein. Wir zermarterten uns das Hirn, wie wir uns von heute ab zu der Führerin stellen sollten. War sie wirklich fähig, uns zu verraten? Ich ließ noch einmal die ganze Szene des ersten Zusammentreffens vor meinem innern Auge aufbauen. Ich sah sie während des Marsches... liebevoll gegen Liebert; aufopferungsfähig bis zum Morde in unserm Interesse, und jetzt? Jetzt sollte sie zur Verräterin an uns werden?

Ich kam zu keinem Resultat. Über meinem Grübeln muß ich dann doch eingeschlafen sein, dann plötzlich drang ein durchdringender Schrei an mein Ohr, der mich erschreckt auffahren ließ. Ich hörte ein lautes Stimmengewirr, dann ein Plätschern in der Bucht, dann wieder einen Schrei. Meine Rameraden waren gleich mir aus den Decken geschlüpft und lauschten, die Büchsen schußbereit, auf das, was nun kommen sollte.

Liebert winkte mir:

»Die Javanin schrie um Hilfe!« flüsterte er. »Können wir nichts für sie tun?«

Achselzuckend fragte ich:

»Wissen sie denn, wo sie steckt?«

»Nein, vermutlich sprang sie ins Wasser. Als sie dann noch einmal schrie, durchrieselte es mich kalt. Es gibt hier Krokodile.«

Der Lärm jenseits der Schilfwand dauerte an. Den Lauten nach waren dort Männer im Handgemenge. Ab und zu rollte ein erstickter Schrei durch die Büsche. Schmerzenslaute drangen herüber. Einmal durchschnitt ein Pfeil die Schilfwand und fiel kraftlos in den Teich.

Da wurde es in den Büschen am andern Ufer lebendig. Wie ein Blitz huscht ein Schatten durch das Strauchwerk. Der eine Augenblick genügte, in der Gestalt einen großen, hellfarbigen Mann erkennen zu lassen, der ein breites Messer, einen javanischen Kris, in der Hand hielt und augenscheinlich jemanden verfolgte. Wir hörten noch einen Augenblick lang die Sträucher hinter ihm zusammenschlagen, dann regte sich dort nichts mehr.

Der Kampfeslärm zog sich vom Ufer weg, dem Gebirge zu. Das Echo gab einige Laute besonders klar zurück und deutete uns damit die Richtung an, in der die Streitenden abgezogen waren.

Wir waren den Vorgängen mit begreiflicher Unruhe gefolgt. Wenn wir die Frau nicht seit Wochen bei uns gehabt hätten, so wäre sicher auf sie der Verdacht gefallen, daß sie die Urheberin der Lärmszenen gewesen sei. So verblüffend genau war ihre Vorhersage eingetroffen. Wir hätten uns auch gar nicht gewundert, wenn sie an der Spitze eines Trupps Eingeborener unvermutet aus dem Walde hervorgebrochen wäre.

Es war jetzt an uns, irgend etwas zu unserer Befreiung aus diesem Versteck zu unternehmen. Auf die Rückkehr der Javanin brauchten wir nicht zu warten. Keiner von uns glaubte oder hoffte, sie wieder auf unserer Seite zu sehen. Nur Liebert konnte sich unserer Ansicht nicht anschließen. Bei der Beratung über die zunächst zu ergreifenden Maßnahmen, schlug er folgendes vor:

»Sobald es dunkel wird, also in einer Stunde, rudert ihr das Floß in den See hinaus. Dort bleiben wir liegen, bis ich gesund oder – sonstwie erledigt bin. An Nahrung fehlt es uns nicht. An den Ufern gibt es Enten, Eier und Schildkröten, Fische werden uns im Überfluß zu Gebote stehen. Wir sind vor jeder Verfolgung sicher, und wenn die Wilden wirklich den Mut aufbringen sollten, uns mit Kanoes anzugreifen, dann bezahlen sie die Zeche.«

»Das ist alles recht idyllisch, bester Liebert, aber wie lange wollen wir denn dort liegen bleiben?« unterbrach Düwell die begeisterten Schilderungen des Kranken.

»Laßt mich nur ausreden! Wenn sich die erste Aufregung unter den Wilden gelegt haben wird, muß einer von uns – das Los entscheidet – sich bis zum nächsten holländischen Posten durchschlagen und Entlaß bringen.«

»Und wie weit, wo und in welcher Richtung befindet sich dieser rettende Engel?« spöttelte Gyßler. »Wir Soldaten wissen doch am besten, wie man die Hilferufe einiger Europäer bei unsern Kommandos aufnimmt. Und nun gar diejenigen einiger Kolonialsoldaten. Um deren Rettung rührt kein Offizier eine Hand. Nein, Kameraden, hilf dir selbst, dann hilft dir Gott, sagt das Sprichwort. Ich nehme den Vorschlag einer Rast mitten auf dem See an, weil ich davon Lieberts Genesung erwarte, sonst aber bin ich für »durch«!

»Ich schließe mich Gyßler in jeder Beziehung an,« erwiderte ich. »Da wir aber möglicherweise bei der Durchfahrt nach dem See etwas Arbeit bekommen, schlage ich vor, die Bordwände unseres

Floßes mit einem Schilfschutzwall zu füttern. Durch die Brustwehr dringt so leicht kein Pfeil. Außerdem vertreibt uns die Arbeit die Zeit und die zwecklosen Gedanken.«

»Recht so!« stimmten die andern bei und begannen auch sofort die Schilfhalme mit der Wurzel aus dem Grunde zu ziehen. Axthiebe würden Geräusch verursacht haben.

Als uns die Dunkelheit zur Einstellung der Arbeit zwang, zierte unser Floß ein schöner Kranz von fingerdicken Rohrschößlingen, die in mehreren Lagen aufeinandergepackt, die Mitte des Floßes vor Pfeilen sichern sollte.

Der letzte Ton der um ihre Lagerstätte kämpfenden Affen war verstummt. Die Mondsichel warf ihre ersten zitternden Strahlen durch das Astgewirr und beleuchtete mit ihrem schwachen Scheine die dichtbewachsene Wasserfläche. Da senkten wir die kräftigen Bambusstangen in den schlammigen Grund, und langsam löste sich unser gutes Fahrzeug von seinem Liegeplätze. Ein leises Zittern lief durch die Masse der zusammengefügten Stämme, und mit klingendem Ton zerbarsten die ersten Rohrbestände unter der Wucht des Floßes.

Da plötzlich tönte dicht vor uns aus der Höhe, aus den weitherniederhängenden Ästen eines Waldriesen ein pfeifendes Zischen. Ein leises Knacken der Zweige ließ uns zu den Büchsen greifen. Doch bevor wir noch in Deckung des Schutzwalles springen konnten, flog ein dunkler Schatten auf das Floß und stand in zwei Sätzen neben uns.

Die Javanin!

Wir hatten alles andere eher erwartet, als dieses Weib. In einer Sekunde hatte sie uns zur Seite gestoßen und war zum Lager des Kranken gestürzt. Ein kurzer Händedruck überzeugte sie, daß das Fieber dem Chinin gewichen war, und nun raste sie förmlich, als sie die rückläufige Bewegung des Fahrzeuges wahrnahm.

»Dorthin!« zischte sie. »Dort hinaus liegt die Rettung! Aber so eilt euch doch, schnell! Die Verfolger sind schon dicht bei uns.«

Mich besonders bedachte sie mit unsanften Püffen, weil sie nicht mit Unrecht vermutete, daß ich mich nicht ohne vorherige Darlegung der Gründe in die veränderte Disposition fügen würde. Düwell mußte meine Fragen nach den Ursachen der so überhasteten Flucht übersetzen. Ein kurzer Ruf brachte die Antwort: »Der Sadjo ist da!«

Nun erklärte ich mir die Hast der Javanin. Auch für das Kampfgeschrei ließ sich eine Erklärung finden. Ob für uns aber gerade eine so große Gefahr in dem Erscheinen des Sadio lag, darüber hegte ich widerstreitende Ansichten. Ich beschloß, mit Liebert über den Fall zu reden. Unwillkürlich aber sah ich mich inzwischen mit den andern beim Abstoßen unseres Floßes aus der Lagune in offenes Wasser beschäftigt. Ich war dem energischen Auftreten dieser Frau doch wieder gefolgt.

Bald lagen wir im hellen Mondlichte auf einer weiten Wasserfläche. Der schmale Arm stellte die Verbindung zweier Seen dar, von denen der eben verlassene von Bergen umschlossen, dieser aber von einem Kranz dichten Urwaldes an seinen Ufern eingefaßt war. In der Mitte dieses Beckens durften wir uns ebenso sicher vor Überfällen halten, als in dem ursprünglich in Aussicht genommenen Teile.

Das söhnte mich mit dem veränderten Plane wieder aus. Die Umgebung nahm nun wieder einen beruhigenden Charakter an, und die Javanin selbst schlug vor, abwechselnd zu schlafen, um bei Tage für alle Fälle gerüstet sein.

In diesem Arme des Sees wehten auch wieder die frischen, von dem nicht sehr fernen Meere herüberziehenden Winde. Dadurch erhöhten sich die Aussichten für eine baldige Genesung des Kranken. Liebert mußte gesund werden, und wenn wir wochenlang hier treiben sollten! Diesen Entschluß hatten wir vier Männer gefaßt, als wir den ersten Blick über die weite Fläche warfen.

Von zwei Rudern fortbewegt, unterstützt von dem Druck einer frischen Brise, glitt unser Floß langsam in der Mitte des Sees dahin. Die kurzen Wellen versetzten es in eine leise sanft schaukelnde Bewegung und wiegten dadurch unsere dienstfreien Gefährten in einen sanften Schlummer.

Um drei Uhr morgens hinterließ mir mein Vorgänger an der Ruderpinne die Meldung:

»Hinter uns höre ich dann und wann ein Klappern wie von Rudern. Seit der Mond untergegangen ist, unterscheide ich aber nichts mehr, weil seit der Zeit auch der Wind stärker geworden ist. Also Obacht!«

Gyßler stand an der linken Seite vorn, während ich rechts hinten am Ruder hing und gleichzeitig steuerte. Aufmerksam gemacht, glaubte auch ich jetzt in Geräuschen, auf die ich sonst weniger geachtet haben würde, die Schläge von Ruderern zu unterscheiden. Nur wunderte es mich, daß das Kanoe nie näher kam, obwohl ein Einbaum viel schneller durch das Wasser zog als das schwere Floß.

An dem rechten Ufer wurde der dichte Wald von Lichtungen unterbrochen. Ob dies künstliche oder natürliche Anlagen waren, ließ sich nicht unterscheiden. Einmal bemerkte ich jedoch deutlich einen dunkelglühenden Punkt, der nur ein niedergebranntes Feuer bezeichnen konnte. Das linke Ufer zeigte dagegen eine feste schwarzgraue Mauer, den dichten Wald. In dessen Schutz wollte ich den kommenden Tag abwarten. Ich steuerte daher das Floß allmählich auf die linke Seite hinüber, und als die Sonne die Nacht um sechs Uhr ablöste, würde man vom rechten Ufer aus das Floß kaum noch von dem düstern Hintergründe haben unterscheiden können.

Mein erster Blick bei der eintretenden Tageshelle galt dem rätselhaften nächtlichen Verfolger. Ich täuschte mich nicht. Es war ein Einbaum, der dort einsam auf der weißen Wasserfläche trieb. Der Ruderer mußte schlafen, denn es war nichts von einem Lebewesen in dem Fahrzeug zu entdecken. Da ein Verfolger für uns sehr gefährlich werden konnte und ich auch über den Zweck der Verfolgung Näheres zu erfahren wünschte, gab ich dem eben erwachenden Düwell mein Ruder und kniete mich mit der Büchse hinter die Brustwehr. Ich zielte bedächtig. Die Kugel sollte nicht töten, sondern nur den Bug des Kanoes treffen und dessen Richtung verändern. Es mußte sich dann herausstellen, ob ein Feind darin saß.

Der Schuß klang wie ein schwacher Peitschenschlag. Er riß die Javanin aus ihrem festen Schlummer und hatte auch drüben den gewünschten Erfolg. Eine dunkle Gestalt erhob sich blitzschnell und verschwand mit einem Satze im See.

Lachend rief Düwell:

»Der Morgengruß ist dem Nachbarn elend in die Knochen gefahren, Seht nur, wie er ausreißt. Und nach der Mitte zu! Der wird doch wohl nicht den Versuch machen wollen, an das andere Ufer zu schwimmen?«

»Dabei dürfte ihm der Atem ausgehen,« erwiderte Gyßler. »Wie wäre es, wenn wir ihn hinunter zu den Fischen schickten?«

»Nein, keinen Mord!« sagte ich. »Wenn er uns angreift, habe ich nichts dagegen, aber ... was hat denn das Braunfell wieder?«

Die Javanin war bei dem Knall aus ihrem Lager gesprungen und an den Rand des Floßes getreten. Als sie die Gestalt bemerkte, stieß sie einen leisen erstaunten Ruf aus und warf sich zu Boden. So dicht über dem Wasserspiegel konnte sie die schwimmenden Umrisse besser erkennen. Wie es schien, kam ihr der Verfolger bekannt vor, oder sie erwartete doch, bekannte Züge zu erkennen.

Plötzlich erhob sie sich brüsk und sprang an das linke Ruder. Ohne uns ein Wort über ihre Absichten mitzuteilen, lenkte sie den Kopf des Floßes wieder der Mitte des Sees zu und winkte energisch zu dem das rechte Ruder bedienenden Düwell herüber.

»Stopp!« rief ich. »Das gibt es nicht! Ich habe keine Lust, wegen der mehr oder weniger launenhaften Einfälle des Weibes mich in einen Kampf einzulassen. Was hat das zu bedeuten, Gyßler?«

»Sie will dem Schwimmer nach,« antwortete dieser, nach kurzer Verständigung mit der Javanin. »Sie glaubt in dem Manne einen Feind zu erkennen und möchte ihn unschädlich machen.«

»Das kann sie bequemer haben! Der Mann wird das andere Ufer nicht lebend erreichen, dafür sorgen die Krokodile, die sich in dem seichten Wasser aufhalten. Der kommt bald in seinen Einbaum zurück. Dann können wir mit ihm abrechnen.«

Ausnahmsweise widersprach das Weib nicht. Sie schien das Richtige der Gründe selbst einzusehen. Sie fragte aber:

»Warum schwimmt der Mann aber der Mitte und nicht dem linken Ufer zu?«

»Weil er die Krokodile fürchtet. Dann rechnet er mit dem Umstand, daß er bald unsichtbar für uns werden wird,« antwortete ich.

»Warum sollte er unsichtbar werden?« Ungläubig streifte das dunkle Auge mein Antlitz.

»Sobald die Sonne ihre Strahlen flach über das Wasser sendet, verwandelt sie den See in einen goldglänzenden, blendenden Spiegel, der uns jede Fernsicht über die Gegenstände, die dort treiben, raubt. Darauf rechnet der Mann. Er kommt dann zu seinem Kanoe zurück und flieht. Allerdings kann er nicht wissen, daß wir für solche Fälle Brillen besitzen.«

Meine Ansicht bewahrheitete sich. Eine Viertelstunde später bemerkten wir den Kahn hinter uns, wie er eilends dem waldigen Strande zustrebte.

»Halt!« schrie die Javanin mit wutverzerrtem Ausdruck in ihrem Gesicht, »halt, er darf nicht an das Land, oder wir sind verloren.«

»Dem können wir ja abhelfen,« sagte Gyßler. Er nahm die Büchse, zielte, und nach dem Schusse sahen wir einige Splitter auf das Wasser fallen.

»Ein Meisterschuß! Bravo, Gyßler, das Ruder ist ganz zersplittert. Seht nur, wie der Wilde sich abmüht, mit dem Stecken weiterzuarbeiten. Haha – das wird ihm nicht gelingen. Jetzt können wir ihn einfangen, denn hier geht er nicht wieder über Bord!«

Die Javanin, die erwartet hatte, daß wir den Mann töten würden, lief wie toll von einem zum andern und forderte uns auf, sie von dem Verfolger zu befreien. Als wir nur ein Kopfschütteln für ihren Wunsch hatten, lief sie in das Deckshaus, warf sich vor Liebert nieder und flehte diesen an, er möge doch den Wilden erschießen.

Der Mann in dem steuerlosen Schifflein mochte wohl eine Ahnung von dem haben, was ihm bevorstand, wenn er sich noch länger in dem langsam auf uns zutreibenden Baumstamm aufhalten würde. Er stand aufrecht in seinem schwankenden Kahn und prüfte mit den Blicken die Entfernung zum rettenden Walde. Vielleicht erhoffte er von den Krokodilen mehr Gnade als von dem braunen Weibe, das hier für seine Vernichtung kniefällig bettelte.

Die Entfernung von unserm Floße betrug höchstens fünfzig Meter. Da er die Wirkung unserer Waffen auf die bedeutend größere Strecke bereits kennengelernt hatte, mußte er wissen, daß ihm von uns Männern keine unmittelbare Gefahr drohte. Er blieb daher ruhig stehen und bot uns dadurch Gelegenheit, ihn genau zu betrachten.

Wir waren übereinstimmend der Meinung, einen Javanen oder wenigstens einen Malaien vor uns zu haben. Ein Abkömmling der Stämme, die uns bisher auf Celebes zu Gesicht gekommen waren, konnte er keinesfalls sein.

Düwell rief ihn darauf in malaiischer Sprache an. Als keine Antwort erfolgte, versuchte es Gyßler in der Budjisprache. Die mußte er verstehen. Er nickte ein paarmal, gab aber keinen Ton von sich.

Da kam die Javanin wieder aus der Deckshütte! Und nun folgte eine Szene, in der die ganze Wildheit dieser unzivilisierten Inselbewohner grell zutage trat. Mit einem Schrei, wie ihn ein gereiztes Raubtier ausstößt, begrüßten sich die beiden. Rasende Wut, tödlicher Haß schoß aus den Augen der Gegner, die nur noch zwanzig Meter Wasser trennte. Das Weib riß ein Messer aus ihrem Gürtel und schleuderte es mit großer Gewandtheit dem andern entgegen. Es streifte den Arm des Mannes und fiel klatschend ins Wasser. Ein schwacher blutiger Streifen bewies den Treffer.

Aber auch der Gegner sann auf Rache. Prüfend wog er eine kurze Lanze in der Hand und schien sie auf das Weib, das frei am Steuer stand, abwerfen zu wollen. Er besann sich aber anders. Blitzschnell warf er sich in die Flut und verschwand im Nu unter Wasser. Eine Minute später tauchte der Kopf neben dem Floß auf, und ehe wir noch recht begriffen, was der Wilde beabsichtigte, schoß ein brauner Arm aus dem See und packte wie mit Eisenklammern den Fuß des Weibes. Ein schneller Ruck warf sie zu Boden...

Auf den wahrhaft markerschütternden Schrei der Javanin eilten wir zu der Stelle, an der sich jetzt ein aufregender Kampf blitzschnell abspielte. Auch Liebert verließ seine Hütte, um seiner Pflegerin beizustehen. Mit Aufbietung seiner ganzen schwachen Kraft erfaßte er einen Arm des Weibes und vereinigte seine Rufe um Beistand mit dem erschütternden Hilfegeschrei der Frau. Aus den Augen des Mannes schössen Blitze grausamer Freude, als er seinen

Vorteil bemerkte. Mit Riesenkraft riß er die Beute an sich, und er hätte sie auch in der nächsten Sekunde in die Fluten hinabgerissen, wenn nicht eine höhere Macht eingegriffen hätte.

Gerade in dem Augenblick, als Gyßler den Kolben hob, um den frechen Mordbuben den Schädel zu spalten, stieß dieser einen gurgelnden Schrei aus. Sein Griff lockerte sich, der Kopf schlug nach hinten auf das Wasser, und in der nächsten Sekunde verschwand er unter dem Boden des Floßes.

Der ganze Vorgang hatte keine Minute gedauert. Ehe wir auf dem Vorderteil des Fahrzeuges noch recht erfassen konnten, was dort am Steuer vorging, näherte sich das Drama schon seinem Ende.

Liebert zog die bewußtlose Frau vollends auf das Deck, um sie vor dem gleichen Schicksal zu bewahren, und fiel dann selbst in Ohnmacht. Düwell übernahm es, die beiden Kranken zu versorgen, während ich mit Gyßler das Floß wieder in einen richtigen Kurs zu bringen versuchte. Als ich das Ruder eintauchte, klatschte ein starker Schlag neben mir auf das Wasser, und ich sah ein paar gewaltige Krokodile in die Tiefe sinken. Ein leichtes Rot deutete die Stelle an, wo soeben ein Menschenleben im Rachen der Reptile sein Dasein beendet hatte.

Inzwischen tauchten am gegenüberliegenden Strande dunkle Punkte auf. Durch das Fernglas erkannte ich Männer, Frauen und Kinder, die sich anscheinend mit Fischen beschäftigten. In der Ferne, dort, wo wir die letzte Nacht verbrachten, tummelten sich Kanoes auf der Flut. Um uns vor unbequemen Besuchern zu schützen, ruderten wir daher das Floß in eine kleine Einbuchtung und verankerten es dort unter dem Schatten hoher Bäume im Sande.

»Ich möchte bloß wissen, Gyßler, wie der Wilde zu unserer Gefährtin stand,« sagte ich, als wir uns im sicheren Hafen sahen. »Wenn ich an die haßerfüllten Blicke denke, die sich die beiden zuwarfen, dann läuft mir jetzt noch ein Gruseln über den Körper. Wie alt und wie tief muß eine Leidenschaft sein, die sich in derartigen Rachegelüsten einen Ausweg sucht. Was wäre dem Weibe geschehen, wenn die Krokodile nicht so rechtzeitig eingegriffen hätten?«

»Ich bin selbst aus der ganzen Geschichte nicht klug geworden,« erwiderte Gyßler. »Wahrscheinlich ist die hartnäckige Verfolgung des Mannes die Triebfeder zu der Flucht der Javanin gewesen. – Doch dort kommt Düwell, der weiß es vielleicht!«

»Was soll ich wissen?« fragte der Gefährte, der die letzten Worte gehört hatte.

»Wer der gelbhäutige Wilde war, der eben gefressen wurde.«

»Das war der so oft erwähnte grausame Sadjo- Häuptling, der unsere Gefährtin vor vielen Monaten aus einer Farm geraubt hat und sie seit der Zeit auf alle erdenkliche Art quälte. Sein Rachedurst hat ihn keine Mühe scheuen lassen, die Entflohene wieder einzufangen. Dann hätte allerdings ein gräßlicher Foltertod ihrer geharrt.«

»Also ist die ganze Entführungsgeschichte wirklich wahr?« fragte ich.

»Ich glaube es. Wenn man die Frau, wie ich es tat, in der letzten Zeit der allgemeinen persönlichen Sicherheit beobachtete, so kam man unwillkürlich zu dem Urteil, daß das Weib eine durchaus ehrliche und brave Haut ist. Sie haben das nicht so gemerkt, weil sie gegen Sie einen vielleicht auf Mißverständnissen beruhenden Groll hat und sich deshalb schroff zeigte.«

»Das kann ich mir denken. Ich ließ sie ja fesseln, als ich glaubte, ihrer nicht sicher zu sein. – Übrigens, wo ist sie jetzt?«

»Sie liegt in ihrem Verschlage und weint.«

»Und Liebert? Wie geht es dem?«

Düwell schüttelte bedenklich den Kopf.

»Ich glaube, daß er es nicht mehr lange macht. Die Strapazen greifen ihn furchtbar an. Wenn er nicht bald in geregelte Pflege kommt...«

»Na, ich denke, daß wir nicht mehr weit von der Küste sein können. Gelingt es uns, unbehelligt aus dieser unfreundlichen Nachbarschaft fortzukommen, dann ist unsere Rettung nur noch eine Frage von Tagen.«

»Wie aber sollen wir den Kranken transportieren? Legen wir ihn auf eine Bahre, dann sind wir nicht Herr unserer Bewegungen – und gehen kann er nicht.«

»Dann bleiben wir hier so lange liegen, bis Liebert genesen ist. Wenn es nicht anders geht, reise ich allein voraus und schicke von der nächsten Plantage Hilfe – und wenn es nur Pferde sind, die ihm den Weg erleichtern, so ist das schon eine große Unterstützung.«

Die Javanin trat aus ihrer Hütte und schritt langsam auf uns zu. In ihren Mienen war eine große Veränderung vorgegangen. Der heroische, stolze Zug war einem schmerzlichen Ausdruck gewichen. Aus dem sanften Auge strahlte freundliches Lächeln.

»Habt Dank, ihr weißen Männer. Ihr habt mich dem Leben wiedergegeben. Der dort sein Ende fand, war ein grausamer Mörder, der mich mit allen Mitteln in seine Gewalt zwingen wollte. Der Stamm der Sadjo wird froh sein, daß der Schuft niemals zurückkehren kann. – Nun werde ich bald die Meinen wiedersehen. – Oh, wie ich mich freue!«

»Wie weit ist es noch bis zu deinem Dorfe?« fragte Gyßler.

»Der See, ein Berg, ein Wald. Dreimal geht die Sonne unter, dann sehen wir die Palmen auf unserer Höhe,« erwiderte sie, mit einem frohen Hoffen im Auge.

»Wirst du uns den Weg zeigen? Du weißt, daß auch wir zu den Häusern der weißen Männer gehen wollen.«

Die Javanin nickte hastig und rief dann:

»Gewiß zeige ich euch den Weg. Heute, wenn die Sonne hinter den Bergen untertaucht, werden wir aufbrechen...«

»Das geht nicht,« unterbrach Düwell. »Du vergissest, daß wir einen kranken Freund haben. Er kann nicht gehen, und wir werden bei ihm bleiben, bis er gesund ist.«

Die Einrede warf einen Schatten auf ihre Züge. Nachdenklich starrte sie auf den Wasserspiegel und schien etwas zu überlegen.

»Du hast recht, weißer Mann. Mein armer Freund wird ohne mich sterben. Ich bleibe bei ihm!« –

»Glaubst du, daß uns die Anwohner des andern Ufers freundlich gesinnt sein werden, wenn sie uns hier finden?«

»Die Orang Budji? Warum nicht? Ich war gestern bei ihnen und sah dort ein paar Freunde. Die Orang Budji sind nur den Soldaten der Wolanda feindlich gesinnt. Die töten sie, wo sie ihnen begegnen. Und ihr seid doch keine Soldaten der Wolanda?«

»Nein, ganz gewiß nicht!« rief ich schnell. »Ich habe noch nie die Kleider eines Soldaten der Wolanda getragen. Wir alle sind Djarmans, keine Wolanda!«

»Nun, dann habt ihr auch nichts zu fürchten!« sagte sie.

»Aber es wäre uns doch lieb, wenn uns die Orang-Budji nicht besuchten. Wir möchten nach der langen Reise einige Zeit ganz ruhig leben. Wenn du es nicht dringend mußt, dann gehe nicht zu den Menschen in das Dorf.«

Die Frau schüttelte erstaunt den Kopf:

»Das begreife ich aber nicht. Die Männer werden euch bewirten und sich freuen, wenn die Djarman in ihr Dorf kommen.«

»Aber Liebert wünscht das nicht. Er ist krank und liebt es, mit dir und uns allein zu sein.«

»Ist das wahr?« fragte sie ungläubig.

»Laß uns zu ihm gehen und ihn fragen,« schlug ich vor.

Liebert war eben erwacht, als wir zu ihm traten. Schnell kam nun die Javanin mit der Frage zuvor:

»Ist es wahr, daß mein kranker Freund lieber mit mir allein hier bleibt, als die Männer der Orang Budji zu empfangen?«

Lächelnd bestätigte Liebert die Frage, deren Bejahung ihm durch die heimlichen Zeichen der Gefährten nahegelegt wurde.

»Oh, dann ist es gut!« jubelte sie, indem sie in die Hände klatschte. »Dann wird mein weißer Freund schnell gesund. Ich sende einen Boten in unsere Heimat, und dann werden sie uns holen...«

»Tue das nicht, liebes Kind,« sagte der Kranke, indem er ihre Hände ergriff. »Es ist mir viel lieber, hier von dir gepflegt zu werden, als in der Heimat von weißen Männern. Bitte bleibe hier und pflege mich gesund. Dann werden wir gemeinsam heimgehen.«

Wir verließen die Hütte, um uns zu besprechen.

»Wenn hier Leute wohnen, die mit der Küste verkehren, dann bin ich nicht sicher vor einer Entdeckung. Ich war lange dort oben und viele Orang Budji gingen bei uns aus und ein. Ich würde sofort als Soldat erkannt werden, und dann wäre es aus mit unserer Ruhe,« sagte Gyßler.

»Vielleicht herrscht augenblicklich wieder ein Kriegszustand zwischen Regierung und Eingeborenen. 5onst kann ich mir den plötzlichen Haß nicht erklären,« warf Düwell ein. »Jedenfalls müssen wir die Wildkatze hindern, an Land zu gehen, sonst bringt sie am Ende doch ein paar Freunde mit.«

»Liebert muß sie durch gute Worte zurückhalten,« erwiderte ich. »Ich werde mit ihm reden. Mir nimmt die Javanin es nicht übel, wenn ich deutsch mit ihm spreche, weil ich ja das Malaiische nicht verstehe.«

Es gelang Liebert in der Tat, die Frau während der nächsten acht Tage auf dem Floße festzuhalten. Unter allerlei Vorwänden brachten wir es fertig, das Fahrzeug allnächtlich ein gut Stück vorwärts zu rudern. Endlich gebot aber die Javanin energisch Halt. Jenseits der vor uns liegenden Bergkette sollte das so heiß ersehnte Ziel liegen.

Als Liebert die frohe Kunde vernahm, überflog ein freudiger Hoffnungsstrahl seine bleichen Züge. Er richtete sich auf und bat, ihn an den Rand des Floßes zu führen. Dort blickte er lange in die Ferne und flüsterte die leisen Worte:

»Nein, Becker, ich komme doch noch nicht!«

Sein Arm suchte die Pflegerin. Als diese sorgend herbeisprang, sagte er:

»Laß uns in deine Heimat gehen, liebes Kind. Ich werde stark sein, komm!«

Leuchtende Blicke umfingen den Kranken:

»Darf ich jetzt Eingeborene um Hilfe rufen?« fragte sie freudig überrascht.

»Nein, nein! Die weißen Freunde werden mich tragen, wenn ich meine Kraft schwinden fühle. Wir sind lieber allein – ohne Wilde.«

Schon vor Tagesanbruch nahmen wir am nächsten Morgen Abschied von unserer liebgewordenen Behausung. Aus langen Bambusstangen war in der Nacht noch eine kunstvolle Tragbahre entstanden, die sogar eines Sonnendaches nicht entbehrte. Auf diese betteten wir unsern kranken Kameraden und trugen ihn nun abwechselnd bis an den Fuß des Gebirges. Hier erwartete uns noch eine Überraschung.

Als bereits alles um das Lagerfeuer zur Ruhe gebettet lag, hörte ich leises Flüstern in den nahen Büschen. Ich weckte die Javanin und teilte ihr meine Befürchtung, die Wilden könnten uns überfallen, mit. Die mutige Frau erhob sich sofort. Sie rief ein paar Worte in die Dunkelheit, worauf sich zwei bewaffnete Männer aus dem Gestein schälten und mich und meine Kleidung genau betrachteten. Unterdessen ging die Unterhaltung zwischen der Javanin und den Wilden äußerst lebhaft hin und her. Endlich entfernten sich die Besucher, und ich hörte ihre Gespräche noch lange über unsern Köpfen.

»Es waren Krieger der Orang-Budji,« sagte uns die junge Frau. »Sie suchen Soldaten der Wolanda, die hier im Gebirge versteckt sein sollen. Ich habe ihnen aber die Wahrheit gesagt!«

Um weiteren derartigen Untersuchungen aus dem Wege zu gehen, veranlaßte Liebert seine Pflegerin, einen weniger gefährlichen Pfad zum Übergang über das Gebirge zu wählen. Wir hatten dafür mit anderen mordgierigen Gesellen zu tun. In einem sumpfigen Gelände fielen die Moskitos in ganzen Wolken über uns her. Wir waren gezwungen, jeder einen qualmenden Feuerbrand in die Hand zu nehmen, um uns einigermaßen vor den wütenden Bissen der Mücken zu schützen.

Das war das letzte Ungemach auf unserm Marsche. Am nächsten Mittag kündete uns ein lauter Jubelschrei der Javanin die Nähe der väterlichen Farm an.

Rasch sammelten sich auf den Ruf die Bewohner vor dem Anwesen und blickten staunend auf den seltsamen Zug, der dort langsam das Tal hinaufstieg. Ein alter Mann trat auf die mit hohen Palmen bewachsene Anhöhe, um die winkende Frauengestalt genauer ins Auge zu fassen... Plötzlich wankte er und sank zu Boden. Nun hielt sich die Javanin nicht länger. Die Liebe zum Vater siegte über die Sorge um den geliebten weißen Mann. Mit einem lauten Aufschrei flog sie den Berg hinauf und zu der Greisengestalt...

Wir zogen still in den geräumigen Hof und setzten unsere teuere Last im Schatten mächtiger Fruchtbäume zu Boden. Dann wandten wir den sehnsuchtsvollen Blick nach Westen, dorthin, wo unsere Wiege stand. Ob ein gütiges Geschick auch uns dereinst ein so frohes Wiedersehen mit unseren Lieben bescheren würde? Eine leise Wehmutszähre drängte sich in unser Auge ...

Liebert blieb auf der Farm und fand später in seiner Pflegerin eine treue Lebensgefährtin. Wenige Tage später setzten wir drei den Wanderstab weiter – der Zivilisation entgegen. In Menado erregte unser Erscheinen großes Aufsehen, und mit großer Spannung vernahmen die Behörden die Erzählung unserer Erlebnisse auf unseren Streifzügen durch Celebes.

Über tradition

Eigenes Buch veröffentlichen

tradition wurde 2006 in Hamburg gegründet und hat seither mehrere tausend Buchtitel veröffentlicht. Autoren veröffentlichen in wenigen leichten Schritten gedruckte Bücher, e-Books und audio-Books. tradition hat das Ziel, die beste und fairste Veröffentlichungsmöglichkeit für Autoren zu bieten.

tradition wurde mit der Erkenntnis gegründet, dass nur etwa jedes 200. bei Verlagen eingereichte Manuskript veröffentlicht wird. Dabei hat jedes Buch seinen Markt, also seine Leser. tradition sorgt dafür, dass für jedes Buch die Leserschaft auch erreicht wird.

Im einzigartigen Literatur-Netzwerk von tradition bieten zahlreiche Literatur-Partner (das sind Lektoren, Übersetzer, Hörbuchsprecher und Illustratoren) ihre Dienstleistung an, um Manuskripte zu verbessern oder die Vielfalt zu erhöhen. Autoren vereinbaren direkt mit den Literatur-Partnern die Konditionen ihrer Zusammenarbeit und partizipieren gemeinsam am Erfolg des Buches.

Das gesamte Verlagsprogramm von tradition ist bei allen stationären Buchhandlungen und Online-Buchhändlern wie z. B. Amazon erhältlich. e-Books stehen bei den führenden Online-Portalen (z. B. iBookstore von Apple oder Kindle von Amazon) zum Verkauf.

Einfach leicht ein Buch veröffentlichen: **www.tradition.de**

Eigene Buchreihe oder eigenen Verlag gründen

Seit 2009 bietet tradition sein Verlagskonzept auch als sogenanntes "White-Label" an. Das bedeutet, dass andere Unternehmen, Institutionen und Personen risikofrei und unkompliziert selbst zum Herausgeber von Büchern und Buchreihen unter eigener Marke werden können. tradition übernimmt dabei das komplette Herstellungs- und Distributionsrisiko.

Zahlreiche Zeitschriften-, Zeitungs- und Buchverlage, Universitäten, Forschungseinrichtungen u.v.m. nutzen diese Dienstleistung von tradition, um unter eigener Marke ohne Risiko Bücher zu verlegen.

Alle Informationen im Internet: **www.tredition.de/fuer-verlage**

tradition wurde mit mehreren Innovationspreisen ausgezeichnet, u. a. mit dem Webfuture Award und dem Innovationspreis der Buch Digitale.

tradition ist Mitglied im Börsenverein des Deutschen Buchhandels.

Dieses Werk elektronisch lesen

Dieses Werk ist Teil der Gutenberg-DE Edition DVD. Diese enthält das komplette Archiv des Projekt Gutenberg-DE. Die DVD ist im Internet erhältlich auf **http://gutenbergshop.abc.de**